Nuova Narrativa Newton
374

Prima edizione: agosto 2012

Roma, Casella postale 6214

ISBN 978-88-541-4159-9

www.newtoncompton.com

Realizzazione a cura di Il Paragrafo - www.paragrafo.it
Stampato nell'agosto 2012 presso Puntoweb s.r.l., Ariccia (Roma)
su carta prodotta con cellulose senza cloro gas provenienti da foreste
controllate e certificate, nel rispetto delle normative ecologiche vigenti

Massimo Pietroselli

Alphabetum

La confraternita del saio nero

Newton Compton editori

Il tema dei libri maledetti, che sarebbero stati distrutti sistematicamente durante l'intero corso della storia umana, ha ispirato evidentemente parecchi romanzieri, come H.P. Lovecraft, Sax Rohmer, Edgar Wallace. Tuttavia, questo tema non è solamente un tema letterario. Questa distruzione sistematica si è verificata e continua a verificarsi, al punto che possiamo domandarci se non esista per caso una cospirazione permanente che ha come scopo d'impedire al sapere umano di svilupparsi e di progredire troppo rapidamente.

Jacques Bergier, *I libri maledetti*

Prologo
Roma 1438, nel ventre di Roma

Li Cimeterij dunque sono caverne, et antri, o spelonche sotterranee, cavate nel tufo, e nelle vene di arena, e pozzolana, con infinite strade, vicoli, e rigiri simili a' laberinti oscurissimi...

Antonio Bosio, *Roma sotterranea*

1

Francesco Prelati stava per entrare nel mondo dei morti. Da vivo.

Roma era una belva stanca che dormiva ancora il sonno del Medioevo. Nient'altro che un arcipelago di case e ruderi, disperso in un mare di campagna incolta dove pascolavano le pecore e i buoi e ristagnavano la malaria e la superstizione. Al di sotto, si aprivano ragnatele di cunicoli e caverne che pochi conoscevano. Un grembo perfetto per custodire il feto della magia antica.

Prelati era riuscito a sapere che proprio lì i misteriosi plutonisti custodivano l'ingresso dell'Ade.

Era un giovane monaco, che di religioso aveva solo la tonaca. Andò nell'Urbe e aspettò una settimana.

Poi, come concordato, si recò da una vecchia fattucchiera, che gli tolse il malocchio versando gocce d'olio in un piatto colmo d'acqua e gli lasciò un messaggio: una carrozza lo avrebbe atteso, di notte, presso il Colosseo, luogo di stregonerie.

Decise di rischiare.

Una benda sugli occhi. Una corsa sfrenata, che si concluse forse nell'ingresso del cortile di un palazzo patrizio, come arguì dallo stridio di un pesante cancello di ferro e dal selciato ben connesso che percepì sotto i piedi.

Sempre bendato, tenuto saldamente per un braccio, il suo

accompagnatore gli fece scendere diversi gradini, poi gli disse di abbassare il capo e di camminare chino per alcuni passi. Al selciato si era sostituito un terreno compatto, e ora Prelati percepiva sul viso l'umidità fredda del sottosuolo. C'era odore di antiche mura, si sentiva un lontano stillicidio d'acqua e la flebile eco dei loro passi.

Poi la mano che lo guidava gli premette il braccio, obbligandolo a fermarsi.

«E allora», disse una voce vagamente in falsetto, «siete deciso a continuare, messer Prelati?».

Nessuna esitazione: «Sì».

«Il "regno degli alti pioppi neri e salici a cui non maturano frutti" non schiude le sue porte senza un alto prezzo», continuò la voce.

Prelati riconobbe la citazione da Omero, il punto in cui Ulisse scende nell'Ade per consultare le anime dei defunti, e gli parve quasi che il suo interlocutore l'avesse pronunciata con tono canzonatorio. Come se tutto fosse una messinscena elaborata solo per spaventarlo.

Ma l'"alto prezzo da pagare" non era un'espressione a effetto. Ulisse dovette dar da bere sangue alle ombre, perché gli si mostrassero, e Prelati sapeva che del sangue sarebbe dovuto scorrere per pagare il suo pedaggio oltre l'Acheronte.

«Conosco il prezzo da pagare», rispose.

La mano gli strinse di più il braccio.

«Sapete dunque che una vita innocente, la vita di un fanciullo, dovrà essere spezzata?», sussurrò la voce, più vicino, stavolta senza tono di scherno. Piuttosto sottile, decisa, vibrante di un'emozione indefinibile. Per paura, forse. O era piacere?

«Conosco il rituale, seppure per sommi capi», rispose, cercando di sembrare deciso.

Prelati si sentì esaminato in un silenzio che durò qualche minuto, così completo che il monaco percepì lo sfrigolio di una torcia che ardeva vicino a lui.

«Uhm», concluse l'ignoto accompagnatore. «L'agnello sacrificale è già qui. Egli vi attenderà per il tempo necessario alla vostra purificazione, ventinove giorni in cui vivrete nell'*incubatio*, nutrendovi poco e riflettendo molto. Sarà ucciso solo alla fine di questo periodo, quando vi preleverò per accompagnarvi attraverso il labirinto sacro fino all'antico altare sotterraneo, dove i romani sacrificavano a Dite e a Proserpina, il re e la regina dell'Averno». Ancora silenzio, poi la voce riprese, scandendo bene le parole che, nel cunicolo in cui si trovavano, producevano bizzarri echi: «Fino a quel momento, potrete ancora tornare indietro...».

«Non accadrà».

«...Ma dopo quel momento, il bambino morirà e il suo sangue macchierà l'altare sacro e le ombre saliranno dal pozzo a parlarvi, che voi lo vogliate oppure no».

«Così sia».

«Sappiate che la voce dei morti può rivelare cose che...».

«Così sia», ripeté Prelati.

«E così sia, dunque. Toglietevi pure la benda, adesso».

Al momento di sciogliere il nodo dietro la nuca, Prelati si accorse che le mani gli tremavano. Quando alla fine ci riuscì, gli occhi poterono mettere a fuoco lo stretto passaggio in cui si trovava, a stento illuminato dalla torcia che teneva in mano il suo accompagnatore. Era un uomo di bassa statura, indossava abiti costosi, stivali con fibbia e un mantello nero. Ma nemmeno le mani di un abile sarto potevano nascondere il fisico sgraziato e le spalle asimmetriche, la sinistra più alta della destra. L'uomo portava un cappello dall'ampia tesa, decorato con piume di pavone, e il volto era nascosto fino al collo da un panno di seta bianca, che guizzava delicatamente alla luce della torcia che l'uomo impugnava con la sinistra. Nonostante quel camuffamento, si intuiva che la testa doveva essere sproporzionata rispetto al resto del corpo.

Prelati deglutì. La sua ricerca aveva dato più frutti di quanto avesse osato sperare, da quando aveva sentito parlare per la prima volta di un ingresso nel mondo ultraterreno, situato nel sottosuolo di Roma. La più mirabile delle *Mirabilia Urbis*, a cui tuttavia nessuno avrebbe mai potuto far cenno: la porta stessa dell'inferno.

«Non perdiamo altro tempo, messer Prelati. Entrate nell'incubatio attraverso quel pertugio. Vi seguirò per mostrarvi la vostra cella».

L'uomo aveva indicato un foro di circa un metro di diametro, alla base del muro. Un ombelico nero, che immetteva nel grembo primitivo della città eterna.

Prelati diede un'ultima occhiata tutt'intorno, poi tornò a fissare il suo Virgilio. Sapeva chi aveva di fronte: la figura sgraziata, il cappuccio, il mancinismo lo rivelavano. Era il pittore più ricercato ed elusivo, i cui quadri e le cui incisioni erano pagati a caro prezzo da nobili signori con interessi *particolari*, e che per la loro oscenità non sarebbero mai state esposte al pubblico sguardo, ma riservate a coloro che condividevano la stessa passione. Un artista difficile da incontrare, a causa di un'ignota deformità che gli deturpava il volto, che infatti teneva sempre nascosto. Un artista senza discepoli e senza eredi. Inimitabile, a suo modo. E lui, adesso, lo aveva davanti.

Il Maestro del Monogramma.

«E allora?», fece il pittore, con la sua voce stridula, anch'essa un segno di riconoscimento.

Prelati si riebbe. Di certo l'accompagnatore non aveva intuito che la sua identità era stata scoperta. Al momento opportuno Prelati avrebbe fatto la sua mossa: aveva almeno ventinove giorni al buio per pensarci.

Con passo deciso si avvicinò al foro, da cui proveniva una folata d'aria fredda che aveva l'odore di terra. Si chinò e lo attraversò, mentre sentiva dietro di sé il Maestro del Monogramma che sussurrava qualcosa di incomprensibile.

Poi il Maestro scoppiò in una risata sottile, che echeggiò per il cunicolo come uno squittio di topi e vibrò lungo la spina dorsale di Prelati.

2

Il monaco trascorse ventinove giorni nella solitudine e nel buio. Visse in una celletta dalle pareti umide, di tufo. Parallelamente a un muro, scorreva acqua potabile, gelida, in un canaletto che Prelati usava anche per le necessità corporali. Una volta al giorno la porta si apriva e un ometto intabarrato gli portava da mangiare, senza rispondere alle sue domande, salmodiando strane litanie. L'unica luce che vedeva in tutta la giornata era quella della torcia del suo secondino, per i pochi secondi in cui la cella si apriva: poi ripiombava nel buio e nel silenzio, rotto solo dall'ipnotico scrosciare dell'acqua.

Il cibo consisteva invariabilmente in quello che era considerato, fin dai tempi antichi, gradito ai morti: fave, molluschi e carne di maiale. In particolare i molluschi erano ritenuti *morti viventi*, perché non vedevano e non udivano: proprio come lui, sepolto da qualche parte nell'immenso termitaio che si apriva sotto Roma. Ma oltre al cibo, nella ciotola c'era sempre una sostanza in piccole palline, simili al tatto a grani di pepe. Prelati era quasi certo che fosse l'essenza di cui si cibavano gli Assassini d'Oriente e che Marco Polo aveva descritto nel *Milione*. Di sicuro, erano quei grani che illuminavano improvvisamente l'oscurità in cui era sprofondato, che gli facevano perdere la percezione del tempo, che lo inducevano a lunghi sonni e che chiamavano dal buio persone che aveva conosciuto e che da lungo tempo erano defunte.

Quando si sciacquava il volto nell'acqua fredda del canale, sentiva le guance coperte da una lunga barba stoppacciosa. I capelli gli scendevano sul collo, le unghie erano lunghe e si spezzavano quando, in preda a un incubo indotto dai grani orientali, graffiava il terreno o si sosteneva alle mura viscide. Laggiù stava diventando un animale, o forse stava soltanto perdendo il suo strato di artificiale civilizzazione, e tornava a essere un uomo in contatto con le vibrazioni primitive della natura.

Ogni volta che il suo secondino gli portava da mangiare, Prelati aggiungeva un'unità al suo conto, in modo da non perdere la cognizione del tempo. Fu così che seppe con certezza che finalmente era giunto il ventinovesimo giorno.

Si era alzato. Le gambe avevano tremato e scintille improvvise erano lampeggiate nell'oscurità. Si era sorretto al muro. Poiché l'udito era divenuto molto sensibile, percepì uno scalpiccio ben prima che la chiave girasse nella toppa e la luce della torcia gli graffiasse gli occhi, accecandolo.

«Messer Prelati, avete pregato?», disse la voce stridula.

Il monaco strizzò più volte le palpebre e distinse l'ombra deforme del Maestro del Monogramma, che reggeva la torcia con la sinistra. Il cappuccio gli celava sempre il volto: stavolta, era interamente vestito di nero.

«Ho pregato», mentì Prelati, con una voce tremante che sorprese lui stesso. Erano le prime parole che pronunciava da un mese.

«Bene. Il momento è giunto. Venite».

Il pittore si voltò e si incamminò per il corridoio, seguito a passi esitanti dal monaco, che spesso si appoggiava al muro, in preda alle vertigini. Dopo una svolta, il Maestro si fermò.

«In fondo a questo breve corridoio», disse indicando avanti a sé, «troverete una porta. Apritela, e seguite il labirinto. Diverse altre porte si pareranno davanti a voi, una dopo l'altra: bussate, dite il vostro nome e apritele. Arriverete così a una grotta, al cui centro troverete l'altare sacro a Proserpina e Dite».

Prelati deglutì e sussurrò: «Lì ci aspetta... l'agnello?».

Gli occhi del pittore guizzarono dai buchi del cappuccio, scrutando il monaco. La torcia sfrigolava e una corrente fredda ghiacciava il sudore sulla fronte di Prelati.

«Avete paura, messere?»

«N-no».

«Non spetta a voi l'onere di versare sangue innocente, se questo preoccupa la vostra santa anima».

Il pittore si avvicinò al muro e da una nicchia prese una pietra tonda, levigata, bianca. La diede a Prelati e disse: «All'ingresso del labirinto, lanciatela alle vostre spalle: scongiurerete ogni maleficio».

A terra c'era un'altra torcia. Il Maestro la accese con la fiamma della prima e la passò a Prelati.

«Andate, ora. Io vi attenderò nella grotta sacra, passando per un altro percorso».

Con un fruscio del mantello, il Maestro si voltò e fece per avviarsi. Prelati decise che il momento era giunto. Poteva essere l'ultima occasione, perché non sapeva cosa avrebbe trovato alla fine del labirinto, né avrebbe certo potuto parlare al pittore come voleva, durante il rito magico.

«Maestro», disse dopo un istante in cui gli parve di non trovare il coraggio, «aspettate un momento, vi prego».

Prelati vide le spalle sbilenche del pittore sussultare appena, il corpo irrigidito dalla sorpresa. L'uomo si voltò con lentezza, e gli occhi si appuntarono acuminati in quelli del monaco.

«*Maestro?*», ripeté la voce chioccia.

«So di non ingannarmi se dico che voi siete il Maestro del Monogramma».

«Mi conoscete?»

«Di più. Vi ammiro. Per la vostra mano e per la vostra mente».

Il pittore non mosse un muscolo. Dietro il cappuccio, poteva studiare il suo interlocutore senza rivelare nulla delle proprie emozioni.

«Non amo gli adulatori», rispose. «L'arte e la sapienza bastano a se stesse».

«Avete ragione. Ma arte e sapienza sarebbero sterili, se non potessero dar gioia ai veri intenditori».

«I veri intenditori del Maestro del Monogramma sono pochi, e molto ricchi. Voi, messere, non sembrate esserlo».

«Sono solo un povero monaco, è vero. Ma conosco chi è molto ricco. E chi potrebbe darvi quel che chiedete».

Il pittore si avvicinò di un passo a Prelati che, a dispetto della debolezza, cercava di restare fermo e ritto, per non mostrare paura.

«Sarebbe?».

Allora Prelati parlò in fretta: «Un nobile signore francese, Gilles de Montmorency-Laval, barone di Rais. Sono entrato nelle sue grazie, e mi ha messo a parte dei suoi interessi nel campo della magia. Ho convinto il barone che potrà mantenere il proprio potere e la propria ricchezza sacrificando a un demone, Barron…».

«Sacrificando *cosa*?», lo interruppe il Maestro.

Prelati non osò dirlo: immagini orrende di quel che aveva visto nelle segrete del castello di Gilles de Rais gli attraversarono la mente, forse ingigantite dalla droga che ancora gli correva nel sangue. Si limitò a sussurrare: «Voi lo sapete».

Il Maestro emise una specie di risucchio, forse un risolino o un singulto: il monaco rabbrividì, perché gli parve che quel verso avrebbe potuto emetterlo un buongustaio di fronte a una tavola imbandita.

«Avete ben approfittato del tempo passato nell'incubatio, messere», commentò il pittore. «E come potrei servire il vostro barone, io?»

«Ecco... se il barone potesse entrare in possesso di un *grimoire* scritto e illustrato da voi personalmente, un compendio del vostro sapere... credo che potrebbe spendere qualunque cifra».

L'incappucciato scosse il capo.

«Messer Prelati, io non accetto incarichi su commissione: mi sembrerebbe quasi di lavorare, e io disdegno il lavoro. Solo l'ozio si addice a una mente speculativa. Ma se il vostro signore di Rais è davvero interessato alla scienza segreta e non si arresta di fronte alla morale corrente, e se ha un così alto concetto delle mie qualità, ebbene, sto appunto lavorando a un libro che potrebbe interessarlo. Molto particolare, anzi, direi assolutamente unico. Non pensavo di venderlo, è piuttosto un mio capriccio personale... molto personale». Si interruppe e cercò di drizzare la schiena, cosa che dovette costargli molta fatica. «Ma ne parleremo più tardi. Adesso, è tempo che voi scendiate all'inferno».

Con un vago gesto della mano, il Maestro esortò Prelati a entrare nel labirinto. Il monaco annuì, serrò la pietra nella mano e si avviò, il passo incerto e tremante. Stava per aprire la porta, quando sentì dietro di sé la voce stridula del pittore che diceva: «A proposito, osservate bene le pareti, mentre avanzate. Sono disegnate da me. Un piccolo lavoro che la plebe non potrà mai vedere, e che trovo sempre molto dilettevole».

Mentre i passi del pittore si allontanavano, Prelati lanciò la pietra dietro di sé, bussò, disse il proprio nome e spinse la porta.

Si ritrovò in un corridoio stretto e lungo. Alzò la torcia e lungo le pareti intonacate apparve una meravigliosa e fitta foresta, un intrico di rami frondosi disegnati con finezza e precisione. Il monaco prese a camminare, volgendosi a destra e a sinistra per studiare quegli affreschi: uccelli e animali fantastici stavano acquattati tra le foglie e parevano guardarlo incuriositi, con gli occhi sgranati. Poi, in fondo, qualcosa balugìnò alla fiamma della torcia.

Prelati si fermò, aguzzò gli occhi e un brivido gli percorse la schiena. Il volto beffardo di un demonio, il volto scuro deformato in un ghigno, lo fissava. Il monaco fece un passo e il demonio scomparve.

Era un disegno del Maestro, una parte dell'affresco? Ma com'era possibile? Quel volto era quasi balzato fuori dal buio! Prelati fece qualche passo avanti, il corpo macilento coperto di un sudore freddo. Di nuovo un lampo, e un altro volto sogghignò più avanti, rimase sospeso e scomparve. Il monaco cominciò a muovere le labbra in una muta preghiera. Nel punto in cui era comparso il primo diavolo, avvicinò la torcia alla parete, per studiare bene l'affresco: ma c'era solo un intrico di rami, un uccello bizzarro in un nido. Nessun volto disegnato. Qualunque cosa fosse, spettro o diavoleria del Maestro, non era nell'affresco.

Un passo dopo l'altro, riprese ad avanzare nel budello. La torcia pesava sul braccio senza forze, la paura gli si raggrumava nello stomaco vuoto, i fantasmi si agitavano nella mente sconvolta dalla solitudine prolungata e dalle droghe. Quando dal buio si materializzò un nuovo demonio sospeso a mezz'aria, gli occhi tondi e sgranati come quelli di un pupazzo, Prelati si convinse di essere non a Roma, ma nel sottosuolo del castello di Gilles de Rais in Francia, dove bambini comprati o rapiti nei villaggi dei dintorni piangevano in gabbia la madre, e che quel demonio fosse Barron. Non ricordava più d'essere stato lui stesso a inventare quel diavolo: realtà e finzione si mischiavano.

Emise un gemito e cominciò a correre verso la fine del corridoio, verso la porta oltre la quale si sarebbe aperto un altro orrore, e poi un altro ancora, fino alla grotta dove lo attendevano l'altare di Dite e Proserpina, il Maestro del Monogramma e un innocente agnello da sacrificare, perché il pittore potesse soddisfare la propria indicibile passione.

Parte prima
La "bizzarria naturale" di Francesco Cenci

Ma c'è qualcosa che mi fa davvero paura: si tratta dell'arte magica con i suoi misteriosi e infallibili segreti. Ho sentito dire che neppure i morti possono più stare tranquilli nel loro sepolcro, ma che si va a caccia sui roghi e nelle tombe di avanzi e frammenti di cadaveri, per farne funesti strumenti di sventura contro i vivi.

Apuleio, *L'asino d'oro*, II-20

1

L'11 settembre del 1599, l'alba sorse a Roma prima del solito.

Nel pieno della notte precedente il governatore dell'Urbe, Ferrante Taverna, subito notato da mille occhi, si era recato in fretta e furia al palazzo del papa a Monte Cavallo. Era uscito poco dopo ed era salito in carrozza, che subito lo aveva riportato al suo palazzo. Poi ci fu un improvviso movimento di birri e messi pontifici tra le due carceri di Tordinona e di Corte Savella. Un altro messo aveva bussato alle porte della Confraternita dei Confortatori, che aveva il compito di seguire i condannati fino al patibolo.

Il popolo di Roma era abituato a questi movimenti e sapeva cosa significavano. Cominciarono subito a circolare le voci, che passarono con rapidità straordinaria per i vicoli e le piazze buie e su e giù per gli edifici addossati l'uno accanto all'altro, di finestra in finestra, nelle locande e nei dormitori. Arrivarono nelle taverne da cui, come formiche da un formicaio distrutto, sciamarono fuori gli avventori diretti ognuno alla propria casa a raccontare la novità. Come una folata di vento, le voci superarono persino i cancelli sbarrati del Ghetto, vorticarono per i budelli in cui erano ammassati i giudei e fin dentro i poveri tuguri fatiscenti che si reggevano quasi poggiandosi l'uno contro l'altro, svegliando intere famiglie incastrate in un unico letto o in un sottoscala.

Clemente VIII aveva preso la sua decisione: la grazia era rifiutata, i Cenci venivano messi a morte.

Da quel momento la notte finì, anche se la luna era ancora visibile all'orizzonte, affogata in un opprimente velo d'umidità che da settimane non si decideva ad abbandonare la città. Per le vie buie presero a ruzzolare le ruote di ricche carrozze, che correvano dal palazzo papale a quelli dei più importanti nobili e cardinali, in un via vai impazzito che simboleggiava la frenesia di quelle poche ore che separavano la famiglia Cenci dal suo completo sterminio. Il popolo, sveglio di fronte a quell'evento eccezionale e da tempo atteso, osservava i nobili che si affannavano a salvare il salvabile, e scommetteva. Papa Clemente sarebbe tornato sui suoi passi? Almeno qualcuno dei Cenci, magari il giovanissimo Bernardo, avrebbe avuto la grazia?

Arrivò poi la notizia che sulla piazza di ponte Sant'Angelo si stava sistemando la mannaia. Adesso si puntava sull'ora dell'esecuzione, in attesa dell'annuncio dei banditori. Quasi certamente di prima mattina, perché il sole era ancora implacabile; così ci sarebbe stato tutto il tempo necessario per quel massacro che strabiliava e angosciava il popolo nello stesso tempo, e che proprio per questo rendeva necessaria una catarsi appropriata, una messa in scena di cui solo Roma era capace.

Alle otto di mattina i raggi del sole erano già chiodi roventi, e dal Tevere disseccato e maleodorante si alzavano le voci delle persone che, assiepate su barche improvvisate da dove avrebbero seguito l'esecuzione, inveivano contro quelli che facevano movimenti bruschi. Da Castel Sant'Angelo i carcerati si affollavano presso le finestrelle e osservavano i riflessi della mannaia a mezzaluna, cupi e nello stesso tempo contenti che non dovesse cadere sul loro collo.

La piazza dell'esecuzione era già gremita e i soldati faticavano a mantenere liberi gli spazi per l'arrivo dei carri che avrebbero portato i condannati al patibolo. Accanto al palco, diversi pittori avevano squadernato i loro fogli: tra questi, il fosco Caravaggio e Orazio Gentileschi, con la piccola Artemisia sulle spalle. Le loggette dei palazzi erano zeppe, da ogni finestra si sporgevano teste curiose, persino sui tetti stavano in equilibrio i più spericolati. Incolonnate una dietro l'altra, le carrozze dei nobili bloccavano le strade, in particolare le arterie di Tordinona e dei Banchi, ed erano a loro volta impedite ad avanzare dalla folla compatta che si scambiava le impressioni. Le voci correvano di bocca in bocca, espandendosi come onde nell'acqua.

«Giacomo e Bernardo sono usciti da Tordinona...».

Ci fu un sussulto nella folla, quando corse la voce: «Graziato! Il papa ha graziato il piccolo Bernardo!».

I nobili nelle carrozze, avvertiti da quel fremito umano, facevano schioccare le dita perché i loro servi andassero a informarsi su cosa accadesse.

«Poveretto! Deve comunque salire sul carro e assistere all'esecuzione dei fratelli e della madre!».

Le voci si susseguivano, correvano di strada in strada, eccitavano e commuovevano la plebe. Dai loro trabiccoli ambulanti i friggitori mandavano vampate fumiganti nell'aria e facevano affari d'oro; le acquaiole dopo mezz'ora avevano già gli orci vuoti.

«Il carro si muove, vanno a Corte Savella a prendere Beatrice e la madre...».

«Il boia sul carro già strazia con le tenaglie le carni di Giacomo! E il piccolo Bernardo è svenuto per l'orrore!».

A piazza di ponte Sant'Angelo si udì un boato improvviso

che fece lanciare alla folla un urlo unanime. Un palco tirato su per l'occasione era crollato e un grumo di persone cercava di districarsi tra le macerie. I soldati non si mossero. Il caldo era implacabile e il lezzo di sudore e polvere sui vestiti sporchi della gente era insopportabile. I muri erano diventati un immondo pisciatoio.

«Beatrice e Lucrezia sono salite sul carro. Arrivano!».

«La piccola è bellissima. Veste di azzurro scuro, il volto è sereno e conforta la madre... una santa!».

A questo punto le voci si abbassarono e divennero un brusio sordo, cupo, avvelenato. Si parlava di Clemente VIII, che non aveva avuto alcuna pietà di quella ragazza violentata dal padre, di quella famiglia angariata per anni da un aguzzino indemoniato: una disgrazia che tutti a Roma conoscevano, di cui persino il papa era stato informato, ma cui nessuno aveva mai provveduto. Se pure i suoi familiari avessero ammazzato mille volte Francesco Cenci, non avrebbero fatto un soldo di danno!

Ma i Cenci erano ricchi, e le loro proprietà facevano gola a molti. Presto sarebbero andate all'asta, e certo qualcuno vicino al papa se ne sarebbe appropriato a poco prezzo. Sterminare la famiglia significava grandi guadagni e un chiaro segnale alla nobiltà romana, sempre difficile da tenere a freno.

La folla ondeggiò. Qualcuno urlò: «Fate largo! Arrivano!».

Calò un silenzio improvviso, pesante come l'afa di quella giornata bollente, e si udirono così, fiochi, i malinconici canti dei Salmi. Poi, alto sulle teste, vacillò uno stendardo, la folla si aprì e comparve il carretto preceduto dai sai neri della confraternita.

Su tutti, Beatrice spiccava per la sua dolce fermezza.

Il carro cigolava e si sentivano decine di mosche ronzare per la piazza, forse eccitate dall'odore del sangue che colava dalle carni di Giacomo, straziate dal boia durante il percorso. Centinaia di persone puntavano i piedi e allungavano il collo. I bambini, sulle spalle dei padri, osservavano l'avvenimento con occhi sbarrati.

Poco lontano dal palco, nella calca pigiata all'inverosimile, c'era tuttavia una piccola oasi di alcuni passi di diametro. In quello spazio sgombro c'erano solo due persone: un uomo e una donna. La gente si manteneva a distanza dai due, a causa dello strano aspetto dell'uomo.

2

Sembrava un arabo, o forse un turco. Colorito olivastro, occhi neri, sopracciglia folte e arcuate e una barba fitta, appena striata di grigio. Era un colosso, alto e dalle spalle forti: sovrastava la folla con il capo, avvolto in un turbante giallo scuro con una penna nera di sghimbescio. Il busto era compresso in un farsetto leggero, di elegante seta color arancione con strisce nere, e il collo massiccio era adorno dei pizzi di una camicia bianca. Invece di una cintura, alla vita era annodata una fusciacca bianca con un sottile ricamo in oro. La gente intorno lo guardava con sospetto, per il suo aspetto da pirata barbaresco, e immaginava che abitualmente in quella fusciacca fosse infilato un pugnale con cui, magari, numerosi cristiani erano stati sgozzati. Tuttavia, ben evidente sul petto, c'era un crocifisso d'argento che pendeva da una catena portata al collo: quindi, almeno, non era un maomettano. A ogni modo, croce o non croce, il popolino aveva valutato che era meglio stargli alla larga.

Il turco aveva l'atteggiamento guardingo di chi difenda qualcuno da possibili malintenzionati, di certo la donna che gli stava accanto in quella piccola oasi di diffidenza nel mezzo di una piazza gremita.

Stava in piedi su un piccolo sgabello, per poter assistere meglio all'esecuzione. Nonostante questo, e nonostante fosse lei stessa slanciata, non arrivava all'altezza del turco. I suoi capelli erano castano chiaro, raccolti dietro la nuca in un nodo elaborato, e alta sulla fronte portava una *ferronière* sottile, con un rubino al centro. Un gioiello che veniva abitualmente indossato per nascondere i segni del mal francese sulla fronte. Eppure la pelle della donna era candida e liscia come l'avorio, e non sembrava che l'ornamento servisse ad altro che ad accrescere un fascino già intenso. I suoi occhi verdi erano fissi su Lucrezia, la madre di Beatrice Cenci, che il boia stava aiutando a sistemarsi sul cavalletto, nel silenzio più completo della piazza. Nel momento in cui la condannata poggiava il capo sotto la lama a mezzaluna, Leonia si passò la mano sul collo lungo, quasi presentisse il filo della mannaia sulla sua stessa pelle, e le dita si posarono su una collana di perle. Il ricco vestito lungo, nero con ricami bianchi, e una cintura di pietre preziose, lenta attorno alla vita, completavano l'impressione di una dama della nobiltà accompagnata da un bizzarro servitore, entrambi forestieri, che assistevano a uno spettacolo del tutto inusuale, e soprattutto fuori dal proprio ambiente naturale.

Il silenzio calò sulla piazza prima che lo facesse la mannaia. Si sentiva il bisbiglio dei Confortatori in preghiera e il nitrito di qualche cavallo lontano.

Poi ci fu un improvviso ansito della folla, unanime, e la mannaia calò, la lama corse stridendo nell'alloggiamento, giù fino a recidere il collo di Lucrezia con un tonfo sordo, come quello di un coltello che spacchi di netto in due un melone.

La folla emise un sospiro nello stesso momento in cui Lucrezia emetteva l'ultimo.

Il boia alzò il capo della donna con il braccio teso e ruotò lentamente il busto, in modo che tutta la platea potesse comprendere la severità della giustizia papale. Dal collo slabbrato cadevano rivoli di sangue che disegnavano un semicerchio rosso sul pavimento del patibolo. Poi, con movimenti pietosi, il boia avvolse il capo nel velo di taffettà nero con il quale Lucrezia era giunta sul luogo del martirio.

Adesso era la volta di Beatrice. La ragazza si portò davanti alla mannaia, le mani legate dietro la schiena. Scambiò qualche parola con il boia, poi si accomodò da sola sul cavalletto, quasi per evitare di essere toccata dal carnefice.

«Ma è vero che, in una testa spiccata dalla mannaia, gli occhi possono ancora roteare, e guardare qui e lì?», sussurrò una donnetta, alle spalle della ragazza sullo sgabello. Lei non distolse lo sguardo dal palco, ma le sopracciglia si aggrottarono per un istante.

«Sì», rispose un'altra, «e dove si fermano c'è la morte sicura!».

Il turco guardò con disprezzo entrambe.

Il boia nettò con un panno il sangue di Lucrezia dall'asse di legno sotto la mannaia e Beatrice vi appoggiò il collo. I passi del carnefice sul palco risuonarono nel silenzio. Poi si udì di nuovo lo stridore del metallo, il sibilo della lama che fendeva l'aria e il colpo secco, accompagnato da un gemito corale nella folla. Il piccolo Bernardo svenne di nuovo.

Il carnefice raccolse la testa di Beatrice e la espose alla piazza, secondo il rituale.

Fu una questione di secondi. Le palpebre del capo mozzato ebbero un fremito nervoso e si spalancarono in modo innaturale, e così gli occhi si ritrovarono inconsapevoli a fissare quelli della donna sullo sgabello.

Lei non ebbe paura, non abbassò il capo. Il verde insondabile delle sue iridi sembrò incupirsi, come avviene all'acqua di un lago quando una nuvola improvvisa copre il sole, e nella sua mente si accesero delle immagini. Un castello su una rocca, e poi un vecchio barbuto, calvo, laido nell'aspetto. E una camera da letto appena rischiarata da una candela, un chiodo appoggiato sull'occhio del vecchio addormentato e una martellata violenta che lo infila fin dentro il cervello... Ancora un chiodo, un altro, appoggiato stavolta sul collo rugoso; un'altra martellata, un fiotto di sangue...

Infine tutto svanì, come se il sangue sgorgato mesi prima le avesse accecato il campo visivo. Il capo mozzato di Beatrice continuò il lento semicerchio che lo esponeva alla piazza, gli occhi vitrei smisero di fissare quelli della ragazza. Lei, come liberata dall'incantesimo, fu colta da un tremito e sembrò oscillare sullo sgabello.

«Madonna Leonia!», esclamò il turco, avvicinandosi e porgendole la mano. Lei la afferrò, scese e respirò profondamente.

«Madonna Leonia», ripeté, in una lingua incomprensibile ai romani lì accanto, che li osservavano perplessi, «vi sentite bene? Il caldo? O avete forse...?».

Leonia alzò lo sguardo verso l'uomo e gli rispose nella stessa lingua: «Non chiedermi nulla, Grifo. Quello che ho visto appartiene a me e a quella disgraziata senza testa, lassù».

La donna si guardò attorno, indecisa se salire di nuovo sullo sgabello, incurante degli sguardi ostili e sfrontati della gente.

Grifo, per nulla stupito dalle parole di Leonia, le disse premuroso: «Signora, adesso è il turno di Giacomo Cenci. Non sarà decapitato, ma prima mazzolato e poi squartato. Permettetemi di suggerirvi...».

«Hai ragione, Grifo. Accompagnami alla carrozza, ne ho abbastanza di sangue».

Grifo la precedette, e un varco si aprì al loro passaggio. Erano quasi arrivati alla carrozza, quando sgusciando nel carnaio sudato e maleodorante si avvicinò loro un ometto con un pizzetto bianco, vestito di nero alla moda spagnola. Grifo si limitò a lanciargli un'occhiata e se ne disinteressò subito. Lo aveva riconosciuto e sapeva che non c'era da temere.

3

L'ometto si arrestò ansante davanti ai due e si passò un fazzoletto sul cranio calvo, lucido di sudore.

«Dio mio, che corsa!», esclamò, infilando il fazzoletto nella manica a sbuffo. «Pensavo di non farcela a raggiungervi in tempo. Purtroppo, dal punto dov'ero fino a poco fa, non potevo vedere il vostro servitore, madonna Leonia, altrimenti...».

«Altrimenti, messer Alfani?», chiese Leonia.

«Altrimenti vi avrei raggiunto prima. Anzi, vi avrei raggiunto giorni prima, se solo avessi saputo che eravate a Roma».

Grifo aveva aperto il portello della carrozza e porgeva ora una mano alla donna perché salisse. Leonia si accomodò nell'abitacolo e sporse fuori il capo. Il volto aveva perso il pallore di pochi minuti prima, e nessuna traccia della visione era rimasta negli occhi verdi, ora di nuovo splendenti.

«Non siamo qui a Roma per i consueti affari, messer Alfani», mentì, con tono annoiato. «L'avvicinarsi del Giubileo ha suggerito al nostro imperatore che venissimo a verificare lo stato effettivo dell'ambasciata e degli altri palazzi che possiede, nel caso in cui...».

«Decida di venire a Roma?», la interruppe Prosdocimo Alfani, incredulo. «L'imperatore Rodolfo II che lascia Praga e le sue preziosissime collezioni?».

Leonia socchiuse appena gli occhi. Poi fece un cenno a Grifo che slegò le redini del cavallo dal pesante anello fissato al muro.

«Spero di rivedervi presto, messer Alfani», disse, e lo liquidò con un freddo cenno di saluto.

La gente attorno seguiva ora lo scambio di battute, approfittando del momento di sosta sul patibolo, dove il boia stava preparando il martello per il mazzolamento e i ferri per lo squartamento.

L'ometto si schiarì la voce, imbarazzato, e si fregò le mani coperte da sottili guanti bianchi di lino, quasi che ne potessero sprizzare parole. Leonia sapeva bene perché l'antiquario li portava sempre, estate e inverno. Servivano a coprire le cicatrici del mal francese, che lo stava lentamente divorando. Lo studiò meglio, mentre lui cercava le parole adatte a superare la delicata situazione in cui si era ritrovato, e le parve che sulle tempie, vicino all'attaccatura dei radi capelli, fossero visibili dei segni rosa. La malattia avanzava.

«Madonna Leonia», disse infine Prosdocimo, «sono veramente dispiaciuto se… insomma, se le mie parole possono avervi offesa. Imputatele, vi prego, soltanto alla speranza che davvero l'imperatore decida di venire a Roma, per le celebrazioni del Giubileo, e che io possa avere l'onore di incont…».

«Va bene, va bene, messer Alfani, non vi preoccupate», tagliò corto Leonia. «Avremo occasione di rivederci, forse. Ci tratterremo a Roma qualche giorno, per il tempo necessario ai sopralluoghi. Vai, Grifo».

Il turco salì in serpa e tirò leggermente le redini. Il cavallo emise un nitrito e la gente cominciò a spostarsi, di malavoglia. In quel momento si udì un singolo, vasto sospiro, emesso dalla folla come un sol uomo: probabilmente il boia aveva vibrato il primo colpo al cranio di Giacomo Cenci. Il mazzolamento era iniziato.

«Presto, Grifo!», ordinò Leonia, che sembrava percepire la violenza che avveniva sul palco e voleva allontanarsi prima di venirne sopraffatta.

Prosdocimo scosse il capo e poggiò una mano sul fianco del cavallo.

«Aspettate! Vi prego, signora, aspettate un minuto. Debbo parlarvi di qualcosa che potrebbe...».

Leonia tenne il punto, faceva parte del suo mestiere.

«Vi ho già detto che non sono qui per affari, messer Alfani».

Il vecchio aguzzò lo sguardo e disse, insinuante: «Se mi permettete l'ardire, adesso siete voi che offendete il vostro imperatore. Non mi sono precipitato attraverso questa plebe chiassosa e maleodorante per proporvi un misero affare, ma ho davvero in serbo qualcosa di speciale, di *unico*. Credetemi, Rodolfo non vi perdonerà mai se l'oggetto di cui mi trovo a disporre non sarà nel suo eccezionale Gabinetto delle Meraviglie. E, al contrario, vi sarà immensamente grato se glielo porterete».

Ci fu un altro fremito nella folla, quasi un guaito inumano. Nell'abitacolo della carrozza, il caldo cominciava a diventare insopportabile, e tuttavia Leonia non sentiva più nulla, a eccezione di un leggero brivido, quel brivido che spingeva incessantemente lei, e altri come lei, presso ogni corte d'Europa, presso ogni antiquario o libraio, pittore, incisore, negromante. Il brivido della caccia.

«Voi sapete che io non amo acquistare a Roma, messer Alfani», rispose Leonia. «Senza offesa, ma in questa città i memorabilia, come ad esempio le reliquie dei santi, proliferano in modo eccezionale, quasi sospetto, e peraltro mi risulta che tutti i cardinali e molti nobili si accaparrano quelle più interessanti, lasciando agli altri solo le seconde scelte. E, quel che più conta, l'imperatore è del mio stesso parere. Di conseguenza, diffido degli affari, a Roma».

Il vecchio annuì alle parole della ragazza, ma non cedette: «Quanta ragione avete! Così sono i mercanti in questa città: truffatori, nel caso peggiore, e presuntuosi esperti di nulla, nel migliore, sempre pronti a sostenere qualunque assurdità pur di vendere! Ma non vorrete farmi il torto di annoverarmi tra questa genìa. Io sono Prosdocimo Alfani, e come sapete sono coadiutore papale per…».

«So bene chi siete. Ditemi dunque di cosa si tratta».

Il vecchio si ritrasse di un passo, riprendendo a sfregarsi le mani guantate. Nulla nel suo atteggiamento era cambiato, ma Leonia avrebbe giurato che nascondesse un sorriso di trionfo. Che credesse pure di aver segnato un punto a proprio favore. Lunga sarebbe stata la lotta.

«Madonna Leonia, sapete meglio di me che a nulla servono le descrizioni. Siate così cortese da accettare di visitare la mia dimora, e vedrete di persona».

«Mi occorre qualcosa in più».

«Vi basterà vedere l'oggetto di cui parlo, perché desideriate che appartenga all'imperatore».

Si udì un grido rauco, che echeggiò di bocca in bocca: «Lo squartano! Lo squartano!».

La folla ondeggiò, si strinse ancor di più e prese a spingere, come se ognuno volesse farsi avanti per vedere. Il cavallo emise un nitrito nervoso. Il turco si guardava attorno, immobile sulla serpa come un leone che controllasse la savana.

Leonia si irrigidì: «Andiamo via, Grifo. E voi abbiate cura della vostra salute, messer…».

«Aspettate!», esclamò Prosdocimo. Il sorriso di trionfo era scomparso, e stavolta fu Leonia a nascondere il suo. «Aspettate. Lasciate solo che vi mostri l'oggetto. Posso dirvi questo: ho avuto l'incarico di valutare le proprietà della famiglia Cenci, che come saprete verranno presto messe all'incanto. Un patrimonio piuttosto cospicuo, per inciso...».

«Non ci interessano terreni e castelli e mi pare difficile che un tipo come quel Cenci possedesse tesori d'arte».

«No, naturalmente no. Ma saprete della cattiva fama di Francesco Cenci, la cui uccisione per molti romani non sarebbe dovuta avvenire oggi, sul patibolo, ma...».

«Al punto».

Prosdocimo si passò la mano sulla fronte sudata: «Nel palazzo dei Cenci ho trovato un oggetto. Un oggetto molto particolare, bizzarro. Forse il vostro imperatore lo definirebbe una "bizzarria naturale", sì proprio così! Se poi considerate il carattere ombroso, crudele, persino demoniaco del vecchio Cenci, forse potreste attribuire un fascino a quest'oggetto che io stesso non so valutare». Fece un cenno d'inchino: «Come vedete, sono sincero fin contro il mio interesse, signora. Vi chiedo solo di vederlo. Nel mio palazzo. Stasera stessa, se volete, o quando preferite».

Una bizzarria naturale. La mente di Leonia lavorava veloce, mentre i suoi occhi guardavano senza particolare interesse il vecchio, come a valutare se fosse il caso o meno di accettare un invito a una festa poco interessante, ma a cui era difficile sottrarsi per questioni di etichetta.

«Le bizzarrie naturali», disse infine, «hanno almeno un pregio. Rispetto ai quadri o alle statue, non c'è bisogno di gusto per valutarle. Rispetto alle reliquie, non c'è bisogno di un atto di fede per credere che siano veramente appartenute a un santo o addirittura a Nostro Signore, invece di esser state fabbricate da qualche abile artigiano. Mi pare di capire che l'unico atto di fede sia credere che quest'oggetto sia davvero appartenuto a Francesco Cenci: ma una bizzarria naturale non è più o meno bizzarra a seconda del suo proprietario, ma solo in sé. Per cui...», fece un cenno di saluto con il capo, e il rubino al centro della ferronière brillò al sole accecante, «forse stasera verrò da voi».

Grifo sferzò il cavallo con le briglie e la carrozza si aprì lentamente un varco tra la folla recalcitrante, mentre Prosdocimo rimaneva pietrificato in un inchino ossequioso, un'austera ed elegante macchia nera al centro di un formicolare di cenci e stracci assetati di sangue e intrisi di pietà.

4

Era scesa la notte, ma il caldo non accennava a diminuire, anzi l'umidità gravava sulla città schiacciando la gente e spingendola fuori casa in cerca di un refolo di vento. La luna era piena, ma splendeva sfocata attraverso il velo di umido e spandeva una luce tenue sulle piazze e nelle vie. Le strade erano prive di illuminazione, salvo le lucerne davanti alle osterie, e nell'oscurità si sentivano le persone vociare, gridare e bestemmiare. Di tanto in tanto, cinque uomini intabarrati di nero si muovevano spavaldi l'uno accanto all'altro con passo pesante, nell'alone di luce della lampada che portavano con sé: i birri. Fermavano le donne sole, gli ubriachi, disperdevano i capannelli davanti alle osterie che potevano facilmente dare origine a violente risse per i più banali motivi, si appartavano a confabulare con qualche spia.

La carrozza di Leonia sbucò in piazza del Duca, un vasto rettangolo lattiginoso attraversato dalle ombre di passanti, con al centro una fontana nella quale alcuni sfaccendati avevano immerso i piedi. Davanti a lei, la massa cupa del "Dado", il palazzo dei Farnese. Mentre la carrozza proseguiva, Leonia fissò il possente edificio squadrato, sul quale erano ricamati alcuni fiochi rettangoli luminosi, e pensò che lì dentro il malinconico Annibale Carracci andava in quel tempo affrescando la galleria.

Quanto avrebbe voluto vedere i progressi del pittore! Era quello, in realtà, l'unico aspetto dell'arte che la affascinava: non l'opera finita, ma mentre si faceva. I cartoni di studio, i ripensamenti, le discussioni con gli allievi e i preparatori, il progetto continuamente ripensato e affinato. Era l'unico momento in cui lei poteva davvero cogliere il lavorio mentale dell'artista, prima che l'opera, finita, dicesse a tutti quel che aveva da dire. Ma come aveva fatto, il pittore, ad arrivare fin lì? Leonia sapeva che, in quello stesso momento, nel proprio laboratorio, anche l'ombroso Caravaggio stava lavorando: a due tele per la chiesa di San Luigi dei Francesi, scene della vita di san Matteo. Come procedeva? Come riusciva a costruire quell'impasto di ombre che aveva avuto modo di ammirare dal cardinal Del Monte? Come emergevano i personaggi dal buio della sua mente? Se solo avesse potuto assistere all'atto creativo, avrebbe capito tutto dell'uomo. A lei interessava quel che le persone celavano, non quello che manifestavano.

«Stiamo cercando il palazzo dell'antiquario Alfani», disse Grifo a un passante, e la voce la fece sobbalzare, tanto era immersa nelle sue riflessioni.

«Avanti, più avanti, accanto all'Orazione e Morte», gli rispose qualcuno.

La carrozza riprese il viaggio, infilandosi in un budello oscuro. La lucerna appesa a un lato del veicolo accarezzava tenue i muri corrosi, che appena passata si ritraevano di nuovo nel buio, come preistorici animali fotofobici.

Leonia aveva un dono: sapeva intuire i pensieri delle persone, specialmente quelli che tendevano a nascondere. L'avevano chiamata strega, per questo, ed era stata a un passo dalla morte, salvata dall'imperatore Rodolfo che aveva sentito parlare di lei e, incuriosito da tutto quel che rifugge dall'ordinario e dal naturale, aveva voluto conoscerla. L'avevano chiamata strega, ma non c'era nulla di soprannaturale nella sua capacità. Non in questa, almeno, pensò Leonia con un sorriso, mentre riandava alla visione che aveva avuto quella mattina, quando i suoi occhi avevano incrociato quelli senza vita di Beatrice Cenci.

No, nulla di soprannaturale. Leonia era convinta che la sua fosse solo una questione di sensibilità. Aveva conosciuto una cieca che, toccando un tessuto, sapeva dire di quale colore fosse. Lei, invece, era nata da due genitori muti, e solo per il benvolere e la dedizione del parroco aveva imparato a parlare. Ma, vivendo con due persone che non potevano esprimersi a parole, aveva sviluppato la capacità di leggere i segni del corpo, e aveva capito che il corpo non obbedisce all'anima con la stessa facilità con cui lo fa la lingua. È più facile mentire con le parole che con gli atteggiamenti, e lei quelli sapeva leggerli. Per questa sua capacità Rodolfo II l'aveva voluta come procacciatrice di opere per le sue immense collezioni.

Quanto all'altro dono… per quello sì che l'avrebbero bruciata. Ma nessuno, tranne Grifo, ne era a conoscenza.

«Fermi! Chi siete? Dove andate?».

La carrozza si fermò e Leonia sporse il capo dal finestrino. Due uomini dall'aspetto deciso, spade al fianco, si fecero avanti. Uno dei due impugnava una torcia. Leonia percepì sorpresa e timore in quello che, alzando la torcia, vide la figura possente del turco.

«Madonna Leonia è attesa da messer Alfani», disse Grifo.

I due lanciarono un'occhiata in direzione della donna e fecero un cenno d'assenso.

«Lascia la carrozza nel cortile».

Pochi minuti dopo, Grifo aiutava Leonia a scendere dalla carrozza. Tre uomini che stavano confabulando nel chiostro, osservarono perplessi il turco. Un lampo sulla scalinata, una lucerna: un uomo anziano scendeva cauto le scale, insieme a un servo. Giunto alla fine degli scalini, ritrovò la sicurezza e passò velocemente davanti ai due, l'aria turbata – no, non turbata, si corresse Leonia, ma riflessiva, come di chi stia congegnando qualcosa, forse un affare – e scomparve oltre il portone, nella notte.

Il servo tornò indietro e si avvicinò loro, fece un cenno a Leonia e Grifo e si incamminò per la scalinata.

«Hai riconosciuto l'uomo che è passato?», sussurrò la ragazza al turco.

Grifo annuì: «Ilario Bonsanti».

«Proprio lui».

«Non c'è nulla di strano nel fatto che uno stampatore visiti un antiquario», commentò Grifo, squadrando la sua signora e cercando di capire cosa avesse intuito. Ma lei non rispose, limitandosi ad annuire.

Furono introdotti in un'ampia stanza, pressoché vuota. Un vasto camino spento occupava quasi un'intera parete. C'era solo la lucerna di un servo a illuminare l'ambiente. Accanto a lui, nel cerchio di luce, sempre vestito di nero, Prosdocimo Alfani attendeva sfregandosi le mani guantate.

«Sono veramente felice che siate venuta, signora!», disse.

Leonia percepì in lui una punta di imbarazzo, quasi che i due fossero giunti troppo presto, o comunque in un momento inopportuno. Lo collegò subito alla presenza di Ilario Bonsanti: forse Alfani non voleva che sapessero che lui era stato lì. Ma perché un incisore e stampatore non dovrebbe far visita a un antiquario?

A meno che anche Bonsanti non fosse interessato alla bizzarria naturale di Francesco Cenci.

5

Alfani fece strada e, usciti dalla stanza in penombra, si ritrovarono in un lungo corridoio, il soffitto ritmato da travi scure. Da un lato si aprivano ampie finestre che si affacciavano su via Giulia, dall'altro una serie di porte chiuse. Preziosi candelabri poggiati su treppiedi a intervalli regolari fornivano una calda illuminazione. Su molte bacheche e cavalletti facevano mostra di sé i pezzi del collezionista.

Mentre avanzavano lenti lungo il corridoio, perché Alfani illustrava i quadri, le statue, i gioielli, i reperti dell'antica Roma recuperati da qualche catacomba, sperando di suscitare l'interesse della compratrice, Leonia gli chiese, con tono indifferente: «Voi che avete certo seguito il processo Cenci, volete descrivermi come fu ucciso Francesco?».

Grifo aggrottò le sopracciglia, seguendo Leonia a pochi passi di distanza.

Alfani si lisciò il pizzetto: «Non sapete? Eppure…».

«Raccontatemi, vi prego».

«Ebbene, il fatto avvenne alla Rocca, il castello dei Cenci a Petrella, dove da tempo teneva segregate la moglie Lucrezia e la povera Beatrice. Sapete cosa Francesco facesse a Beatrice, vero?».

Leonia fissò una pala con una Natività per non guardare Alfani, evitando così di mostrare il disgusto che provava per lui e le sue sciocche, volgari allusioni.

«Cosa avvenne alla Rocca, messer Alfani?», chiese con grazia Leonia.

Sentiva i guanti che nascondevano la malattia sfregare l'uno contro l'altro. Le fiamme delle candele oscillarono al loro passaggio e un'ombra parve oscurare lo sguardo dolce della Madonna sulla pala.

«Forse potrebbe interessare all'imperatore il nervo di bue con cui Francesco percuoteva la figliola?», insistette Alfani. «È un piccolo oggettino che ho...».

«Cosa avvenne alla Rocca?».

Alfani sospirò come un innamorato respinto e riprese: «Le due donne, non sopportando più le angherie di Francesco, che peraltro erano ben note allo stesso papa che poi comminò la pena capitale, si accordarono con due uomini perché lo uccidessero. La notte fatale, fecero bere dell'oppio a Francesco, che cadde in un sonno profondo, senza possibilità di difendersi. I due penetrarono nella camera di Francesco, ma ne uscirono poco dopo: non avevano il coraggio di uccidere un uomo addormentato, dissero». Alfani si interruppe e indicò una bacheca: «Soffermate la vostra attenzione su questo meraviglioso cameo dell'epoca romana, madonna. So che l'imperatore...».

«L'imperatore è molto severo con i falsari, messere, e questo cameo è un falso».

«Ma come...?».

Leonia sorrise con innocenza al volto arrossato del vecchio: «Avete voluto giocare con me, e apprezzo la celia. Torniamo al delitto, vi prego».

«S-sì, certo. Lucrezia e Beatrice fecero il diavolo a quattro, gridarono che i due erano stati pagati, che erano dei vigliacchi incapaci di uccidere un vecchio addormentato, e altro ancora.

Alla fine i due si decisero e rientrarono nella camera, stavolta accompagnati dalle donne. Il delitto fu orribile, signora. Uno appoggiò un grosso chiodo sull'occhio di Francesco, mentre l'altro diede una martellata. Poi gli conficcarono nel collo un altro chiodo. Così morì Francesco Cenci, sotto gli occhi della moglie e della figlia più piccola. Ma vi sentite bene? Il vostro aspetto...».

Leonia scosse il capo, mentre si passava una mano sulla fronte e sentiva il sudore freddo che la imperlava. Lanciò uno sguardo a Grifo: "Ecco quello che ho visto negli occhi spenti della testa mozzata di Lucrezia", pareva volergli dire. Il castello. Il vecchio. I chiodi conficcati. Il sangue...

"Perché mi accade questo?", si chiese la ragazza. "Quale senso occulto mi permette di percepire le correnti violente che permeano l'aria, ignote a tutti?".

«È solo il caldo, messer Alfani».

Alfani annuì, poco convinto, e ordinò al servo che sempre li seguiva di aprire alcune finestre. Le fiammelle impazzirono e le ombre danzarono frenetiche sui muri. Dalla strada arrivavano le risate sguaiate dei bravi dell'antiquario, risate che nella loro rozza vitalità rasserenarono la ragazza.

«Bene, messere», disse Leonia con un sospiro annoiato. «Vogliamo ora arrivare al motivo per cui mi avete invitata? Vi ho già detto che acquisto malvolentieri in questa città, per cui abbreviamo, per favore, la visita».

«Siamo arrivati. L'oggetto, come vi spiegavo stamani, è piuttosto particolare, e non lo tengo esposto insieme agli altri».

«Lo conservate insieme al nervo di bue?».

Alfani rispose, con un sorriso colpevole: «No, nelle mie intenzioni quello non è in vendita. Prego, in questa stanza. Faccio strada».

Aprì una porta, un rettangolo di luce si spalancò sul pavimento e giunse ai piedi di quello che pareva un piccolo pilastro di sezione quadrangolare, di quelli che usualmente sorreggono busti scolpiti.

«Dammi la lampada», ordinò Alfani al servo e, afferratala, si fece avanti nella stanza buia, senza finestre, dove ristagnava un forte odore di chiuso. Teneva la lucerna bassa, quasi volesse svelare l'oggetto solo al momento opportuno.

Leonia si sentiva a disagio e indugiò sulla porta. Infine entrò, seguita da Grifo.

«Ecco, signora», disse Alfani con tono grave, «la bizzarria naturale che sono certo interesserà l'imperatore Rodolfo. Guardate!».

Alzò la lucerna sfrigolante, l'ombra del pilastro roteò sul pavimento come quella di una meridiana, la pozza di luce si alzò e un teschio umano comparve.

6

Leonia sapeva bene, quanto Alfani e mille altri mercanti in tutta Europa, che Rodolfo II di Boemia amava le bizzarrie. Le sue immense collezioni non traboccavano solo di opere d'arte, ma anche di mostruosità naturali, che conservava nella sezione Bestiario del Gabinetto dell'Arte e delle Meraviglie, nei sotterranei del castello. Rodolfo non era l'unico a coltivare quella passione. A Zurigo e a Basilea si studiavano esseri a due teste, pesci e uccelli straordinari che parevano giunti da latitudini impossibili, persino bambini-rettile o scimmia. In Inghilterra e in Fiandra c'era chi giurava di aver visto ciclopi e centauri, e da tempo Paracelso aveva illustrato come creare *homuncoli* dalla materia inerte. Pareva che alcuni individui senza scrupoli fossero diventati esperti nell'arte di creare esseri deformi, costringendo i bambini a crescere compressi in giare o in vasi dalle fogge capricciose, perché si sviluppassero come orrendi nani, richiestissimi nelle corti.

La notte, Rodolfo percorreva spesso, al lume di una torcia e accompagnato solo dall'eco dei suoi passi, i vasti corridoi delle sue collezioni. Vagava allora in un mondo fittizio e meraviglioso, fiabesco, che lui alimentava nella speranza che diventasse sempre più vero, reale e tangibile di quello quotidiano, insopportabile quanto il peso della corona, degli intrighi e delle guerre contro i turchi, che cercava a ogni costo di evitare attirandosi le ire della Chiesa. Con i mille e mille oggetti che selezionava in base a un gusto unico, Rodolfo si costruiva una tana tutta per sé. Era per questo desiderio di isolamento che la sua persona era irraggiungibile, separata dal resto del mondo da un cerimoniale complesso che aveva appreso alla corte di Spagna e che aveva lo scopo di trasformare un uomo in una figura ieratica: l'Imperatore. Inaccessibile. Lontano.

Rodolfo si era rinchiuso nel suo castello, quasi assediato. Clemente VIII, che il giorno prima aveva firmato la condanna a morte dei Cenci e stava già facendo periziare le proprietà della famiglia sterminata, era convinto che nel cuore di Praga, nella cattolicissima Boemia, si fosse installato un nuovo Satana, che non riceveva la comunione da anni, che non combatteva i turchi, che dialogava con alchimisti e negromanti, che raccoglieva oscenità, che non accettava alla sua presenza alcun visitatore prima che gli venisse letto l'oroscopo, che non si sposava. Si diceva che l'imperatore non volesse prendere moglie per non mettere al mondo eredi legittimi, poiché un astrologo aveva predetto che sarebbe stato spodestato dal suo stesso seme. Così, Clemente aveva spedito a Praga un nuovo nunzio, di sua fiducia, per rendere la vita dura all'imperatore e scacciare i demoni dalla sua anima.

Mentre osservava il teschio davanti a lei, Leonia riandava con la mente a Rodolfo e lo vedeva nel suo Bestiario, il volto flaccido finalmente soddisfatto. Lì conservava i diversi quadri commissionati a Joris Hoefnagel, che ritraevano l'uomo villoso, la moglie e le sue figliolette, coperte di ispidi peli. E inoltre una testa di cervo dalle corna favolose, testuggini tempestate di pietre preziose, possenti mandibole di pesci di oceani lontani, persino file e file di bottiglie polverose contenenti feti mostruosi.

Alfani aveva ragione: Rodolfo avrebbe amato quel teschio,

cento e cento volte sarebbe tornato ad ammirarlo nelle notti insonni. Leonia avrebbe dovuto procurarglielo, a qualunque costo.

Senza dar mostra di alcuna sorpresa, la donna fece un passo avanti, sotto gli occhi attenti dell'antiquario.

Era un teschio umano, senza dubbio, e tuttavia Leonia non aveva mai visto nulla di simile. Una serie di incrostazioni ossee ne deformava del tutto la consueta simmetria. Escrescenze spuntavano una sull'altra dall'osso frontale come stalagmiti in una grotta, e come grappoli porosi si allargavano verso il basso dall'osso parietale sinistro, così che la parte sinistra del cranio era grande quasi il doppio della destra, che per converso pareva come schiacciata da un pugno poderoso. Altre protuberanze calavano sulle orbite oculari, chissà come deformando la vista all'essere umano che una volta aveva abitato quel teschio. La fossa nasale piegava verso destra, e la mandibola presentava un lungo corno d'osso che la prolungava verso sinistra. Pochi denti giallastri sopravvivevano nella mascella infiorata di piccoli bubboni d'osso.

Leonia fece un lento giro attorno al pilastro, per osservare il retro del cranio che pareva un quadro di Arcimboldo, il pittore più amato da Rodolfo. Alfani si spostò per lasciarla passare e, al movimento della lucerna, una serie di ombre si scavò nel cranio deforme, su cui pareva essersi installata una colonia di coralli ossei, proprio come quelli che possedeva l'imperatore.

Mentre studiava le formazioni incrostate sul teschio, la sua memoria esplorava i ricordi. C'era qualcosa... qualcosa di già visto. Si morse le labbra e subito si ricompose, seccata di aver lasciato trapelare le sue emozioni. Grifo, in un angolo, non perdeva un solo movimento della padrona, e quando lei lo guardò battendo le ciglia, capì il comando e annuì. Allora scacciò ogni pensiero e si concentrò sul teschio, attento a memorizzarne ogni dettaglio.

«Allora?», chiese Alfani. «Che ne pensate?»

«Avete detto di averlo trovato nelle proprietà dei Cenci», rispose Leonia, che continuava a rovistare nella memoria, sempre sul punto di afferrare il bandolo, ma senza riuscirci. «È indubbiamente un oggetto bizzarro. Anche per un uomo come Francesco Cenci. Cosa poteva farsene? Amava anche lui il meraviglioso naturale?»

«Francesco amava altri svaghi, madonna», insinuò Alfani.

Leonia sbuffò annoiata: «Voi sapete che il mio imperatore apprezza questo genere di cose…».

«Ne sono felice!».

«…E tuttavia…».

Leonia si interruppe. Non poté farne a meno. Aveva ricordato. La sorpresa era tale che il suo autocontrollo vacillò e gli occhi si appuntarono sul teschio. Senza dire una parola, la mano si alzò, rimase sospesa in aria e poi le dita si posarono leggere sul cranio, sfiorandolo appena, mentre il suo seno si sollevava in un sospiro. Alfani aggrottò le sopracciglia, perplesso. Grifo sbarrò gli occhi, dovette imporsi di non muoversi, di non fermarla.

Leonia chiuse gli occhi. Passò un minuto, non di più, in un silenzio assoluto.

Quando le palpebre si alzarono lente, la luce della lampada si riflesse negli occhi, lucidi come per lacrime trattenute.

«Messer Alfani», disse Leonia, «il teschio potrebbe interessarci».

Alfani sospirò di sollievo.

«Ho detto, signora, di non avere un'idea esatta del prezzo che…».

«Al tempo. Potremmo anche acquistarlo, ma ci occorre qualcosa di più».

Alfani chinò il capo: «Dite, dite pure».

«Voi avete accesso alle carte dei Cenci. Voi state valutando il patrimonio. Io voglio consultare i registri in cui catalogate i beni...».

Alfani batté le palpebre, stupito dalla richiesta.

«...E voglio che voi ricerchiate, per quanto possibile, l'origine di questo teschio. A chi apparteneva? Dov'è lo scheletro? È possibile che sia da qualche parte, e uno scheletro intero vale molto di più del solo teschio, vi pare? E questo cranio sarebbe molto più suggestivo, se l'imperatore sapesse quale cervello ospitò un tempo». Sorrise all'antiquario: «È interesse di entrambi stuzzicare la fantasia di un collezionista, non siete d'accordo?»

«Ma... sì, certo, e tuttavia...».

Leonia si diresse verso la porta.

«Bene, dunque. Naturalmente non venderete ad alcuno questo teschio, senza prima farmelo sapere».

«No, ma...».

«E mi chiamerete quando i registri saranno pronti, perché possa studiarli. Anzi, sarò felice di visitare il palazzo dei Cenci, nei prossimi giorni. Grifo, pensi che possiamo andare?».

Grifo capì subito che la padrona stava soltanto chiedendo se aveva obbedito al suo ordine, e rispose: «A vostro piacere».

«Bene», sospirò. «Una mattina squallida, ma tutto sommato forse la giornata non è andata sprecata. Ricordate, messer Alfani: scoprite chi abitava quel teschio. Stuzzichiamo la fantasia dell'imperatore». Sorrise ancora, innocente, sulla porta, prima di aggiungere: «Ma badate di non stuzzicare la vostra, di fantasia. Lasciamo i camei falsi ai poveri di spirito. La realtà è tanto più interessante!».

E con un sorriso distaccato e incantevole uscì dalla stanza in un fruscio di stoffe.

7

Non appena la carrozza di Leonia ebbe lasciato il cortile, il sorriso scomparve dal volto di Prosdocimo Alfani.

«Marcello!», gridò.

Uno dei bravi presso il portone si raddrizzò, abbandonò gli altri e si fece rapidamente davanti all'antiquario.

Per qualche minuto, Alfani non parlò. Camminava avanti e indietro, stropicciandosi le mani, osservato dai busti romani ritrovati sottoterra e sistemati, come trofei, nelle nicchie alle pareti del palazzo.

«È successo qualcosa di molto grave, Marcello», disse infine, fermandosi.

L'uomo avanzò di un passo, le spesse sopracciglia aggrottate. Teneva una mano sul pugnale infilato nella cintura e si mostrava deciso e privo di scrupoli.

«Ordinate, padrone».

«La discrezione, la riservatezza sono fondamentali nel mio lavoro. I miei affari lo richiedono: non solo può andarne del loro buon esito, ma anche del prezzo che riuscirò a spuntare. Basta una sciocchezza per compromettere una vendita».

Il bravo annuì.

«In questo momento, una fonte insperata di guadagno può venirmi da una certa cosa di cui sono venuto in possesso. Quella signora che hai visto uscire ora, accompagnata da quel tronco d'albero vestito come i pupazzi delle giostre dei saraceni, è la possibile acquirente: ed è anche una delle più accorte negoziatrici con cui si possa avere a che fare, e con un talento innato nel capire cosa ti passa per la testa».

«A me, padrone?», trasecolò l'uomo.

«Non a te, idiota. Era per dire». Il bravo si tranquillizzò e Alfani riprese: «Quella signora rappresenta uno dei più ricchi collezionisti d'Europa, forse l'unico che potrebbe tramutare in oro un oggetto così disgustoso che nessuno vorrebbe nemmeno sotto il letto, vicino all'orinale. Pretende però certe attenzioni: per esempio, che non si faccia mostrare ad altri l'oggetto, finché non abbia deciso un prezzo».

«Mi pare giusto», assentì Marcello.

«Pare giusto anche a me», concordò Alfani, e poi alzò la voce, irritato: «E allora, com'è accaduto che stasera si sia presentato a casa mia quel rimbambito di Ilario Bonsanti, che con molti giri di parole mi ha fatto capire che sapeva di quel maledetto oggetto?».

Marcello allargò le braccia. Di tutte le richieste che poteva aspettarsi dall'antiquario, quella era l'unica per la quale non aveva una risposta.

«Te lo dico io, com'è accaduto!», sibilò Alfani, avvicinandosi al bravo, mentre altri due o tre erano immobili presso il portone, intenti a cercar di capire cosa stesse accadendo. «È accaduto che qualcuno, in questa casa, ha visto e ha parlato, e la voce è arrivata all'orecchio di Bonsanti. Ecco com'è accaduto!».

«Ma padrone, il vostro palazzo è stracolmo di oggetti d'arte. Dovrebbe essere qualcosa di ben strano, perché qualcuno se ne uscisse all'osteria o il diavolo sa dove...».

«E infatti *è* qualcosa di ben strano, Marcello, per cui è proprio così che può essere andata! Ma io non posso tollerare un fatto del genere. C'è solo da sperare che Bonsanti non sia il procuratore di qualcuno interessato all'affare, che possa intralciare la mia trattativa con la signora. D'altra parte, un incisore! Che può farsene di...». Si interruppe e socchiuse gli occhi, appuntandoli in quelli di Marcello: «Insomma, quel che mi preme è scoprire chi ha parlato, chi ha compiuto una simile leggerezza. Un servo, con ogni probabilità».

«Sicuramente».

«Voglio che tu scopra chi è stato, e che la punizione sia esemplare. Capisci che intendo?»

«Capisco, padrone», rispose Marcello, toccando il manico del pugnale. «Una cosa pulita, di cui nessuno avrà a sospettare, e che allerti tutti i servi del palazzo».

«Bene. Nulla dei miei affari deve trapelare all'esterno. Mai. E speriamo che Bonsanti sia solo un curioso».

«Se volete, io...».

La mano guantata di Alfani sfarfallò nell'aria.

«No. Un incisore non è un servo, senza contare che non so se abbia qualcuno alle spalle. Lasciamo che sia lui a scoprirsi, eventualmente».

8

La notte era trascorsa insonne. I pensieri si rincorrevano e le possibilità si affastellavano, esaltanti: troppe emozioni, per riposare. All'orizzonte cominciava a schiudersi una striscia di luce, mentre al sommo della volta celeste qualche stella ancora tremava prima di spegnersi.

Leonia era sdraiata su un divanetto, sulla vasta loggia del palazzo in cui viveva, vestita solo di una leggera tunica bianca. Attorno alle candele accese, volavano sciami di moscerini.

La donna guardava in basso, verso la spianata di piazza della Trinità dei Monti. Radi fili di fumo uscivano da qualche camino. Di tanto in tanto lampeggiava il lume di qualche carro di ortaggi o mercanzie. Si sentiva, lontano, un belare di pecore. Una leggera brezza portava fin lì un dolce odore di campagna.

Seduto per terra, tra diversi cuscini, Grifo, in maniche di camicia, pizzicava le corde del suo *ud*: una sorta di mandolino dalla cassa armonica a forma di mandorla con un piccolo manico che terminava ricurvo, formando un angolo retto.

Leonia lo studiò mentre liberava dallo strumento note precise, che formavano una melodia dolce e malinconica, dal sapore orientale. L'aspetto forte e deciso dell'uomo contrastava con la concentrazione con cui si dedicava alla musica, e al sentimento che riusciva a trasmettere toccando le cinque corde dell'ud. Le mani di Grifo potevano raddrizzare un ferro di cavallo, eppure erano anche capaci di produrre simili sensazioni con un tocco leggero, morbido. Forti e delicate nello stesso tempo.

Leonia scosse il capo, come per scacciare dei pensieri inopportuni, e raccolse da terra un foglio, sul quale era perfettamente riprodotto a carboncino il teschio deforme. L'aveva disegnato Grifo appena rientrati a casa. Questo era l'ordine che lei gli aveva dato con un solo battito di ciglia. E Grifo aveva eseguito fedelmente, senza inventare nulla.

Egli aveva il dono di poter disegnare, a distanza di tempo, qualunque cosa gli fosse stato detto di osservare, perfetta in ogni dettaglio, esattamente come l'aveva veduta, ma non avrebbe potuto alterarla, abbellirla, modificarla in alcun modo. Solo riprodurlo. Tanto che il teschio mostrava la stessa ombreggiatura che aveva osservato dal suo posto, creata dalla lampada dell'antiquario. Se gli fosse stato detto: «Disegna il teschio con un diverso punto di luce», non sarebbe stato in grado di farlo. Non sapeva nemmeno lui perché. Se Leonia avesse detto, in quel momento: «Grifo, guarda la città sotto di noi e disegnala», lui l'avrebbe fatto, casa per casa, finestra per finestra, portone per portone, ma non avrebbe mai potuto togliere o aggiungere un solo campanile.

Una volta, Leonia gli aveva chiesto di disegnarle la sua città, ma Grifo aveva scosso il capo, e con tono inespressivo aveva risposto: «Non posso, signora. Non esiste più». Lei lo aveva fissato, ma nemmeno con le sue doti era riuscita a percepire la benché minima emozione. E ne era stata quasi spaventata: com'era possibile nascondersi così bene? Quant'era profondo, l'animo di Grifo, e in quale recondito angolo buio aveva sepolto la sua città che non esisteva più?

Leonia osservava il volto dell'uomo, con gli occhi socchiusi mentre riproduceva una musica che certo aveva ascoltato altre volte e che per lui aveva qualche significato. Stava per parlare, quando Grifo la precedette: «Se posso permettermi, signora: cos'avete visto, toccando quell'orrore?».

La donna si drizzò a sedere e il foglio scivolò a terra, con il segreto che rappresentava. Grifo continuava a suonare, gli occhi sempre socchiusi. Sul pergolato, sopra il loro capo, le foglie fremettero al passare di un refolo di vento tiepido.

«Non so... non lo so nemmeno io, Grifo», rispose lei, arrotolandosi una ciocca di capelli all'indice e sdraiandosi di nuovo. «Ieri mattina, quando ho incrociato gli occhi di Beatrice Cenci che avevano ormai perso il lampo vitale, ho avuto una visione, che poi mi è stata confermata dalle parole di Alfani...».

Grifo annuì e smise di suonare, aprendo gli occhi e fissandoli sulla donna adagiata sul divanetto.

«...Ma quel teschio... come spiegare... mi ha trasmesso qualcosa, qualcosa di malvagio, qualcosa che aveva a che fare con luoghi chiusi, oscuri, dove si celebrava un rito sanguinoso, eppure non so quanto sia dovuto al mio dono e quanto a semplice immaginazione. Perché, a differenza del delitto Cenci, dei cui dettagli non ero a conoscenza, io *sapevo già* a chi apparteneva il teschio, quando l'ho toccato».

«Lo sapevate?»

«Sì, e lo sapresti anche tu, se solo avessi visto ogni singolo quadro conservato dal nostro imperatore. Tu sai che, prima di iniziare questa attività, ho dovuto studiare tutte le opere custodite al castello: un lavoro lungo e affascinante, compiuto insieme ai tutori assegnatimi dal Governatore delle Raccolte. Ebbene, appena mi sono trovata di fronte a quel cranio deforme, ho provato una sensazione di familiarità. Avevo già visto qualcosa del genere… e poi ho ricordato dove. Saprei dirti adesso la stanza e la parete dov'è affisso il quadro che la riproduce, quasi perso tra decine di altri, com'è consuetudine di Rodolfo. Ma a te dev'essere sfuggita…».

«Per questo mi avete chiesto di disegnare il teschio?»

«Sì. Stamani stesso lo spedirò a corte, per essere certa che si tratti di quello che si trova raffigurato in quel quadro».

Leonia tese le gambe e poggiò a terra i piedi nudi, alzandosi di scatto e dirigendosi al parapetto della loggia, mentre la tunica si avvolgeva attorno alle sue forme piene. Grifo la seguì con lo sguardo, percependo in lei l'eccitazione risvegliata dalla caccia.

«Non potrebbe trattarsi di un falso? Non abbiamo esaminato da vicino quelle incrostazioni. Potrebbero forse essere prodotte ad arte…».

Leonia inspirò l'aria del mattino e il turco osservò il suo seno sollevarsi.

«È possibile, ma se il teschio fosse esattamente quello del quadro, allora significherebbe che il falsario ne avrebbe una copia, o ne sarebbe a conoscenza: il che mi pare difficile. Per questo occorre verificare quanto prima. Certo, Alfani sarebbe capace di tutto, come ogni mercante del resto: la Torre Bianca sopra la Fossa dei Cervi al castello pullula di ciarlatani, e l'imperatore ha fatto impiccare tanti soffiatori, bardati di lamine di quell'oro che millantavano di saper riprodurre con gli alambicchi. E Alfani è troppo lontano dalla vendetta di Rodolfo per aver paura di vendergli della paccottiglia. Ma se il teschio è davvero quello del quadro…».

Leonia parlava guardando la città distesa ai suoi piedi, come se le appartenesse. Sembrava un felino sul punto di ghermire una preda inerme che si stesse svegliando dal sonno. Grifo si alzò e si avvicinò alla donna, restando a rispettosa distanza e fissando le sue spalle scoperte.

«Non è al teschio che voi pensate, signora, non è così? Voi state pensando a qualcosa di molto più importante. Per questo avete chiesto ad Alfani di cercare di scoprire a chi appartenesse, e di visionare le proprietà dei Cenci. Voi cercate qualche altro oggetto, che Francesco Cenci avrebbe potuto possedere».

Leonia sorrise come una bambina scoperta a mentire.

«È così, mio Grifo. È proprio così. Forse, da qualche parte in città, c'è quello che potrebbe essere il più prezioso oggetto per le collezioni di Rodolfo. Qualcosa di unico al mondo, perché dovrebbe essere perduto, distrutto da oltre un secolo. Qualcosa progettato e disegnato dall'uomo deforme che fu un grande artista e che ora è solo un teschio in vendita, sistemato su una lastra di marmo, come un pesce nel Ghetto».

«Di cosa parlate?».

Leonia si girò e lo fissò. Tentennò un attimo, quasi avesse paura di pronunciare a voce alta il nome del *vero* oggetto della caccia a cui si stava per dare inizio, come se la preda potesse sfuggirle. Poi le labbra si schiusero e lei sussurrò, afferrando la mano di Grifo e portandosela al seno: «Dell'*Alfabeto di Erode*».

9

Il 12 settembre del 1599, il giorno successivo all'esecuzione dei Cenci, una lettera lasciò Roma per seguire il lungo percorso che l'avrebbe portata fino a Londra. E tuttavia, aprendola, nessuno avrebbe potuto capire che si trattava di una lettera. Si presentava infatti come un insieme di segni sconosciuti, incomprensibili, che per di più non erano disposti in righe o colonne, ma sparsi sul foglio in modo apparentemente casuale, come gocce di inchiostro lasciate cadere qua e là da un bambino.

Per poter scrivere una lettera simile, come per decifrarla, occorrevano strumenti appositi, identici per lo scrivente e per il ricevente, e la conoscenza di un punto preciso del foglio.

Quella lettera si poteva intercettare, ma era impossibile strapparle il suo segreto.

Era indirizzata a Mr Octavius Powell, presso The Black Swan, Red Cross Street, London.

Arrivò venti giorni dopo alla locanda del Cigno Nero, e il proprietario si sentì dire, mentre gli veniva consegnata: «Hanno sbagliato il nome».

«Meglio», rispose lui. «Vuol dire che non è un debito da saldare, sennò il nome l'avrebbero scritto giusto!».

Risate ubriache uscirono da alcune bocche sdentate di uomini seduti in un angolo, davanti a birre calde con zucchero e scorza di limone. Il locandiere sorrise a sua volta e fece scomparire la lettera sotto il banco. Chiamò uno dei figli e gli sussurrò qualcosa all'orecchio. Il bambino prese una lanterna e sparì nella notte, per tornare poco dopo facendo saltare sul palmo della mano una moneta lucente.

«Arriva subito», disse al padre, e si accoccolò per terra davanti al fuoco del camino, vicino a un grande cigno nero impagliato, con i piedi stesi davanti alle fiamme per asciugarsi dall'acqua delle pozzanghere.

I ceppi scoppiettavano e gli ubriachi cantavano, poi la testa di uno di loro oscillò e stramazzò sul tavolo, tra le risa degli altri. Il locandiere portò degli scaldaletto ad alcuni ospiti al piano superiore, tornò giù e si mise seduto dietro il banco a mangiare gli avanzi della cucina.

Infine, la porta si aprì ed entrò un uomo.

Aveva una cinquantina d'anni, ma nonostante l'età si intuiva che era ancora forte e agile. I capelli cadevano lunghi sulle spalle, striati di grigio. Gli occhi guatarono a destra e a sinistra, neri e arrossati come per la febbre, prima di posarsi sul locandiere. Avanzò a passi decisi, mentre le falde del lungo mantello scuro grondavano pioggia.

«Tuo figlio mi ha detto che hai qualcosa per me», disse a bassa voce in un inglese fluente, ma che tradiva l'origine straniera.

Il locandiere annuì e gli allungò la missiva. L'uomo le diede una rapida occhiata: Octavius Powell. Powell era il cognome del locandiere, ma Octavius era il suo. Ottavio. Gli parve persino di sentire di nuovo una voce femminile che lo chiamava, squillante, da oltre le mura del tempo: «Ottavio! Ottavio!».

Il locandiere studiava l'uomo che fissava la lettera, immobile come un animale incuriosito dal suo riflesso in una pozza d'acqua. Seguiva con gli occhi la linea della cicatrice che partiva dalla fronte, scivolava a lato dell'occhio e finiva sulla guancia, un guizzo biancastro lungo la pelle olivastra, mediterranea.

Poi Ottavio si riscosse dai suoi ricordi e il locandiere distolse subito lo sguardo. L'uomo ficcò la lettera in una tasca del mantello, poi con la stessa mano frugò in una bisaccia e posò alcune monete sul banco. L'altro braccio, il destro, rimaneva nascosto tra le pieghe del mantello.

«Grazie», disse, e se ne andò.

Appena fuori dal Cigno Nero, Ottavio allungò il passo. Gli stivali affondavano nelle pozzanghere fangose, gli occhi abituati all'oscurità di quelle straduzze trovavano l'orientamento cercando un'insegna appena visibile, una candela contro una finestra, un albero già spoglio. Alla fine arrivò davanti a una porta, la spalancò e se la richiuse alle spalle. Lo stanzone era illuminato solo da un fuoco che crepitava nel camino, proiettando contro le pareti annerite le ombre di diversi cavalletti, tavole di legno, cartoni, tele, e barattoli di pigmenti. Da un punto del soffitto cadevano gocce che schizzavano sul pavimento. L'aria puzzava di cenere vecchia mista a terra umida.

Ottavio avvicinò un bastoncino nel fuoco del camino e con quello accese una candela di sego poggiata su un tavolaccio macchiato dei più diversi colori. Spazzò via con il braccio le matite e i carboncini, i fogli e i pennelli e vi mise sopra la lettera giunta da Roma. Poi si slacciò il mantello che lasciò cadere a terra, rivelando così il moncherino che aveva al posto del braccio destro.

Con la sinistra strappò la ceralacca e dispiegò il foglio, da cui si sollevarono granelli di polvere assorbente. Appena si trovò davanti quei segni misteriosi, si liberò dall'ansia con un profondo sospiro. Dunque Ilario Bonsanti gli scriveva! D'altronde non poteva essere altri che lui: solo l'incisore sapeva come raggiungerlo a quell'indirizzo. L'unica altra possibilità era che fosse morto: faceva parte dell'accordo che in quel caso un notaio inviasse una lettera indirizzata a Octavius Powell, presso il Cigno Nero. Ma allora non sarebbe stata compilata con il codice che avevano condiviso. Dunque, Ilario Bonsanti aveva qualcosa di importante da dirgli. Passandosi la lingua sulle labbra riarse, Ottavio pregò che non fosse un contrattempo. Non avrebbe sopportato un giorno di ritardo, dopo venticinque anni di attesa.

Afferrò un righello e una squadra di legno. I segni sul foglio, benché incomprensibili e disposti apparentemente a caso, in realtà erano tutti contenuti all'interno di un quadrato. Con attenzione l'uomo individuò i quattro vertici e con una matita disegnò il quadrato. Poi tracciò le due diagonali, mentre la fronte gli si imperlava di sudore e una goccia gli scivolava lungo il profilo del naso.

Una volta tracciate le due linee Ottavio si scostò, passandosi un braccio sulla fronte. Poi percorse a grandi passi lo stanzone e arrivò a un baule accanto a un giaciglio imbottito di paglia. Lo aprì, cercò a tentoni e tirò fuori un involto. Lo svolse e si ritrovò in mano un cilindroide di vetro lungo circa trenta centimetri, la cui sagoma presentava diverse bombature. Lo fissò e vide riflesso nel vetro il suo stesso volto, deformato dalle concavità e convessità della superficie. Con un oggetto identico, Bonsanti aveva scritto la lettera; con questo e solo con questo, poteva essere decifrata. Diversi anni addietro Ottavio aveva fatto modellare quei due cilindri da un mastro vetraio di Londra, e ne aveva spedito uno a Roma a Bonsanti, spiegandone in dettaglio il funzionamento. Adesso benediva la sua preveggenza: era fondamentale che nulla trapelasse, e la posta non era sicura, né a Roma, piena di spie del papa, né a Londra, piena di spie della vecchia regina Elisabetta.

Tornò al tavolo. Una delle due basi del cilindro si affusolava bruscamente fino a diventare una punta; Ottavio la poggiò con attenzione sul punto esatto generato dall'intersezione delle due diagonali del quadrato, tenendo il cilindro perpendicolare al foglio. Con gli occhi sgranati per l'ansia, fissò lo specchio cilindrico, e lungo la sua superficie i segni deformi riflessi dal foglio ritrovarono subito la loro intelligibile forma di lettere. Un piccolo gioco di anamorfosi: uno specchio in grado di riflettere e correggere le forme, dando loro un significato altrimenti impossibile da scorgere. Ottavio strinse gli occhi e lesse.

Roma, addì 11 settembre 1599

Caro Ottavio, anzitutto non temere! So che questa lettera ti giunge imprevista, e che quindi l'emozione ti spinge naturaliter a dipingere foschi scenari nel tuo animo...

Tutt'altro! Sto per darti una grande notizia, di cui sono venuto a conoscenza per puro caso, che favorisce molto i nostri progetti. A tal punto, che occorre davvero credere che Dio sia con noi, e che dunque noi siamo nel giusto. Altrimenti, come spiegare una casualità così favorevole? Il mondo si presenta misterioso e caotico, come insegna Democrito, ma non è così. Esiste un punto di vista che rende tutto perspicuo, intelligibile. La difficoltà è nel trovarlo, ma non dobbiamo dubitare che esista: dopotutto i nostri specchi cilindrici, sistemati in uno specifico punto, trasformano vertigine e confusione, tedio e disperazione in mirabile ordine e serenità. Forse questa è la natura ultima di Nostro Signore: il Punto in cui tutto il dolore, il mistero, il disordine dell'universo trovano la loro spiegazione e consolazione.

Ascolta, dunque. Saprai forse che stamani qui a Roma si è proceduto all'esecuzione dei Cenci. Ma quello che non sai è che nel palazzo di Francesco è stato ritrovato...

Gli occhi di Ottavio arrivarono alla fine della lettera. Poi l'uomo appoggiò con delicatezza il cilindro sul tavolo, si drizzò con un sospiro e lasciò vagare lo sguardo per lo stanzone in cui aveva vissuto tutti quegli anni, reinventandosi la vita che gli era stata strappata insieme al braccio.

Tutto gli vorticò attorno, il camino roteò lungo i muri più volte e Ottavio si ritrovò seduto per terra. Allora si sdraiò, mentre cominciava a ridere, una risata incontrollabile, che avrebbe stupito chi l'avesse sentita, perché il pittore italiano cupo e taciturno non rideva mai. Aveva le lacrime agli occhi quando si fermò, recuperando il controllo di sé.

Quel povero, vecchio, fedele Ilario Bonsanti! Proprio come un tempo: continuava a filosofeggiare sul labirinto del mondo a cui credeva di contrapporre il paradiso del cuore. Inutile spiegargli che non c'è paradiso se il cuore te l'hanno strappato, come non c'è luce per un cieco o tatto per un monco. Bonsanti credeva ancora e sempre nel Punto Ordinatore, come gli aveva detto una volta, ma quella era solo filosofia, buona per chi si diletta di anamorfosi, non per chi è passato attraverso lo strazio della carne e dell'anima.

Eppure, nonostante i suoi sproloqui, su un punto l'incisore aveva ragione: avevano davvero avuto un colpo di fortuna inaspettato, da cui spettava a lui trarre il massimo vantaggio. Per questo occorreva stringere i tempi. Anzitutto, avrebbe presto fatto una visita a quel fabbro così bravo nel costruire congegni meccanici, a cui aveva con lungimiranza commissionato un lavoro importante. E poi, dopo tanto tempo, sarebbe tornato a Roma.

Si rimise in piedi di scatto, come per suggellare la decisione presa, si avvicinò al camino e prese una caraffa che si riscaldava lì accanto. Bevve avide sorsate di vino caldo speziato, e poi, ristorato, disse a se stesso, guardando le fiamme che divoravano un ciocco contorto: «No, povero amico mio, non è Dio a essere con noi. È il diavolo in persona».

10

In quello stesso 12 settembre in cui la lettera vergata in codice anamorfico lasciava Roma per Londra, un'altra missiva lasciava l'Urbe, destinata a Praga; questa era criptata con una griglia cardanica, e arrivò speditamente nella città di Rodolfo II, seguendo i canali diplomatici.

La lettera di risposta non stupì Leonia come quella di Bonsanti aveva stupito Ottavio; lei sapeva già cosa attendersi, e voleva soltanto una conferma doverosa, prima di impegnarsi in una caccia che, oltre che difficile, avrebbe potuto essere molto dispendiosa.

Da O. Strada, Antiquario di Corte e Sovrintendente alle Collezioni di Sua Maestà Rodolfo II *d'Asburgo, Imperatore del Sacro Romano Impero, Re d'Ungheria e di Boemia, Arciduca d'Austria. Scritta in Praga, addì 22 settembre 1599.*

Leonia, tu sei per l'arte e i tesori nascosti nella turbolenta Europa quel che Diana era per le foreste dell'Ellade! La tua missiva ci ha stupito, e il disegno che la accompagnava ha destato in Sua Maestà un acceso interesse, quell'interesse che tu ben conosci e che lo distrae dai gravi impegni del regno.

Grifo è un vero portento, e bene abbiamo fatto a metterlo al tuo fianco. Senza quel disegno che ha il rigore dei migliori anatomisti, scevro da ogni desiderio di abbellimento artistico, forse avremmo dubitato della tua scoperta. Ma io e l'archiatra Taddeo Hàjek siamo scesi nel settore del Gabinetto che ci avevi indicato, e successivamente vi ho accompagnato l'Imperatore che ha voluto di persona comparare il dittico al disegno. E ci siamo convinti.

Come ben ricordi, il dittico è stato dipinto attorno al 1450. È un'opera che l'Imperatore ama particolarmente e che, nella sua bizzarria, gli rammenta certi lavori di Hieronymus Bosch o di Arcimboldo, così realistica e nello stesso tempo così irrazionale: della stessa sostanza dei sogni. Il dipinto a sinistra raffigura un uomo a mezzo busto, le mani conserte come fosse appoggiato a un balcone, sullo sfondo di un bucolico paesaggio italiano. Ma, cosa strana in un ritratto, il suo volto è occultato da un raffinato panno di seta bianca, forato in corrispondenza degli occhi. Egli ci guarda, ma conserva il suo segreto: appena svelato nell'altra parte del dittico, quella a destra. Qui è riprodotto lo stesso identico paesaggio, stavolta soffuso di una vaga luce crepuscolare, e l'uomo è ritratto nella stessa posizione e con gli stessi vestiti del dipinto di sinistra. Ma non porta il panno, e al posto del capo compare un teschio.

Leonia, il teschio è identico a quello che hai visto in casa di quell'antiquario! O meglio, identico per quanto possa esserlo, considerando che il pittore deve averlo dipinto tastando con meticolosità le sue stesse protuberanze ossee. Ma Hàjek non ha dubbi: il teschio è lo stesso. E considerando che nel retro della tavola su cui è dipinto il dittico compaiono la parola "Autoritratto" e la sigla arzigogolata ben nota a ogni appassionato collezionista, M.M., possiamo esser certi che il teschio in possesso di Alfani è quello del celebre Maestro del Monogramma, ritrattosi in sì bizzarra foggia!

Ora, tu sai come il nostro Hàjek, oltre a occuparsi della salute dell'Imperatore, sia anche accorto esaminatore di tutti gli alchimisti e astrologhi e artisti che bussano alla porta di Rodolfo, e quanti doppi fondi d'argilla contenenti polvere d'oro e mille altre furberie abbia scoperto negli alambicchi di alcuni di loro! Per cui, ti raccomandiamo la massima attenzione, perché se il teschio del Maestro non può non entrare nel Gabinetto, convenientemente sistemato presso il dittico, dobbiamo essere ben certi che non sia una manipolazione. Per questo, ci affidiamo a te.

Ma tu hai colto di sicuro il punto saliente in questa scoperta. Il teschio è solo la prima portata di un pranzo che si annuncia ben più succulento.

È infatti legittimo presumere che chiunque abbia conservato per più di un secolo questo teschio, debba averlo fatto per un motivo preciso, seppure tenebroso; e dunque è anche possibile che altre memorabilia di questo pittore emarginato e maledetto siano miracolosamente sopravvissute alla furia devastatrice dell'ortodossia religiosa. In primis, il suo *Alfabeto di Erode*, l'esecrato testo che racchiuderebbe la summa negromantica del Maestro del Monogramma.

Per Sua Maestà non c'è prezzo per il teschio, e dunque puoi ben immaginare quanto sarebbe disposto a pagare per venire in possesso di un'eventuale, unica copia al mondo di questo libro.

Leonia continuò a leggere la lunga e tediosa lettera fino alle elaborate firme in calce, roboanti di titoli e incarichi com'era nello stile dell'Antiquario di Corte, poi allungò la lettera a Grifo e cominciò a rimuginare. Era ormai passato più di un mese da quando aveva fatto visita a Prosdocimo Alfani. Poi se ne era tenuta alla larga, blandendo le sue richieste scritte con vaghi cenni di interesse.

Sapevano tutti e due che si trattava solo di schermaglie. Ma ora era venuto il momento di scoprire perché un uomo rozzo come Francesco Cenci fosse in possesso di un oggetto così particolare.

11

Il vicolo era stretto, quasi stritolato tra due file di stamberghe fatiscenti di legno. Non c'erano luci alle finestre, e l'unica fonte di illuminazione era la luna in alto e il suo riflesso nel Tamigi che si intravedeva in fondo, simile a un fondale da teatro. Sebbene all'apparenza deserto, il vicolo era invece brulicante di vita: nel buio si sentivano occasionali risate, grida di bambini che giungevano dalle finestre senza vetri, i mugolii affrettati di un orgasmo. Ottavio si muoveva con cautela, gli stivali che affondavano nella fanghiglia. Il tanfo che veniva dal fiume si mischiava a quello degli escrementi, ma lui non vi badava. Avanzando, puntò l'attenzione sull'ultima casa prima del fiume, l'unica che avesse una finestra illuminata al primo piano, accanto all'insegna di un fabbro.

Lungo la sponda del Tamigi non c'era nessuno. Alcune imbarcazioni cigolavano, legate ai piloni, e poco lontano sorgeva il Ponte, maestoso. Era una piccola, autonoma città che sorgeva sul fiume, una sagoma nera di massicci edifici poggiati su piccole arcate, disegnata contro la luce lunare sfrangiata dalle onde del fiume. Poiché Ottavio si trovava sulla parte meridionale della città, poteva vedere la porta di Southwark che chiudeva il ponte a sud, proteggendone gli abitanti per la notte.

Aguzzando gli occhi, sulla cima della porta vedeva tanti spilli; erano le teste dei condannati a morte infilate su picche che, incatramate per proteggerle dalle intemperie, mostravano ai londinesi l'inflessibilità della giustizia. Per un attimo Ottavio tornò con la mente a Roma, dove da ponte Sant'Angelo e dalle varie porte della città pendevano teste di decapitati ficcate in piccole gabbie. Almeno sull'amministrazione della giustizia, il papa e la regina la pensavano allo stesso modo.

Arrivò davanti alla porta del fabbro e gettò un'occhiata a destra e a sinistra. Rassicurato, bussò. Aspettò, bussò di nuovo.

«Chi è?», disse infine una voce.

«Aprite, mastro Herrmann. Sono io».

Ottavio sperò che il fabbro lo avesse riconosciuto dalla voce: avrebbe preferito evitare di dire il proprio nome, perché di certo dalle finestre spente tutto attorno qualcuno stava curiosando. Il mantello nero e il cappello dall'ampia tesa lo proteggevano, ma la prudenza era sempre più necessaria, ora che i momenti finali della preparazione stavano arrivando.

Da dietro la porta giunse una serie di scatti meccanici, così rapidi che non potevano essere dovuti a movimenti umani. Ottavio sapeva quale ne era l'origine: Herrmann aveva costruito un congegno che, fatta girare una chiave, muoveva degli ingranaggi che disserravano in rapida successione i diversi paletti che proteggevano il lavoro e la vita del mastro. Quasi un assaggio della sua abilità.

La porta si aprì e un faccione arrossato dai bracieri si sporse fuori, socchiudendo gli occhi celesti per abituarsi all'oscurità.

«Siete voi! Bene, bene, entrate, Ot...».

L'uomo si infilò dentro affrettandosi a interrompere il fabbro: «Mastro Herrmann, spero bene che questa sia l'ultima volta che ci vediamo. Come vi ho detto qualche giorno fa, sto partendo per Roma e intendo portare con me quel che vi ho ordinato da lungo tempo».

Il pianterreno della casa era una stanza dal soffitto basso, attraversato da travi tarlate; in un camino di pietra fiammeggiava un fuoco che affumicava l'ambiente, tanto che diversi altri bracieri che rosseggiavano qua e là erano circonfusi di un'aureola sfocata. Su un lungo tavolo c'erano morse, pialle, seghe, scatole di chiodi, martelli, e per terra uno strato di segatura mista a limatura di ferro e teste di chiodi.

Il caldo era insopportabile e il fumo prendeva alla gola e irritava gli occhi, ma il fabbro sembrava a suo agio nel suo antro, simile a quello in cui Vulcano costruiva gli ordigni che allietavano gli dèi. Basso e grasso, stava a torso nudo e le mammelle e la pancia prominenti gonfiavano un grembiule lercio, legato alla vita e dietro il collo. Il cranio completamente calvo era lucido di sudore, e un cuscinetto di grasso gli fasciava la nuca.

«Messer Ottavio, non solo costruisco oggetti di precisione che costituiscono la meraviglia di Londra, ma io stesso sono un uomo preciso. Non guardate al mio aspetto provato dalla vita! Vi ho detto che tutto sarebbe stato pronto per stanotte, e tutto è pronto per stanotte».

Il fabbro concluse il discorso drizzando la schiena, e il grembiule si gonfiò sulla pancia come una vela al vento favorevole. Gli occhi brillavano della stessa soddisfazione che Ottavio aveva veduto in quelli di alcuni pittori romani, e che aveva illuminato anche i suoi, nelle rare occasioni in cui si era reso conto di aver prodotto qualcosa di più di un semplice quadro su ordinazione.

Rammentò una Sacra Famiglia dipinta per un papista, una volta, diversi anni prima. La Madonna aveva lo stesso volto di donna che dipingeva sempre, colei al cui ricordo sempre si struggeva, eppure soltanto in quel caso era riuscito a renderne esattamente lo sguardo e il dolce sorriso. Fu allora che i suoi occhi dovettero aver brillato della stessa luce che lampeggiava ora in quelli del fabbro; ma i suoi si erano subito velati di lacrime. In quella Madonna, davanti a Ottavio si era incarnato il fantasma del tempo passato, e un attimo di folle felicità fu affogato da un vortice di nostalgia per quel che aveva perduto. Aveva pensato a lungo di tenere per sé il dipinto, ma alla fine lo aveva dato al suo committente. Da allora, non era mai più riuscito a riprodurre l'espressione di quel volto.

«Dunque, messer Ottavio, siete rimasto senza parole?».

Ottavio si riscosse e tentò un sorriso: «Temevo un altro rinvio, in effetti, come già in passato».

«Niente affatto! Non ho mai rinviato nulla perché non ho mai dato scadenze precise, prima di quella di stasera. Solo adesso tutto è perfetto e voi sarete pienamente soddisfatto, come soddisfatti sono i più ricchi signori della città di fronte ai miei bauli rinforzati con combinazioni segrete, inviolabili come i forzieri degli gnomi!».

«E allora basta ciance, caro Herrmann, altrimenti crederò che siate come quegli imbonitori che vanno in giro per le piazze a vendere panacee di tutti i mali. Forza!».

Ottavio si liberò del mantello e del cappello che lanciò in un angolo, scoprendo il braccio troncato poco sotto il gomito. Il fabbro si stropicciò le mani, indicò uno sgabello su cui Ottavio sedette e si diresse al tavolo da lavoro.

Quando tornò, reggeva quel che sembrava il guanto di un'armatura, che lanciava barbagli metallici alla luce del camino. Sotto lo sguardo attento di Ottavio, che non perdeva un movimento dell'uomo, cominciò ad allacciare il guanto al braccio con una complessa serie di stringhe di cuoio.

«Come vi ho già spiegato, la mia famiglia viene dall'Europa», raccontava Herrmann, mentre il sudore gli correva sul collo adiposo. «I miei avi abitavano presso il castello di Jagsthausen, e lì il mio bisnonno, abile quasi quanto me, costruì per il famoso soldato Götz von Berlichingen una mano di ferro simile a questa. Oh, non mi interrompete, so bene delle migliorie che voi mi avete chiesto di apportare a quel prodigio di meccanica, e io con la mia grande intelligenza sono riuscito a soddisfarvi, vedrete! Ma voi state partendo per Roma?».

Ottavio si incupì. Dopo un attimo rispose: «Ve l'ho detto».

«Sì, lo avete detto. Per il Giubileo? Ma già, voi siete papista, e andate a mondare la vostra anima dai peccati. Gran comodità, essere papista. State fermo, prego».

Ottavio decise di non rispondere alle provocazioni del fabbro. Osservò l'uomo che, assicurata la protesi, inseriva una specie di ferro a forma di L in alcuni fori predisposti sull'avambraccio e studiava i movimenti delle dita meccaniche articolate. Era davvero un prodigio. Quando aveva visto i disegni preparatori, Ottavio aveva dubitato; aveva avuto l'impressione che Herrmann fosse un pallone gonfiato, che si vantava di famosi antenati, forse mai esistiti. Ma adesso doveva ricredersi.

«Vedo che avete osservato con attenzione», fece il fabbro, sollevandosi e passandosi il grembiule sul volto sudato. «Quindi avrete capito il funzionamento della mano. Le dita, come vi avevo promesso, sono snodate quasi come quelle in carne e ossa. Il pollice ha un movimento autonomo, le altre quattro si piegano e si stendono assieme. Per stringere un oggetto dovete usare questo perno», e indicò il ferro a L, «inserendolo in questo foro e girando, così. Nell'altro verso, la mano si riapre. Vedete?»

«Sì. Fatemi provare».

«Provate ad afferrare quella coppa sul tavolo. Aspettate!». Herrmann prese la coppa e la vuotò di un sorso, rimettendola poi sul tavolo. «Non volevo andasse sprecato il vino».

Ottavio si alzò e in quel momento gli occhi si posarono su una scaletta di legno in un angolo, che portava a una botola sul soffitto. Allora gli tornò alla mente la finestra illuminata al piano di sopra e chiese: «Siete solo?».

Herrmann batté le palpebre e disse con un sorriso: «Solo come un eremita sulla colonna».

«Ho visto una luce di sopra, quando sono arrivato».

«Tengo sempre una candela accesa. Scoraggia i ladri».

Ottavio annuì. Mosse a destra e a sinistra, in alto e in basso la protesi, per abituarsi alla sua pesantezza. Poi avvicinò la mano meccanica alla coppa e la chiuse nell'incavo. Prese il perno e lo inserì nel foro, finché non sentì un leggero scatto, come se un meccanismo si fosse fissato a qualcosa. Poi girò.

Il pollice e le quattro dita si distanziarono con uno scatto.

«Nell'altro verso», disse Herrmann.

Ottavio obbedì. Stavolta le dita scattarono chiudendosi sulla coppa. La mano si sollevò e l'uomo si portò la coppa alle labbra.

«Vedete com'è salda la presa? Ci sono molle possenti, lì dentro!», commentò fiero Herrmann. «Guardate, non sfugge».

«Sì. Un buon lavoro».

Ottavio rimise la coppa sul tavolo e riaprì le dita.

«Potete afferrare una spada, o un martello, ma naturalmente la mano non è così forte da reggere l'urto, anche se serrandola attorno a un braccio potreste forse lasciare un segno sulla carne. Ma imparerete poi da voi a usarla nel modo migliore!». Herrmann si grattò la fronte e aggiunse: «Eviterei anche di stringere un cero, quando sarete a battervi il petto nella vostra San Pietro. Potreste sbriciolarlo».

Ottavio non rispose. Continuava a studiare le dita metalliche, assorto. Infine disse: «Non mi avete ancora spiegato l'ultima miglioria che avevo chiesto al vostro progetto. Queste dita non sembrano adatte a...».

Herrmann sbuffò: «Ma certo che non sono adatte! Non potevo mandarvi in giro con dita come quelle che chiedevate, vi pare?».

Ottavio strinse gli occhi: «Dunque non avete eseguito i miei ordini?».

Herrmann mosse una mano come per scacciare una mosca, si diresse al tavolo, aprì un cassetto traballante e ne estrasse una scatolina. La gettò sul piano, e quel che vi era dentro mandò un tintinnio metallico.

«La vostra cosiddetta miglioria è un affare pericoloso, messere, ma dopotutto quel che intendete farne sono affari vostri. La discrezione fa parte del mio lavoro. Aprite la scatola e sarete servito!».

Ottavio obbedì: dentro c'erano alcune dita meccaniche, identiche a quelle della mano, a parte un dettaglio. L'uomo ne afferrò uno e lo fece ruotare tra le dita: la punta non era smussata come quelli che aveva montati, ma affilatissima. Inoltre, il dito non poteva flettersi. Herrmann aveva ragione, non era prudente andare in giro in quel modo.

«Come si montano?», chiese.

«Ho fatto bene, dunque, a tenerli da parte?»

«Avete fatto bene, ma spiegatemi come si montano».

Osservando con attenzione come il fabbro svitava e riavvitava il dito sul palmo di ferro, e quanto facile e rapida fosse l'operazione, Ottavio sentì un brivido di ammirazione per Herrmann. Anche quell'uomo, a suo modo, era un artista.

«E adesso?», chiese Ottavio, una volta che il dito fu montato.

«Guardate qui».

Il dito di Herrmann si posò sull'avambraccio metallico e indicò una serie di quattro forellini.

«Occorre un perno apposito, questo. Basta inserirlo nel foro corrispondente al dito – così, il primo rappresenta l'indice – ed ecco fatto. Provate, provate!».

Ottavio si passò la lingua sulle labbra e le sentì salate di sudore. Puntò la mano verso il tavolo, che stava a circa due metri da lui, e inserì il perno nel foro. Avvertì un movimento meccanico, uno scatto secco, un brivido salì attraverso le cintole fino alla carne e il dito schizzò via, dritto, volando a piantarsi nel legno, con un tonfo sordo che risuonò nel silenzio della stanza.

Dopo un attimo, Herrmann scoppiò a ridere soddisfatto.

«Non è un capolavoro? Per tirare di nuovo, dovete ruotare il perno. Così, esatto: come vedete, i meccanismi che ho creato fanno il lavoro per voi, altrimenti una molla così potente sarebbe stata difficile da comprimere! Che ve ne pare?».

«A quale distanza può arrivare?»

«Sei metri circa». Herrmann tornò serio e, studiando l'uomo che si era avvicinato al tavolo per riprendere il proiettile, rispose insinuante: «Dipende da quale effetto volete ottenere».

Ottavio scosse le spalle, mentre avvitava un altro dito alla mano: «Voglio soltanto potermi difendere. Il viaggio fino a Roma sarà lungo e io sono un pittore, non un mercenario. E con un braccio solo, per giunta».

Herrmann fece finta di credere alle parole dello straniero.

«Ricordate di oliare i meccanismi, di tanto in tanto. Basterà inserire qualche goccia nei vari fori. Bene, credo di avervi servito a dovere. Ci eravamo accordati per una certa cifra...».

Ottavio calcolò che il fabbro distasse da lui tre metri.

«Mi avete servito come meglio non potevate, mastro Herrmann. I vostri avi sarebbero orgogliosi di voi», disse, e ne era convinto. Proprio per questo si concentrava sull'obiettivo, in modo da non pensare che Herrmann era un artista, che gli artisti sono la benedizione di Dio, e che andrebbero protetti. E lui non poteva proteggerlo.

Gli occhi azzurri del fabbro seguirono la mano di Ottavio che inseriva il perno nel foro corrispondente all'indice di ferro. Un lampo di terrore gli attraversò lo sguardo.

Ottavio alzò la mano di ferro, puntandola in direzione del fabbro, mentre Herrmann indietreggiava, la bocca aperta per la sorpresa e la paura, gli occhi sgranati.

Ottavio ruotò il perno nel foro e sentì un lieve scatto. Il proiettile saettò nell'aria con un sibilo e si piantò con uno schiocco secco, come di una noce spaccata, nella fronte di Herrmann, mentre per contraccolpo un brivido correva per il moncherino inguainato. Herrmann emise un gemito, scartò all'indietro come colpito da un pugno in faccia e cadde al suolo con un tonfo. Ottavio rimase immobile, raggelato da quel che aveva fatto, mentre guardava i piedi del fabbro che si muovevano a scatti, finché non si irrigidirono.

Dopo qualche minuto, Ottavio ingoiò il grumo che sentiva in gola e fece qualche passo avanti. Gli occhi di Herrmann lo guardavano sbarrati, mentre il proiettile di metallo, piantato nella fronte, sporgeva per metà. Un rivolo di sangue colava verso destra e si addensava in una chiazza sul pavimento.

«Mi dispiace», sussurrò Ottavio. Era il primo uomo che uccideva, e certamente il meno colpevole di tutti quelli che sarebbero venuti in seguito. Rivide in un lampo le teste infilate sulle picche, alte sulla porta di Southwark, e immaginò che la sua avrebbe potuto essere una di quelle, nei giorni successivi. Ma nessuno l'aveva visto entrare, nessuno conosceva il suo nome: era solo un'ombra nel buio. E presto avrebbe lasciato Londra per sempre.

Si avvicinò al tavolo e cercò rapidamente con gli occhi. Alla fine trovò un punteruolo e lo afferrò. Si volse di nuovo al cadavere del fabbro e sospirò. Non poteva lasciare il proiettile nel cranio. E doveva allenarsi, con quella mano: aveva mirato al petto e aveva centrato la testa. Non poteva permettersi di mancare un bersaglio. Quell'arma era buona se si poteva contare sull'effetto sorpresa, ma difficilmente avrebbe potuto concedergli un secondo colpo, se il primo fosse andato a vuoto.

Si chinò sul cadavere e, come lavorasse a una scultura lignea con il bulino, scavò e tirò finché, con uno scricchiolio sinistro, non riuscì a estrarre il dito di ferro. Un filo viscido di materia cerebrale e sangue univa il dardo e il foro nero aperto nella fronte.

Poi Ottavio sentì un rumore e alzò di scatto la testa, all'erta.

12

La vide subito, a metà della scaletta.

Non avrebbe dovuto fidarsi di Herrmann, pensò, rialzandosi lentamente per evitare di allarmare la ragazzina.

Aveva forse dodici anni, e guardava verso di lui con occhi da cerbiatta spaventata. Era interamente nuda. I capelli biondi erano sporchi, raggrumati, e con la mano si copriva il pube, in un innocente gesto di vergogna. Il seno era già in evidenza, eppure aveva qualcosa di acerbo che lo lasciò perplesso e turbato.

«Non fatemi del male, vi prego non fatemi del male...», piagnucolava la ragazzina. Era rimasta ferma a metà della scala: non sapeva se fuggire o chiedere pietà.

Ottavio lanciò un'occhiata al cadavere del fabbro, vestito dell'oscenità della morte, e il senso di colpa che gli pesava sulle spalle si alleviò. Aveva solo ucciso un porco, dopotutto. Tornò a guardare la ragazzina.

«Come ti chiami?»

«Ester. Ma non fatemi...».

«Quanti anni hai, Ester?», la interruppe lui.

«Non so. Undici, forse».

«Non hai genitori?».

Lei lo guardò come se non capisse la domanda.

Ottavio si avvicinò con noncuranza al tavolo e, preso uno straccio, pulì il dito estratto dal cranio del fabbro.

«Cosa ci fai qui?», chiese.

«Ero su, a letto».

«Aspettavi Herrmann?».

La ragazzina annuì, come se fosse la cosa più naturale del mondo. Herrmann le dava un tetto e del cibo, lei gli dava se stessa. Non c'era altro da chiedere.

«Che cosa hai visto, Ester?», chiese Ottavio, mettendo il dito nella scatola e avvitando sulla mano posticcia quello smussato, inoffensivo.

«Mi sono svegliata... ho sentito delle voci... poi più nulla... mi sono decisa a venire a vedere e così vi ho visto chino su...». Si interruppe e riprese a piagnucolare: «Non fatemi del male, non dirò nulla a nessuno, non...».

Ottavio la fissò: «Cosa dovresti dire?».

Un terrore cieco si accese negli occhi lucidi di Ester, poi il suo sguardo si posò sulla mano di ferro, splendente alla luce della fiamma. Allora Ottavio capì che avrebbe dovuto uccidere anche lei. Non era una bambina, era una donna che trovava normale essere l'amante di un grassone sudato di almeno trent'anni più vecchio di lei, una donna che non lo conosceva, ma che sapeva quanto bastava perché un giudice lo potesse rintracciare. Un uomo scuro di carnagione, sui cinquant'anni, con accento straniero, con una cicatrice sul volto e una mano di ferro: quanto ci avrebbero messo, ad acciuffarlo?

«Io non dirò mai nulla a nessuno, ve lo giuro!», piagnucolò Ester, quasi gli avesse letto nel pensiero. Cercò di ammansirlo come sapeva e si tolse le mani dal pube, offrendosi tremante: «Lasciatemi vivere, per favore, farò tutto quel...».

«Sta' zitta!», gridò lui. Quella stupida stava facendo di tutto per fargli dimenticare che era solo una ragazzina, un animaletto che si aggirava per la grande città sperando di trovare un tetto, di evitare le trappole e di vivere un giorno di più, a qualunque prezzo. «Sta' zitta».

Pensò a lungo, mentre la ragazzina stava sempre sulla scala, nuda, spostando il peso da un piede all'altro, e lanciava occhiate impaurite al cadavere di Herrmann e poi occhiate perplesse a Ottavio.

Man mano che il tempo passava, Ester sentiva che forse ce l'avrebbe fatta, forse avrebbe vissuto un altro giorno ancora.

Man mano che il tempo passava, Ottavio rifletteva che si trovava di fronte al primo contrattempo del suo piano. Una volta il destino ti dà una mano, come gli aveva scritto Bonsanti pochi giorni prima, e la volta dopo ti spariglia le carte. Ma se la strada che Ottavio aveva immaginato per sé era costellata di morti, non lo era certo di ragazzine morte. Così decise di lanciare i dadi e sperare che tutto andasse per il verso giusto.

«Ascoltami, Ester», disse infine. «Sai dove Herrmann teneva i risparmi?».

Ester fu pronta: «Sì! Sì, certo! Posso darvi i suoi soldi, Herrmann...».

"Stupida!", pensò.

«Sta' zitta, per Dio! Non voglio i soldi del fabbro. Prendili tu».

«Io?»

«Sì. Vèstiti, prendi i soldi e vattene lontano di qui. Dimenticami: tu non hai visto nulla, qui, e soprattutto non hai mai visto me. Perché nessuno mi prenderà mai, ma io prenderò te, se parlerai».

Ester annuì con forza, incredula, troppo sorpresa per parlare. Ottavio tentennò un momento, poi indossò il mantello, si calò il cappello ben bene sulla fronte, prese la scatola e aprì la porta. Una folata d'aria gelida entrò a rianimare i bracieri e il fuoco nel camino.

Uscì nel buio, fece qualche passo, si fermò. Respirò a pieni polmoni l'aria della notte e contemplò le stelle, nitide, fredde, lontane. Pensò a quel che doveva fare nei mesi a venire e al destino che aveva estratto dal suo mazzo di carte una mano così favorevole, come gli aveva scritto Bonsanti. E d'improvviso vide tutto chiaramente, come se l'aria fredda e pura della notte avesse scacciato dal suo corpo i miasmi fumiganti dell'antro del fabbro. Vide le possibilità e i rischi. Vide il successo finalmente a portata di mano, dopo anni di studi e di esilio. Vide il possibile fallimento.

Non poteva permettersi di giocare con negligenza le sue carte. Perché a quel tavolo la posta in gioco era la vita, e l'altro giocatore era il diavolo.

Allora strinse i denti, si girò di scatto come per evitare ripensamenti e tornò dentro. La ragazzina nuda sogghignava pensando che, in un colpo solo, si era liberata di quel maiale di Herrmann e aveva guadagnato un bel gruzzolo.

Parte seconda
La profezia

La prima parte di questa profezia comparisce verificata nella longa serie degl'avvenimenti di sopra in più luoghi riferiti.

Innocenzio di San Giuseppe,
Storia della vita, virtù e fatti del venerabile padre Giuseppe della Madre di Dio

1

Una carrozza nera, con le finestrelle schermate da pannelli di cuoio, avanzava traballante nella fanghiglia di via Merulana, in una pallida alba. Al suo passaggio, le schiene dei contadini incuriositi si drizzavano. Era la tipica carrozza della Chiesa, forse di qualche prelato diretto al Laterano. Ma era troppo presto: di certo quella carrozza simboleggiava qualche affare delicato o impellente. Dopo qualche istante, le schiene tornarono a curvarsi sotto il peso quotidiano e la carrozza si allontanò, sbiadendo nella foschia di quelle giornate tiepide e umide di ottobre.

Una mano sottile scostò il pannello di cuoio e diede un'occhiata fuori: ruderi di antichi edifici, alberi dalle chiome ingiallite e, lungo i bordi della via, pecore e maiali in libertà, tutto sfumato dal grigiore nebbioso, tutto ondeggiante al ritmo della carrozza. C'era un forte odore di stallatico e di terra umida, fertile. Il pannello di cuoio calò.

Dopo poco, la carrozza girò per una stradina fiancheggiata da pini e prese a salire. Alla fine della collinetta si apriva una radura. La carrozza si fermò davanti alla cinta muraria di un convento.

«Siamo arrivati, illustrissimo», disse il cocchiere, e stava per scendere quando lo sportello si aprì.

Dalla carrozza emerse un uomo alto e magro, che indossava una tonaca bianca con cappa nera, il cappuccio tirato giù.

Era calvo, a eccezione di un'aureola di capelli grigi, la tonsura e l'abbigliamento dei domenicani. Portava una barba folta e grigia anch'essa, ben curata.

Gli occhi neri, duri, si guardarono attorno. Individuarono un ragazzino sporco, di sette o otto anni, che stava a piedi nudi nella fanghiglia, fermo, a guardarlo.

Il bambino e il domenicano si studiarono qualche istante, mentre il cocchiere tirava il cordone presso il portone del convento, e un suono argentino, malinconico come una campana a morto, spezzava il silenzio.

«Be'?», disse infine il domenicano, «che hai da guardare?».

Il ragazzino, per nulla intimorito dall'abito o dall'atteggiamento dell'uomo, si toccò il naso.

«Hai il naso strano», disse, in un linguaggio a malapena comprensibile.

Il domenicano non mosse un muscolo.

«È d'oro», rispose poi.

Il ragazzino sgranò gli occhi. Si avvicinò di qualche passo, muovendo la testa a sinistra e a destra come per studiare da diverse angolazioni quella meraviglia.

«Hai il naso d'oro? E perché?».

Il domenicano sentì il portone cigolare e il cocchiere che confabulava con qualcuno. Continuò tuttavia a fissare il ragazzino che lo esaminava per nulla intimorito, pensando che di lì a poco, se il messaggio che aveva ricevuto non era allarmistico, si sarebbe dovuto immergere in affari oscuri. Quel bambino aveva il potere di tranquillizzarlo con la sua spavalda innocenza. Solo, su quella radura spoglia, nella nebbia, il piccolo sembrava uno spirito della Natura che avesse per lui un messaggio segreto.

Mantenendo l'espressione burbera sul volto, il domenicano

rispose: «Un uomo molto cattivo me lo ha mozzato, tanti anni fa. E così, devo portarne uno posticcio per...».

«Posticcio?»

«Vuol dire falso. Come alcuni portano le dentiere, o un occhio di vetro. E dev'essere d'oro, mi hanno spiegato, per evitare irritazioni. E poi, l'oro è un metallo molto leggero».

«E chi è che te l'ha mozzato?».

Il domenicano stava per replicare, ma il cocchiere si fece avanti, seguito dalla madre badessa del convento: «Vattene, ragazzino! Come ti permetti! Non ti accorgi che dai fastidio all'illustrissimo?».

Il ragazzino fece qualche passo indietro, senza fretta. Il domenicano pensò che temeva più il cocchiere di lui.

«Lascia stare, Alfredo. Dagli qualche moneta». Il domenicano fece un cenno di saluto al bambino mentre il cocchiere gli si avvicinava, facendo saltare nel palmo l'elemosina.

«L'hai ammazzato, quello che ti ha tagliato il naso?», gli gridò il bambino, quando lui era già sul portone del convento.

La madre badessa abbassò gli occhi mentre il domenicano, fermatosi, si voltava e diceva: «Cosa insegna Nostro Signore, al riguardo?».

Il ragazzino ci pensò su, pescò nella memoria e rispose, incerto: «A perdonare?»

«Bravo. A perdonare».

«Seguitemi, padre Ascanio», esortò la suora, precedendolo in un atrio spoglio e semibuio, che riceveva luce solo dalla porta che immetteva sul chiostro. Un grande crocifisso e alcune panche, di legno scuro, aumentavano la sensazione di austerità. Prima che il portone si richiudesse, Ascanio colse un'ultima immagine di quel ragazzino: stava provando coi denti una moneta.

Poi la madre badessa chiuse il portone e Ascanio, con un sospiro, tornò ai suoi affari.

«Ho letto il vostro messaggio, madre Elvira. Dunque suor Fiammetta…?».

Suor Elvira guardava sempre in basso, anche per evitare di fissare lo sguardo sul naso d'oro. Aveva sentito quel che padre Ascanio aveva detto al bambino, a proposito del perdono, ma le voci che giravano sul conto del domenicano erano ben diverse. Si diceva che il nobile che per una banale disputa di precedenza aveva ferito il giovane Ascanio – che a quel tempo non aveva ancora ricevuto il dono della vocazione – fosse stato ritrovato sgozzato, solo pochi giorni più tardi. D'altra parte padre Ascanio era un fine filosofo, e se aveva detto di aver perdonato poteva anche pensare di non aver mentito: magari aveva perdonato il nobile *dopo* averlo sgozzato.

«Già nel pomeriggio di ieri la povera Fiammetta ha dato segni di essere sul punto di ricevere un *messaggio*», disse la madre, sussurrando. «L'atteggiamento si è fatto più chiuso del solito, svagato, come se lo spirito fosse chiamato in sfere più alte, o come se si stesse ritraendo dal mondo quotidiano…».

I due presero a camminare e si ritrovarono in un piccolo chiostro, immerso nella luce livida del mattino. Non era molto curato e i muri che lo circondavano erano macchiati e scrostati. Da un pozzo al centro un paio di suore erano indaffarate a riempire alcuni secchi d'acqua; guardarono incuriosite il domenicano e presero poi a sussurrare tra loro. Le estasi di suor Fiammetta dovevano essere di certo un elemento di eccitazione nella tranquilla e monotona vita claustrale.

«In precedenza era stata tranquilla?», chiese Ascanio.

«Sì, da diverso tempo. Improvvisamente è cambiata».

«Perché?».

Suor Elvira non poté evitare di alzare gli occhi e fissare quelli di Ascanio, acuti, che la studiavano, mentre il naso d'oro dava un'idea di immobilità, quasi fosse una statua.

«Ma… come, "perché"? Non capisco, padre. Nostro Signore rapisce l'anima casta, che è divorata da un puro fuoco d'Amore…».

Ascanio sorrise. Poteva dire a quella povera suora che la fede si nutre del dubbio, e che lui si poneva sempre la domanda se le estasi che troppo spesso colpivano le suore fossero davvero di origine soprannaturale, o non piuttosto una sorta di autoinganno? Poteva dirle che aveva conosciuto un collezionista d'arte che, di fronte ad alcuni quadri, cadeva in un deliquio simile a quello dovuto all'estasi divina? Poteva confidarle che forse si trattava solo di una forma di estrema sensibilità spirituale, in cui non c'era alcuna *comunione* ma solo un'*aspirazione*?

No, suor Elvira non aveva il dovere di dubitare. Lui, invece, sì. Dopotutto, la Chiesa manteneva un atteggiamento prudente su simili questioni. Le estasi erano l'unico momento in cui le donne potevano affrontare in pubblico argomenti teologici e dottrinali a loro altrimenti proibiti, come il Concilio di Trento aveva ribadito.

Ad Ascanio, dunque, si richiedeva di dubitare: per la maggior gloria di Dio.

«Naturalmente, madre, naturalmente. Mi sono espresso male. Mi chiedevo, poiché l'estasi è una manifestazione così rara che lo stesso Plotino dichiara di averla provata solo tre o quattro volte in tutta la vita, mi chiedevo se alcuni semplici fatti esterni, avvenuti nel mondo sensibile, potessero aver aiutato la comunione mistica. Mi seguite?».

Suor Elvira parve rinfrancata.

«Certo, certo, capisco quel che intendete. Ma non credo che sia accaduto nulla di particolare. Come sapete, le nostre giornate sono scandite da un'abitudine consolidata, e non vedo...». Suor Elvira si interruppe, si morse le labbra e poi aggiunse: «Posso dire che nel pomeriggio ci siamo ritrovate a parlare del Giubileo imminente, e di come il Santo Padre abbia espresso il desiderio che ogni ordine, secondo le possibilità e la sua Regola, possa contribuire a ospitare, guidare, insomma avere cura dei pellegrini che arriveranno...».

«E Fiammetta ha partecipato al discorso?»

«Fiammetta ascolta, di rado parla. Però rammento ora che a un tratto parve che un velo le cadesse sugli occhi, come se si fosse improvvisamente assentata...».

«Come quando una frase, un odore, un suono ci riporta a qualcosa di lontano?», chiese Ascanio, gli occhi socchiusi, curvo sulla suora.

«Sì, potrebbe anche essere così».

«E si parlava del Giubileo».

«Sì. Il da farsi, i pellegrini, l'apertura della Porta Santa... niente di strano, insomma. D'altronde, il Giubileo è un'occasione per tornare a una vita più pura, più vicina a Dio... forse questo ha posto la nostra Fiammetta in uno spirito più predisposto a...».

«E poco dopo, si è verificata l'estasi».

«È cominciata la sua separazione dal mondo», precisò suor Elvira. «Stanotte Dio e lei sono entrati in comunicazione, *Deo gratias*».

Ascanio tagliò corto: «E ha parlato».

«Sì. Per questo vi ho subito scritto. Io credo, padre Ascanio, che Fiammetta... che Fiammetta abbia espresso una profezia. Che si verificherà proprio nei prossimi mesi, nell'anno giubilare insomma. Per cui forse avete ragione, esiste un legame con ciò di cui si parlava nel pomeriggio».

I due religiosi si guardarono negli occhi, mentre una tortora tubava su un alberello che cresceva nel chiostro.

Una profezia.

Il Giubileo.

Quanto avrebbe voluto avere una fede semplice, padre Ascanio! Si voltò in direzione del portone del convento, quasi sperasse di vedere ancora il ragazzino che, coi denti, si assicurava che la moneta non fosse falsa.

2

Suor Elvira bussò alla porticina della cella e, senza aspettare risposta, aprì. Nella piccola stanza disadorna, su un letto era sdraiata una donna magra, emaciata, gli zigomi prominenti, che guardò i due con occhi indifesi. Accanto, sedevano due suore. A un cenno della madre, si alzarono e, chinandosi verso Ascanio, lasciarono la cella.

«Volete che anch'io…?», chiese suor Elvira.

«No, restate, vi prego», rispose pronto Ascanio. La donna accasciata sul letto lo imbarazzava, e preferiva che la superiora del convento fosse presente.

«Quelle due suore sono incaricate di riportare le parole di Fiammetta», spiegò la suora a bassa voce. «Ce n'è una terza, ma è in preghiera».

«Hanno certo trascritto fedelmente ogni parola di suor Fiammetta», disse Ascanio guardando la donna sul letto, con un sorriso di partecipazione che non sentì sincero.

Da quando Fiammetta aveva avuto le prime esperienze estatiche si era deciso di riportare su carta le sue parole, e si era messa a punto una procedura simile a quella usata a suo tempo per Maddalena de' Pazzi. Tre sorelle erano presenti durante le estasi, e si avvicendavano una dopo l'altra nel trascrivere *verbatim* le frasi pronunciate. Successivamente i documenti venivano analizzati dai domenicani, sia per accertare l'evento soprannaturale, sia per individuare eventuali storture dottrinali o addirittura eresie. Ad Ascanio, ad esempio, era sempre parso bizzarro che a Maddalena, a causa del suo "dono", venisse permesso addirittura di scrivere lettere al papa. Ma adesso aveva di fronte Fiammetta, e conservava nella bisaccia di cuoio che portava alla cintura quel che le sorelle avevano trascritto la notte prima. E la sua mente doveva essere scevra di pregiudizi.

«Mia cara sorella», disse Ascanio sedendo sullo sgabello e indugiando sugli occhi verdi, dalle palpebre pesanti, cerchiati d'ombra, e sulle labbra screpolate e riarse come per una febbre, «ho letto le parole che avete pronunciato la notte scorsa. Con attenzione e rispetto».

La donna annuì debolmente.

«Voi le ricordate?», continuò il domenicano, giocherellando con il rosario che gli pendeva dalla cintura.

«No», sussurrò lei. «Non ricordo mai quasi nulla, durante... in quei momenti d'abbandono».

«Nemmeno quel che provaste?»

«Un grande... buio. All'improvviso. Come cieca».

Ascanio aggrottò le sopracciglia. Buio. Il contrario di quel che ci si aspetterebbe in un fenomeno estatico.

«Sentiste una voce?»

«Sì. Mi pare... ma non ricordo... aspettate! Candele, fiammelle nel buio... e freddo».

Fiammetta rabbrividì. Aveva gli occhi sbarrati, ora, e sembrava che in essi ci fosse un riflesso di paura.

Ascanio era sempre più perplesso e sentiva che dietro di lui anche la madre badessa tentennava. Forse Fiammetta aveva vissuto delle estasi, in passato, ma non la notte precedente.

«Avevate paura?».

Gli occhi si volsero spaventati verso Ascanio, scesero un istante sul suo naso d'oro e poi tornarono ad appuntarsi in quelli di lui: «Paura? Paura del Signore?»

«Non del Signore, certo che no, soltanto paura. A volte, l'ignoto… ma proseguiamo. Buio e freddo, e poi? Che ricordate? La voce che vi ha parlato, la ricordate?»

«No, no… ricordo dei muri, antichi, come si dice siano quelli delle catacombe…».

«Muri di catacombe?», ripeté perplessa suor Elvira.

Ascanio impose il silenzio con un gesto secco della mano, in contrasto con la dolcezza con cui si rivolgeva alla suora, e chiese: «Avete mai visitato una catacomba, suor Fiammetta?».

La donna alzò la testa dal letto, i muscoli del collo che si tendevano: «No! No. Sottoterra no… ho paura del… no, soffocherei».

Il capo ricadde sul letto. Fiammetta ansimava, perle di sudore le coprivano la fronte.

«State calma, sorella, state calma. Siete tra amici, nella vostra cella, e sopra di voi il crocifisso indica che il Signore vi protegge. Vedete, io cerco solo di comprendere meglio quel che avete vissuto, perché avete pronunciato parole molto importanti…».

«Cosa ho detto?», chiese lei. Ascanio la fissava, cercando di non tradire con l'espressione quel che pensava: e cioè che a quella suora era capitato qualcosa di molto strano, forse soprannaturale e tuttavia, forse, niente affatto divino.

«Un momento ancora, vi prego. Cercate prima di ricordare, per quanto possibile, le sensazioni che provaste. Avete parlato di buio, di candele accese, di mura antiche… perché avete pensato alle catacombe?».

Fiammetta sospirò. Gli occhi cercavano sul soffitto una risposta.

«Non so... mi è venuto di dire così...».

«Ma voi non avete mai visto una catacomba».

«No!».

«E allora, perdonate, perché avete pensato a una catacomba? Un muro antico. Poteva essere una qualunque chiesa, un convento... ma voi avete detto: una catacomba».

«Ho avuto la sensazione... che fossimo sotto terra».

«E voi avete paura, dell'ipogeo».

Fiammetta annuì. Ascanio osservava il profilo affilato della donna, mentre scorgeva nelle sue parole qualcosa di strano, qualcosa di non detto. Qualcosa che spaventava la suora, e da cui rifuggiva. Forse nemmeno lei sapeva cosa fosse: qualcosa che stava nel buio, lontano dalla luce che accende le idee nella nostra mente, ma in agguato. Tante volte, nel suo lavoro di inquisitore, Ascanio aveva percepito la presenza di un mostro acquattato nel profondo dell'anima dell'inquisito, e tante volte lui, e i suoi colleghi, lo avevano chiamato "demone". Eppure, Ascanio aveva la sensazione che non si trattasse di un demonio, ma di qualcosa di più complesso, o di più semplice. Ma non sapeva come chiamarlo, e quando vi si trovava davanti, si sentiva a disagio.

«Bene, non preoccupatevi. Quando usciamo fuori di noi, capitiamo a volte in posti sconosciuti, e sentiamo cose che non comprendiamo».

«Parlate come se aveste provato anche voi...».

«No, no. La ragione, che segue la mia fede come un'ombra, è una zavorra che non permette alla mia anima di volare leggera come la vostra. Parlavo da teologo». Tirò fuori dalla bisaccia il foglio con la trascrizione delle sorelle che assistevano

Fiammetta: «Io ho la sensazione che se leggeste quel che avete detto la notte scorsa, trovereste difficoltà a spiegarlo».

«Cosa ho detto, dunque?».

«Avete mai sentito prima l'espressione "Ludi Secolari"?».

Fiammetta scosse il capo.

«E avete mai sentito, o letto, di un "altare di Dite e Proserpina"?»

«No. Ma Dite e Proserpina sono gli dèi dell'oltretomba, nella mitologia romana».

«È così. Cara suor Fiammetta, avete detto cose ben strane, durante la vostra estasi».

Fiammetta si tirò su e chiese: «Vi imploro, ditemi quel che ho rivelato!».

Ascanio sospirò e disse: «A differenza di altre volte, avete pronunciato soltanto frasi spezzate, che difficilmente acquistano un senso chiaro. Ecco perché la vostra madre badessa ha pensato a un testo profetico, che spesso è oscuro e richiede accurate analisi. Questo spiega forse, e giustifica, perché io vi faccia tante domande, quando siete ancora così stanca. Avete esordito così: "C'è l'inferno, e Roma vi è costruita sopra. L'inferno. Lo vedo. Dio mio, aiutami, proteggimi, perché sono sola"». Ascanio alzò gli occhi dal foglio e aggiunse: «Qui siete scoppiata in lacrime».

«Voi... voi credete in me? O pensate che io sia pazza?»

«Non credo che siate pazza», rispose il domenicano, senza però specificare se le credesse. «Per inciso, però, devo dirvi che l'eretico Lutero scrisse qualcosa di molto simile. Disse che se c'è l'inferno, Roma vi è costruita sopra».

«Ma io non ho detto *se*», rispose la suora, tranquilla nonostante l'allusione all'eretico per antonomasia.

Ascanio sorrise: « No, non l'avete detto. Avete però detto di vederlo, l'inferno, e poco fa parlavate di buio, di candele accese e di mura antiche in luoghi che vi intimoriscono, ovvero sotto terra. Forse avete davvero visto una catacomba, o un luogo simile».

«Capisco ora il senso delle vostre domande, padre Ascanio, e vi prego di continuare».

«Da quest'inferno su cui Roma è costruita, dovrebbe provenire nel prossimo futuro una grave minaccia per la nostra Chiesa. Un'avanzata del Male, sembrerebbe, ed ecco il perché della mia insistenza. Avete infatti detto: "Al Santo Giubileo si contrapporrà il Giubileo pagano, sentina di vizi e di malvagità. I demoni e gli uomini perversi converranno presso l'altare di Dite e di Proserpina e inizieranno i Ludi Secolari, e gli innocenti tremeranno tra fredde mura"».

«Signore, proteggici!», sussurrò la madre badessa, e Ascanio vide Fiammetta alzare gli occhi verso suor Elvira e farsi il segno della croce con dita tremanti.

«Se le vostre parole corrispondono al vero, suor Fiammetta, la nostra prima preoccupazione è capire chi siano questi uomini perversi, ovvero esseri in carne e ossa, che con ogni verosimiglianza vivono nell'Urbe, i quali si accompagneranno ai demoni».

«Ma come posso aiutarvi, in nome di Dio? Ditemelo!».

«Ci avete già rivelato il pericolo, cara Fiammetta, e non è davvero poco. Per il resto, temo che non potrete esserci utile, almeno finché non ricorderete altro. Ma chissà, con il tempo... dopotutto il Giubileo si aprirà solo la vigilia di Natale». Ascanio si alzò con un gemito, perché lo sgabello era davvero basso e la schiena gli doleva, e aggiunse: «Un'ultima cosa. Chi sono gli innocenti che tremeranno fra fredde mura?».

Fiammetta ricadde sdraiata. La fronte era pallida come avorio e umida di sudore.

«Non lo so, non lo so... bambini, forse?».

Le sopracciglia di Ascanio si arcuarono.

«Perché dite bambini?».

«Come?»

«Avete subito parlato di bambini. Perché?».

Fiammetta lo guardò con gli occhi di un saggio che molto ha vissuto e conosce le malvagità degli uomini, occhi che stonavano sul volto giovane, e rispose: «Solo i bambini sono davvero innocenti, padre Ascanio, non trovate?».

Il domenicano si chiese se il vero mistero fosse la profezia, o non piuttosto quella suorina diafana che aveva paura del sottosuolo e che conosceva meglio di quanto non volesse, o non sapesse dire, il cuore nero degli uomini. Ma avrebbe avuto tempo di approfondire anche quel mistero.

«Avete ragione, forse. Ma adesso riposatevi e riprendetevi. La vostra memoria e la vostra fede ci dovranno ancora aiutare, nel prossimo futuro. Suor Elvira mi ha parlato del vostro digiuno: abbandonatelo, per breve tempo. Ci occorrete in forze. Ricordate che forse dei bambini potrebbero aver bisogno di voi».

Fiammetta annuì, come se accettasse un sacrificio.

Ascanio la benedì e stava per uscire dalla cella, quando Fiammetta disse, con particolare ansia: «Ancora una cosa, padre...».

«Ditemi».

«Voi pensate che quel che ho detto sia vero? Abbiamo speranza, contro questa minaccia?».

Ancora una volta, Ascanio evitò di rispondere alla prima domanda. Disse soltanto: «Abbiamo speranza perché abbiamo la fede e abbiamo Dio dalla nostra parte. In realtà, voi avete pronunciato ancora una frase, nella vostra profezia, che pare offrire una speranza…».

«Quale?»

«“Il salvatore verrà dall’alto e spezzerà le mura marce e libererà gli innocenti”».

«Il… salvatore?».

Ascanio sorrise: «Ve l’ho detto, le profezie sono spesso oscure».

3

«Messer Alfani», disse Leonia con un sorriso innocente, scendendo dalla carrozza nel cortile di palazzo Alfani, «permettetemi anzitutto di chiedervi se avete avuto fastidi per quella storia del vostro servo! Avevo da tempo voglia di parlarvene, ma me ne sono sempre dimenticata».

Alfani, sempre vestito di nero, sempre inguantato, chinò il capo per rispondere al saluto e Leonia si rese conto che il sorriso iniziale gli si era impietrito sul volto, mentre rispondeva: «Naturalmente no, madonna. I servi hanno la spiacevole tendenza a ingaglioffirsi nelle osterie, e la lingua, sciolta da vino di pochi soldi, può far loro brutti scherzi».

«Avete perfettamente ragione, anche se uno sgarbo da osteria non si paga come l'ha pagato il vostro uomo. L'hanno ritrovato sulla riva del Tevere, no? Verso Ripa Grande».

Alfani precedette Leonia lungo la scalinata, seguiti entrambi da Grifo, che ogni tanto gettava un'occhiata impenetrabile alla soldataglia che come sempre stazionava nel cortile. Calava il sole e la giornata, per di più, era nuvolosa; nel fondo del cortile si indovinavano solo le loro figure, ombre più scure contro il grigiore ferroso del selciato. Poi ci fu un cigolio di lucerne che venivano aperte per essere accese e, proprio mentre i tre stavano per entrare nel palazzo, un paio di luci diradarono la penombra triste del giorno che declina. Grifo ebbe un'ultima visione di Marcello che alzava gli occhi verso di loro, poi superarono tutti e tre la porta d'ingresso.

«Non mi preoccupo più di tanto della servitù», rispose Alfani, introducendo gli ospiti in una stanza ben illuminata da candelabri. Al centro campeggiava una tavola imbandita con piatti cesellati colmi di frutta, focaccine, formaggi, alcune coppe e due brocche, una d'acqua e l'altra di vino caldo. «Gli antichi romani li chiamavano "strumenti parlanti". E così li tratto. Mi sono permesso di preparare qualcosa per rifocillarvi, mentre discuteremo dei dettagli di...».

«Avete ragione, ma se qualcuno spezza un vostro strumento, non vi irritate?», lo interruppe Leonia. «È pur sempre una vostra proprietà. Il servo in questione non solo è stato ucciso e gettato nel Tevere, e questa mi dicono essere una prassi cittadina, ma prima è stato mutilato. Aveva la lingua strappata. E questa *non è* una prassi cittadina. O si usa così, nelle risse da osterie? Versami un goccio di vino, Grifo».

«Permettete che vi serva io, signora», lo precedette Alfani, e Leonia lo studiò mentre sbrigava la mansione e le porgeva una coppa. L'argomento lo metteva decisamente a disagio, e glielo confermò l'eccessiva attenzione che aveva posto nel versare il vino e nel nettare la brocca con un panno. L'antiquario sapeva qualcosa, su quella morte violenta, che badava a non rivelare. Ma non si possono mascherare gli atteggiamenti del corpo, non a Leonia.

La donna bevve un sorso della bevanda speziata, senza abbandonare con gli occhi Alfani che si strofinava le mani sorridente. Poi mentì, scrollando le spalle: «A ogni modo, era solo curiosità. Io non ho servi...».

Alfani lanciò un'occhiata a Grifo.

«No, messer Alfani», rispose Leonia alla muta domanda,

«Grifo non è affatto un servo, nonostante la deferenza che mostra nei miei riguardi. Un prezioso collaboratore, piuttosto, oltre che il braccio che difende all'occorrenza una donna sola in una città straniera».

Alfani si chinò come per chiedere venia.

«Tuttavia, conosco bene la servitù: il mio imperatore ne ha una folla, come potete immaginare, e so che non bisogna affliggersi più di tanto per loro. Ma se un servo dell'imperatore venisse ucciso in tal modo, vi assicuro che si cercherebbe il colpevole».

«E lo cercano, infatti», rispose Alfani. «Ma voi capite che non posso farlo io. Voi… e il vostro collaboratore… gradiscono qualcosa da mangiare?».

Grifo non mosse un muscolo. Leonia prese un pezzetto di formaggio e lo sbocconcellò.

«Veniamo agli affari», disse poi, sedendosi su un divanetto. «Questo teschio. Cos'avete trovato, alla fine?»

«Madonna Leonia, con tutta la mia pazienza ho rovistato nelle cose dei Cenci, cercando ogni possibile aggancio con l'oggetto in questione. Voi lo sapete, nei giorni scorsi voi stessa avete studiato i registri dell'inventario che ho vi inviato tempo fa. Ma non esiste nulla, nulla che mi abbia consentito di risalire al nome dell'uomo… sono veramente mortificato, anche se un teschio simile costituisce di per sé un pezzo irrinunciabile in un Gabinetto di Meraviglie Naturali!».

«Forse. Ma ne diminuisce il pregio».

«Permettetemi di dissentire…».

«Vi permetto, ma il denaro lo sborsa l'acquirente, e voi conoscete i gusti e i desideri dell'imperatore Rodolfo. Quel che mi stupisce è questo: un uomo rozzo, lussurioso, venale come

Francesco Cenci ha in casa un cranio deforme. Perché? Forse un amuleto portafortuna?».

Alfani si illuminò: «E perché no? La superstizione...».

«Come amuleto non vale granché. Voi ne siete in possesso da poco, e vi hanno già accoppato un servo», lo rimbeccò Leonia, con un sorriso. «Tuttavia, tempo fa avete parlato di Francesco definendolo "demoniaco": ebbene, questo teschio potrebbe essere legato a qualche pratica magica?»

«Ma io dicevo solo per illustrare il carattere peccaminoso del vecchio Cenci. Non so se...».

«Dove lo avete trovato, esattamente?»

«Ma ve l'ho detto!», rispose Alfani, senza nascondere l'irritazione. Questo significava che l'antiquario davvero non sapeva più di quello che diceva, pensò Leonia. «In un baule, in uno stanzone adibito a ripostiglio del suo palazzo di Roma, al rione Regola. Era avvolto con vestiti smessi, stracci, forse per proteggerlo da colpi inavvertiti che avrebbero potuto danneggiarlo... Quando uno dei miei l'ha trovato, ha mandato un urlo da maiale sgozzato!».

«Vorrei proprio parlare con quel vostro uomo».

Alfani rimase a bocca aperta, poi balbettò: «Ma... adesso non è possibile... proprio no».

«Questo mi spiace. E perché?»

«È... via. In una mia casa di campagna, dove si fanno dei lavori».

Leonia lanciò un'occhiata a Grifo e poi riappuntò subito lo sguardo su Alfani.

«Quand'è così, non importa. Torniamo alla magia: avete trovato nulla che facesse pensare che Francesco vi si interessasse?». Si interruppe e aggiunse, con tono indifferente: «Libri particolari, ad esempio?»

«Assolutamente no. Poi figuriamoci, a Roma chi terrebbe libri proibiti in casa?»

«Su questo avrei dei dubbi. Altrimenti non si spiegherebbero tutti i roghi e le esecuzioni con cui si fa spettacolo nelle piazze. Nient'altro? Talismani? Oroscopi?»

«L'unica cosa strana, ma non so quanto legata al teschio, l'ho trovata proprio nello stesso baule».

«E cos'era?»

«Una sorta di saio. Però di seta, nero, con una decorazione sul petto. Non saprei dire a quale funzione servisse. Ho pensato fosse di qualche confraternita, ma Francesco non era tipo da farne parte e non conosco confraternite che utilizzino per i loro abiti tessuti così pregiati».

«Voglio vederlo».

Alfani deglutì, ringalluzzito, e batté le mani. Un servo comparve e l'antiquario diede un ordine. Poco dopo, il servo era di ritorno, tenendo il lungo saio piegato sul braccio.

«Grifo, spiegalo in modo che possiamo vederlo».

Il turco eseguì, mentre il servo si ritirava. Il saio era logoro in più di un punto ed emanava un vago odore di muffa. Doveva coprire fino ai piedi un uomo di altezza normale. La seta riluceva alla fiamma delle candele. Leonia si alzò per studiare la decorazione ricamata sul petto, mentre Alfani assisteva in silenzio, come se fosse davanti a un consulto di medici.

«Cosa rappresenta secondo voi, messer Alfani?», chiese infine la donna, indicando il disegno.

«Signora, non sono esperto in materia. Direi un simbolo cabalistico, a prima vista. Ma, ripeto, non so se questo saio abbia nulla a che fare con il teschio. Era nello stesso baule, e...».

«Il vostro Francesco Cenci doveva essere proprio un tipo misterioso. Strano e misterioso», commentò Leonia, passandosi l'indice sulle labbra. «Questo disegno, ricamato in oro... Tre piccole sfere sorrette da tre picciòli, i quali si uniscono in una linea orizzontale, flessuosa».

«Forse un carattere arabo?», ipotizzò Alfani. «Ho visto...».

«No, niente caratteri. È un simbolo, un disegno stilizzato che rappresenta qualcosa. Ma cosa? Tu ne hai idea, Grifo?»

«Nessuna, signora».

«Non è nemmeno un simbolo astrologico», continuò la donna, pensando ad alta voce. «Ma certo deve avere un significato. Bene, porterò il saio con me, se non avete nulla in contrario».

«È un omaggio, signora. E ora...».

«E ora, messer Alfani, ditemi pure quanto pensate che valga, quel vostro teschio».

4

La notte aveva portato la pioggia. Fuori dalla finestra, Roma era un vago profilo confuso, ombra su ombra. Nel letto, i corpi erano appena aureolati da un lucore bluastro. Quello di lei era solo la curva delle spalle e dei lombi, quello di lui, più scuro, era illuminato da mezzelune che sottolineavano i muscoli scolpiti.

«Mio Grifo, quel servo che ha ritrovato il teschio… pensi anche tu che sia lo stesso finito nel Tevere, forse in cerca della lingua?».

La sua voce era un sussurro caldo, e le gambe si aprivano indovinando i movimenti delle mani di lui. Quelle mani così forti, che traevano suoni così delicati dall'ud… le uniche mani maschili che avevano mai toccato la sua pelle. A parte quelle del parroco, che era stato così amorevole nel prendersi cura di lei quand'era bambina, sottraendola forse al mutismo dei genitori. Ma che si sarebbe preso cura di lei in altro modo, pochi anni più tardi, fino a quando Leonia non gli aveva piantato un coltello in una coscia, fuggendo poi dal paese.

«Scusate, signora», fece Grifo, in risposta al brivido che l'aveva colta.

Lei lo baciò e disse con un sospiro: «Non è nulla».

Le labbra di lui scesero dal collo al seno, corsero sull'ombelico, indugiarono sul monte di Venere. Grifo era l'unico uomo cui avesse permesso di amarla: forse perché non poteva possederla, se non con i baci e le carezze. Per un attimo si irrigidì e serrò le gambe, ripensando al parroco, poi le riaprì, abbandonandosi. O forse, se fosse stato possibile... gli avrebbe consentito tutto?

«Sì, Grifo, penso che il servo abbia pagato per qualche negligenza... aspetta, fermo, ti prego. Ascoltami».

Grifo risalì e i suoi occhi, che nella penombra si potevano solo intuire, si posarono su quelli di lei.

«È pericoloso, trarre conclusioni affrettate», disse, poggiandole le labbra sulla guancia.

«Ma divertente. E senza pericolo non si agguanta la preda».

«L'*Alfabeto di Erode*?».

Leonia si liberò dall'abbraccio e saltò giù dal letto, portandosi alla finestra a lunghi passi flessuosi.

«Sì, Grifo, l'*Alfabeto di Erode*. È questa la posta! Le tracce sono deboli, tanto che nemmeno gli addestrati cani di Rodolfo potrebbero fiutarle facilmente, ma ci sono dei *segni*... dei segni esaltanti!».

Grifo contemplò il suo corpo contro la finestra, morbido, pieno, ancora giovane, e percepì la sua eccitazione. Leonia stava guardando fuori, come quand'erano sul pergolato, un mese prima. Era in quei momenti, lo sapeva, che lei cercava le sue carezze disinteressate, quasi che dovesse sfogare in qualche modo il desiderio, la smania di impadronirsi dell'oggetto della caccia. Grifo non se ne aveva a male per questo: amava Leonia come si ama una regina, non una donna.

«Il saio, ad esempio», disse Leonia. «Con quello strano simbolo. Cercheremo di scoprire il suo significato. Alfani ha parlato di una confraternita, e chissà che Francesco non ne facesse parte? Una confraternita... anche del Maestro del Monogramma si diceva che facesse parte di cenacoli particolari. E poi abbiamo quel Bonsanti, lo stampatore e incisore... hai notato come è rimasto, Alfani, quando ho accennato a lui, sul punto di andar via?».

Grifo sorrise, lasciandosi ricadere sui cuscini: «Avete sorpreso anche me, signora. Siete stata molto abile. Dopo la lunga trattativa, dopo aver consegnato all'antiquario la lettera di cambio con l'importo pattuito, dopo averlo fatto gongolare, gli avete chiesto, di punto in bianco, quanto avesse offerto Bonsanti per il teschio. Persino una volpe come Alfani non ha potuto dissimulare la sorpresa e l'imbarazzo!».

Leonia tornò a letto, baciò Grifo, lo carezzò per tutto il corpo come presa da una furia, mentre diceva: «Così, dici che sono stata abile, Grifo? Sono stata brava? Dimmi, Grifo».

«Sì, signora».

«Sì, sono stata abile. Ma non farti trarre in inganno. Alfani non ha proposto nulla a Bonsanti, ne sono certa. La sua reazione non era quella di un uomo scoperto a fare qualcosa di illecito. Ma sono certa che Bonsanti sappia del teschio. Quel giorno era lì, da Alfani, e l'antiquario era seccato, perplesso...». Si tirò indietro i capelli e sbuffò: «È tutto troppo confuso. Ma forse bisogna fare una visitina nella bottega dello stampatore. Forse sa qualcosa dell'*Alfabeto*, o magari del simbolo sul saio. E se mente, io lo scoprirò».

Leonia si lasciò andare accanto a Grifo, strusciandosi contro di lui.

«Carezzami ancora, mio Grifo».

«Signora», fece lui, obbedendo, «non mi avete ancora detto che cosa sia, l'*Alfabeto di Erode*».

«Mm?».

«Cos'è l'*Alfabeto di Erode*? Perché è tanto prezioso?».

Ma lei non rispose. Prima di abbandonarsi completamente alle sensazioni che quelle mani e quelle labbra sapevano procurarle, prima di stemperare nel piacere l'orgasmo della caccia, ebbe l'idea di prendere ancora una volta tra le mani il teschio che stava chiuso in uno scrigno di legno, nella stanza accanto, vicino alle vesti che si era tolta in fretta nel rientrare in casa. Ma rimandò il momento, perché sapeva che quel cranio conservava ancora, per chi come lei sapeva leggerle, tracce di una malvagità antica, in cui adesso non era tempo di affondare. Così aprì gli occhi, smise di pensare, guardò il soffitto e sentì come un fluido intenso correrle per il corpo, e non pensò nemmeno più ai luoghi chiusi, sotterranei, e ai riti sanguinosi che aveva percepito quando aveva toccato, per la prima volta, il teschio del Maestro del Monogramma. Che, nella stanza accanto, nel buio dello scrigno, aspettava, cristallizzato in una risata.

5

Nel buio della cameretta dove dormiva, al primo piano sopra la sua bottega di mastro tipografo e incisore "All'insegna della Salamandra", Ilario Bonsanti spiava fuori dalla finestra. Tratteneva il respiro per la paura che i malintenzionati lì sotto potessero sentirlo. Fino a tal punto, era terrorizzato.

Via dei Banchi era deserta, a quell'ora di notte e sotto la pioggia. Nessuna lucerna si muoveva in lontananza, a indicare una ronda di birri. E, seppure fossero venuti, era probabile che se ne sarebbero andati scappellandosi in saluti, di fronte a quei tre tipi che, incuranti dell'acqua, contro ogni logica giocavano a morra sotto le sue finestre. Ne aveva riconosciuto uno: Marcello, il capo del gruppo di energumeni che proteggevano i beni di Prosdocimo Alfani.

Stavano tutti e tre all'altro lato della stradina, Marcello poggiato contro un muro in modo da mostrare il volto alle finestre di Bonsanti, gli altri due di spalle: i mantelli lucidi di pioggia dei due giocatori di turno si agitavano sotto i colpi frenetici mentre chiamavano i numeri. In mezzo a loro, per terra, una lucerna a olio li illuminava dal basso verso l'alto, come se nel terreno si fosse aperta una fossa da cui baluginavano le fiamme infernali. Quasi certamente, se la vista non ingannava lo stampatore, Marcello portava alla cintura un ferro, forse un pugnale o uno spadino, in sfregio alle ordinanze papali!

Ogni colpo di morra era sottolineato dall'unisono grido dei due giocatori, rapido, sempre più rapido come richiedeva il gioco, finché uno non otteneva il punto, e allora i tre scoppiavano in grasse risate o in cupe bestemmie, a voce così alta da sembrare false: Bonsanti era certo che lo facessero apposta, in modo che lui sentisse. E capisse.

"Giocano alla morra al buio", pensò ricordando l'antico motto latino, "eppure non c'è da fidarsi di nessuno di loro".

«Per il demonio, Franco, hai tirato dopo!», gridò uno, rauco. «Ti strappo la lingua, baro maledetto!».

Bonsanti sentì un brivido gelido corrergli per la schiena quando Marcello alzò gli occhi verso la sua finestra e scandì, a voce alta: «Sbaglieresti. La lingua si strappa a chi parla troppo».

L'anziano stampatore si ritrasse dalla finestra, mentre sentiva i tre scoppiare in una risata e poi riprendere il gioco, come nulla fosse. Rimase al buio, il respiro ansante, mentre puntini luminosi gli danzavano attorno per il movimento improvviso.

"Gesù, aiutami! La lingua strappata…".

Da tempo pensava che la morte del servo di casa Alfani non fosse dovuta a una banale aggressione, ma si trattasse di un omicidio con un preciso movente. Quell'uomo era amico di un apprendista che lavorava nella sua bottega, ed era stato per suo tramite che era venuto a sapere del teschio trovato in casa Cenci; e Bonsanti, stupidamente, si era andato a sincerare che la notizia fosse rispondente al vero, tant'era importante per i piani suoi e di Ottavio. Stupido! Aveva scritto all'amico lontano che Dio era con loro. Ma forse nemmeno Dio può aiutare i cretini o meglio, saggiamente non perde tempo con loro, perché aiutarli è impossibile e disfano sempre quel che si fa a loro vantaggio. E così, Bonsanti aveva messo Alfani sul chi vive, e un poveraccio era stato torturato e buttato nel fiume. Ma aveva parlato, prima di morire? In tal caso anche il suo apprendista sarebbe forse finito nel fiume. O magari avevano ucciso il servo solo perché fosse di ammaestramento agli altri, e adesso, per lo stesso motivo, gli sgherri di Alfani erano lì, sotto le sue finestre. Ronzavano come tafani, si beavano della loro forza bruta, ma non avevano brutte intenzioni. Altrimenti le avrebbero già messe in pratica.

Bonsanti annuì con forza. Doveva essere così.

L'unica cosa da fare era starsene tranquillo e attendere l'arrivo di Ottavio, di cui era appena giunta una lettera dove gli diceva che era in procinto di partire, e che si tenesse pronto, perché il momento a lungo atteso stava per giungere.

Sedette sul letto con cautela, per evitare il più piccolo scricchiolio, e rimase a lungo nel buio, vestito, sprofondato nel tentativo di leggere gli ultimi accadimenti come fossero lettere tracciate con l'aiuto del cilindro anamorfico. Sarebbe bastato trovare il punto esatto su cui puntarlo e tutto sarebbe d'incanto divenuto chiaro, semplice, giusto.

Alla fine i tre se ne andarono fischiettando, e rimase solo il brusio della pioggia che cadeva lenta, uniforme. Allora si stese sul letto, sempre vestito, e alla fine si addormentò; e fece un sogno stranissimo.

Il re Erode arrivava a Roma e veniva accolto da una folla festante, come se avesse salvato la città da un'epidemia o dai turchi assedianti, e tutti ripetevano come una litania: Sacrificio! Sacrificio! Nel sogno, Bonsanti percepiva il loro folle desiderio di sangue. Così l'atmosfera si trasformò in quella di un incubo, il sole morì e tutti si ritrovarono in uno spazio angusto, buio, umido… come in una catacomba.

Poi ci furono dei colpi, come di archibugio, e con una fitta al capo Ilario Bonsanti spalancò gli occhi, vide la stanza infiammata dalla luce del giorno, e allora si alzò e corse alla finestra: sotto, i tre apprendisti, i due compositori e il torcoliere lo guardavano perplessi.

«Messer Bonsanti! Ci ha fatto prendere un colpo. Pensavamo che...», e il torcoliere simulò con le dita il segno della benedizione.

Nello stesso momento una carrozza, guidata da un imponente turco vestito di una sgargiante giacchetta ricamata e da un turbante, avanzava verso l'insegna della Salamandra. Via de' Banchi era costellata di pozzanghere, percorsa da questuanti affetti dalle più diverse mutilazioni e da signori diretti ai vari uffici di banco, frequenti in quella zona e da cui la via prendeva il nome.

Lo stampatore si ritrasse di nuovo, come la notte prima di fronte a Marcello: perché aveva riconosciuto subito quell'energumeno vestito da maschera di carnevale. Era lo stesso che, insieme a una donna che gli era parsa di alto lignaggio, era arrivato a palazzo Alfani mentre lui ne usciva, il giorno in cui era andato a cercare notizie sul teschio del Maestro del Monogramma. La coincidenza lo preoccupò.

"Gesù, il tuo disegno è troppo complicato per me!", si lamentò, mentre scendeva le strette scale che portavano alla tipografia.

6

Quella mattina Ascanio rifletté sul da farsi, mentre guardava dalla finestra del suo studio nel palazzo del Sant'Uffizio la cupola di San Pietro, fiammante al sole. Di tenere per sé, *sine die*, quel che aveva saputo il giorno precedente, era un'ipotesi che non prendeva in considerazione. La profezia era sibillina e preoccupante, e per di più tirava in ballo la stessa Chiesa, con tanto di precisa indicazione temporale sul suo verificarsi: «Al Santo Giubileo si contrapporrà il Giubileo pagano, sentina di vizi e di malvagità». E il Giubileo si sarebbe aperto tra meno di due mesi. No, non era possibile. Dunque avrebbe dovuto parlarne di certo a uno dei cardinali inquisitori generali, e la cosa sarebbe giunta all'attenzione del papa alla prossima riunione utile della Congregazione. Dopodiché, sarebbe potuto accadere di tutto: anche che si decidesse di aiutare suor Fiammetta a ricordare meglio, e con maggiori particolari, quel che aveva saputo da Dio, se pure era stato Dio a schiuderle le porte del futuro. Cosa di cui la Congregazione avrebbe potuto facilmente, e a buon diritto, dubitare.

E se invece avesse taciuto? Almeno per il momento, con la scusa di dover raccogliere maggiori indizi, vista la possibile debolezza mentale della suora e per evitare inutili allarmismi tra i cardinali e Sua Santità stessa? Avrebbe potuto reggere, ma per pochi giorni.

Lasciò che gli occhi corressero lungo il possente edificio di San Pietro, la facciata, inquadrata dai due campanili, che dava sulla piazza circondata da palazzi e piccoli edifici, percorsa da carrozze vescovili e da preti e cardinali diretti ai loro uffici. Al centro, l'obelisco sembrava un dito che puntava a Dio.

D'un tratto, il rosso fiammante di un cardinale, che avanzava rapido verso il palazzo accanto a un prete, attrasse la sua attenzione. Lo riconobbe: il cardinal Bellarmino, la barbetta quadrata, l'andatura decisa, gesticolante nel parlare. Allora ripensò a Giordano Bruno che, in una cella di quell'edificio, attendeva la condanna che ormai pareva inevitabile, le cui colpe ed errori proprio Bellarmino, quale consultore del Sant'Uffizio, aveva molto contribuito a determinare.

"Gli innocenti tremeranno tra fredde mura...".

Una profonda ruga gli scavò la fronte, mentre un'intuizione improvvisa gli si affacciava alla mente. E perché gli innocenti avrebbero dovuto essere per forza bambini? E se fosse stato qualcuno inquisito per errore, invece? No, non aveva senso, si disse scuotendo il capo. Anzitutto, nel palazzo del Sant'Uffizio non si trovavano innocenti, né errori venivano commessi dagli inquisitori, sorretti dalla fede. E poi, secondo la profezia, gli innocenti avrebbero dovuto tremare a causa dei «demoni e gli uomini perversi», che «converranno presso l'altare di Dite e di Proserpina e inizieranno i Ludi Secolari». Loro avrebbero fatto tremare gli innocenti, e il misterioso "salvatore" li avrebbe liberati. Ma dov'erano le fredde mura? Se non erano le celle del palazzo, di Tordinona o di Castel Sant'Angelo, dov'erano? Nell'inferno sopra cui era costruita Roma, come dicevano suor Fiammetta e Martin Lutero? O era tutto un parto della debole mente della suora?

Il cardinal Bellarmino, dopo aver guardato in alto, verso

l'edificio, scomparve oltre il portone rinforzato da lamine di ferro e Ascanio scacciò da sé il fastidioso pensiero di Giordano Bruno in attesa della condanna.

Resosi conto che era inutile continuare a rimuginare senza costrutto, il frate si diresse alla porta, deciso a cercare il suo aiutante laico, Mariuccio, e appena la aprì se lo trovò davanti: un ometto di un metro e venti d'altezza, il volto raggrinzito, le spalle curve ma l'occhio vigile, intelligente, nel quale brillava una luce fredda, quella di chi sa di valer molto di più di quanto il corpo non faccia sembrare.

«Mariuccio!».

Si accorse subito che l'uomo aveva sotto il braccio un tomo, e allora seppe che, ancora una volta, aveva fatto bene a mandarlo a caccia in vece sua. Perché la memoria di Mariuccio era favolosa come quella di Giordano Bruno, e non c'era nulla che non avrebbe saputo ripescarvi.

«Eccomi, padre», rispose quello con voce flebile, perché soffriva di polipi alle corde vocali che nessun unguento sembrava in grado di sciogliergli. «Ho notizie per voi, spero vi siano utili».

«Vieni dentro».

Mariuccio avanzò e poggiò il libro su un tavolo, mentre Ascanio, chiusa la porta, gli si portava accanto.

«E allora?»

«I Ludi Secolari... mi ricordavano qualcosa».

«Anche a me», confermò Ascanio. «Solo che non sono riuscito a rammentare l'autore che ne parlava. Avanti, Mariuccio, non posso spiegarti il perché, ma ogni ora può essere importante!».

Parecchi laici gravitavano attorno al Sant'Uffizio. Selezionati in base alla loro specchiata fede, testimoniata per iscritto dai parroci, e in base alla loro preparazione, fungevano da scrivani, archivisti, copiatori e, più in generale, da factotum degli inquisitori. Un aiuto prezioso, ma che dava loro accesso a informazioni che, a parere di Ascanio, non avrebbero dovuto possedere. E così, il domenicano sfruttava sempre i soliti due o tre uomini, dicendo loro il meno possibile. Uno di questi era Mariuccio, di cui non si fidava ma la cui eccezionale memoria era un aiuto irrinunciabile. Nel caso in questione, si era limitato a chiedergli di compulsare gli scrittori classici in cerca di riferimenti ai Ludi Secolari e all'altare di Dite e Proserpina.

«Sono lieto allora di essere stato rapido», sussurrò Mariuccio, mentre un lampo di disappunto gli passava negli occhi, apprendendo che si trattava di qualcosa di importante di cui non veniva messo a parte.

«Lieto cioè di servire il Signore tramite la mia semplice richiesta», precisò Ascanio. «Avanti. Cos'hai scoperto? Io mi sono scervellato tutta la notte...», continuò, per ingraziarselo.

«Eh, caro padre, le gravi cure quotidiane nuocciono al ben ricordare, che richiede metodo e calma. Io non ho pene, né d'amore né, grazie a voi, pecuniarie, e dunque attingo facilmente al mio ordinato forziere...».

«E vi hai trovato...?»

«Varrone, ad esempio, e altri accenni minori. Ecco il libro in questione...».

«Fammene un sunto».

«Ebbene, pare che in occasione di una pestilenza il ricco Valesio, un agricoltore della campagna romana i cui figli erano caduti malati, pregò gli dèi familiari di salvare loro e far morire lui. Subito sentì una voce che gli spiegò di salpare lungo il Tevere fino a Tarentum e, qui giunto, di ristorare i figli con acqua attinta presso l'altare di Dite e Proserpina...».

«Bravo, Mariuccio! Ma Tarentum... dovrebbe essere Taranto...».

«Aspettate, padre, e ascoltate il seguito. Valesio pensò quel che anche voi avete pensato, e che si trattasse di un lungo e periglioso viaggio fino a Taranto, ma obbedì e salpò scendendo il Tevere. Arrivato presso il Campo Marzio...».

Ascanio si fece attento. Il Campo Marzio era l'antico rione romano che bagnava le rive del Tevere dal porto di Ripetta fino quasi all'Isola.

«...Valesio approdò, poiché i figli erano assetati. In quel punto, dal fiume usciva un fumo come di braci sopite, ma ancora vive. Valesio prese dell'acqua e la fece bere ai figlioli, e solo allora si rese conto che quel punto di Roma si chiamava, appunto, Tarentum. I figli si assopirono e il giorno seguente si destarono risanati. Narrarono di aver sognato che un dio aveva con una spugna nettato il loro corpo dalla malattia, dicendo poi che una vittima di pelo scuro avrebbe dovuto essere immolata sull'altare di Dite e Proserpina, e che da allora in poi venissero istituiti ludi notturni. Allora Valesio scavò presso la riva fino a scoprire un altare sepolto: quello, appunto, dedicato agli dèi degli inferi».

Mariuccio si interruppe, mostrando i denti gialli in un sorriso compiaciuto. Ascanio rifletteva, carezzando il naso d'oro. C'era tutto! L'altare di Dite e Proserpina, in qualche punto lungo la riva del fiume, a Roma... i ludi notturni...

Poi vide brillare gli occhi di Mariuccio e disse: «Avanti, mio caro, so che hai altro da dirmi!».

«Soltanto un dettaglio, padre, che però credo vi sarà utile nelle vostre indagini», rispose allusivo, perché intuiva che dietro la richiesta di Ascanio ci fosse un'inchiesta attorno a qualcosa di malefico. «Varrone dice che i romani, avendo consultato i loro Libri Sibillini, decisero di offrire sacrifici presso il Tarentum alle divinità infernali per tre notti. E venne fatto voto di ripetere i ludi ogni cento anni».

«Ogni cento anni... i Ludi Secolari», ripeté assorto Ascanio, e pensò: e quindi, se qualcuno decidesse nuovamente di sacrificare a Dite e Proserpina, per qualche scopo blasfemo, potrebbe accadere all'inizio del 1600, fra pochi mesi... in coincidenza con il Giubileo. Ripeté tra sé, ancora e ancora, la profezia raccolta da suor Fiammetta, camminando avanti e indietro per la stanza, sotto gli occhi sottili e avidi di Mariuccio.

C'è l'inferno, e Roma vi è costruita sopra. L'inferno. Lo vedo. Dio mio, aiutami, proteggimi, perché sono sola.

Al Santo Giubileo si contrapporrà il Giubileo pagano, sentina di vizi e di malvagità. I demoni e gli uomini perversi converranno presso l'altare di Dite e di Proserpina e inizieranno i Ludi Secolari, e gli innocenti tremeranno tra fredde mura.

Il salvatore verrà dall'alto e spezzerà le mura marce e libererà gli innocenti.

Il Giubileo pagano... chi voleva rinverdire un'antica tradizione pagana? E dove? Il Campo Marzio, sia pure limitato alla riva del Tevere, era un'area molto ampia. Tordinona, piazza Sant'Angelo, la chiesa dei Fiorentini, via Giulia... da qualche parte esisteva ancora l'altare degli dèi dell'oltretomba? E chi avrebbero sacrificato? Non certo un animale dal pelo scuro... ma degli innocenti, che tremeranno fra fredde mura. E il salvatore li libererà. Il salvatore... facile il riferimento a Nostro Signore. Forse troppo facile. Ma quale altro salvatore potrebbe venire dall'alto, altrimenti? Ancora una volta, si trattava di una profezia o del sogno di una pia donna?

Ascanio ringraziò il laico, lo ricompensò con alcune monete e lo congedò senza rivelargli nulla, nonostante i suoi occhi ora supplici, ora frementi di sdegno per la mancata fiducia. Ma la posta era troppo alta perché la profezia finisse sulle labbra di uno come Mariuccio.

Sedette al tavolo, allontanò da sé le carte che riguardavano gli *Interrogatoria* che aveva raccolto su un processo contro un cristiano apostata e rilesse la profezia, sul foglio vergato dalle monache che presidiavano le estasi di suor Fiammetta.

Non sapeva cosa fare. Informare subito i superiori o guadagnare tempo? Dopotutto, c'erano ancora due mesi, prima che si aprisse il Giubileo: qualche giorno non avrebbe fatto gran danno.

E poi c'era suor Fiammetta. Era improbabile che avesse inventato tutto, e questo rendeva la profezia molto preoccupante. Avrebbe dovuto informarsi meglio, su quella suora.

La suora che vedeva l'inferno, sotto Roma. Candele, mura antiche…

Sottoterra… no, soffocherei…

Ascanio sentiva la fronte e gli occhi che gli bruciavano. Da una coppa bevve un sorso d'acqua stantia, mentre rifletteva sulla profezia e sulla profetessa: perché, a suo parere, il significato occulto si divideva tra le due, ma non sapeva ancora in quali proporzioni.

Proteggimi, perché sono sola…

Padre Ascanio si inginocchiò di fronte al crocifisso, unì le mani e implorò Dio con le stesse parole di suor Fiammetta.

7

Il cardinal Roberto Bellarmino percorreva svelto la piazza antistante San Pietro. Passò vicino all'obelisco e considerò le misteriose vie che avevano portato un oggetto egiziano a essere innalzato davanti al tempio supremo della Cristianità: e gli Egizi erano il popolo alla cui magia Giordano Bruno, imprigionato pochi passi più in là, si rifaceva. I loro sapienti erano, per il nolano, quelli che più si erano avvicinati alla verità, persino più dei pensatori greci. Sapienza sopita con l'avvento del cristianesimo, secondo la sua eresia, e scolpita negli enigmi geroglifici che gli antichi romani avevano portato nella città eterna, riscoperti e esaltati proprio dal cristianesimo.

Adesso, marciando verso il palazzo del Sant'Uffizio, Bellarmino rifletteva sul domenicano e sul suo progetto segreto, appena un palinsesto scarno tra le montagne di fogli di interrogatori, su cui il cardinale si scervellava da tempo.

«Eminenza», disse ansimando il suo pingue segretario, «ormai l'eretico non può più nuocere...».

Che era come dire: rallentate, per pietà!

Bellarmino sorrise, ma non rallentò: «Nel *De Vinculis*, Bruno sostiene che il mago può impiegare una serie di sortilegi, i vincoli appunto, con cui può soggiogare alla propria volontà chiunque e legarlo a sé...».

«Ma con il tribunale ciò non gli è riuscito», ansimò il segretario.

«Vero. Ma è comunque riuscito a ritardare l'accertamento della verità per anni. E ciò che mi preoccupa non è il tentativo in sé, ma chi può riprovarci in vece del nolano incarcerato».

«Eminenza, ma davvero credete che gli sproloqui di Bruno abbiano un fondo di verità, che sia veramente possibile quel che sostiene?»

«Ascolta, Torquato, il problema è un altro», disse Bellarmino, fermandosi. «Giordano Bruno torna in Italia, dopo diverse tappe in Europa, nonostante sia a conoscenza dei pericoli che corre. Sappiamo che, nel corso di queste peregrinazioni, incontrò i suoi adepti, che noi chiamiamo i "giordanisti", gente che possiamo ritenere completamente assoggettata al suo capo. Dopo questa serie di incontri segreti, eccolo in Italia. Dai verbali risultano accenni misteriosi che solo con molta pazienza sono riuscito a collegare, costruendomi un quadro del suo progetto. Quadro peraltro mai confermato da Bruno, intendiamoci, nonostante i diversi colloqui. È un fatto che quell'uomo, con il suo gesticolare frenetico e le frasi lardellate di citazioni, ti svia continuamente dal punto!».

Bellarmino riprese corrucciato il cammino verso il palazzo: «Il fine occulto di Bruno era quello di riuscire a incontrare Sua Santità, forse con la scusa di voler ritrattare le eresie e rientrare in seno alla Chiesa, e soggiogarlo con i vincoli elaborati nelle sue teorie. Questo è stato l'ardire del nolano, Torquato! Nessuno ha mai pensato nulla di simile. *Soggiogare il papa*! Operare una trasformazione del cristianesimo in chiave ermetica dall'interno! E non è importante che sia possibile o no, che sia o meno il sogno di un folle. Importante è l'idea. E il fatto che sparsi per l'Europa ci siano i suoi seguaci, pronti a raccogliere il testimone e che forse si preparano a chissà quali azioni. Il Giubileo è vicino, e migliaia di pellegrini giungeranno da ogni parte. Impossibile controllarli tutti, anche se la polizia è già in allerta. Ricordi vent'anni fa, quando quell'eretico inglese in San Pietro aggredì il prete mentre stava per elevare la santa ostia?»

«Gli fu mozzata la mano destra e poi bruciato vivo».

«Giusta condanna. Ma io pensavo all'atto. Quanti eretici sono pronti, in nome di un'erronea dottrina, ad attentati sacrileghi? Questo vorrei sapere da Bruno, prima che venga emessa la sentenza di condanna! Ecco perché dicevo che il problema è un altro. Non se sia possibile quel che sostiene Bruno, ma che i suoi esaltati sostenitori si preparino forse a qualche atto sacrilego qui, a Roma, durante il Giubileo».

Bellarmino alzò gli occhi verso l'austero palazzo del Sant'Uffizio: un fortilizio della fede contro ogni eresia, con le feritoie per gli archibugi ai fianchi del portone rinforzato e le torrette quadrangolari ai lati.

«Certo che i domenicani sono gente strana», esclamò quindi con un sorrisetto. «Alla finestra c'è quel prete dal naso d'oro. Un prete con il naso d'oro, mai visto prima».

«Ascanio», fece Torquato. «Un inquisitore scrupoloso nell'accertare la verità. Forse troppo».

Bellarmino continuò: «I domenicani... inquisitori eccellenti, ed eretici fantasiosissimi. Giordano Bruno, ad esempio, che si ficca in capo di stregare il papa. E quel Campanella, che pochi mesi fa voleva addirittura realizzare una repubblica ideale in Calabria, ricorrendo persino all'aiuto dei turchi per cacciare gli spagnoli! E infine, questo inquisitore dal naso d'oro: gente strana, i domenicani. Bah! Entriamo: ci attende una lunga giornata».

Parte terza
La caccia

A Roma troppo poco viene fatto per chi voglia mettersi a studiare sul serio le cose nel loro insieme: bisogna andare a raccogliere qua e là da soli tra infiniti, sebbene ricchissimi, avanzi.

Johann Wolfgang Goethe, *Viaggio in Italia*

1

Ilario Bonsanti si chinò con deferenza mentre diceva: «Prego, signori, prego. Benvenuti nella mia modesta stamperia e scusate per l'inconveniente di poco fa».

Leonia avanzò nel locale, mentre le falde del suo abito strusciavano sul pavimento cosparso di trucioli, frammenti di carta, chiodi, persino lettere di stampa difettose. Grifo, dietro di lei, dovette abbassarsi per passare sotto lo stipite della porticina.

Leonia sorrise a Bonsanti in risposta alla sua accoglienza e si guardò attorno. La stamperia era un ambiente vasto, dal soffitto basso, che prendeva luce da due finestre ai lati della porta sulla via. Un'altra porticina, sulla parete opposta a quella d'ingresso, si apriva su un cortile interno. Una finestrella laterale si affacciava su un vicolo tetro. Poiché si lavorava quasi solo con la luce naturale, quel giorno era in buona parte perduto a causa del sonno agitato del padrone, ovvero l'*inconveniente* di cui si era appena scusato. Ciò aveva consentito a Bonsanti, di fronte ai due visitatori, di prendere tempo per fugare le paure della sera prima e gli effetti dello strano sogno su re Erode, per raccogliere le idee e preparare il lavoro della giornata. Leonia e Grifo ne avevano approfittato per sistemare alcuni affari in un ufficio di banco poco lontano e si erano ripresentati allora.

Lo stanzone era occupato, al centro, da un grande torchio da stampa e, ai lati, da due banconi inclinati, dove gli artigiani lavoravano alle incisioni, mentre su un terzo tavolo i compositori predisponevano le forme per la stampa battendo coi martelletti per alloggiare i caratteri di metallo. L'ambiente era invaso dal rumore feroce dei martelli e dal raschiare dei bulini, e dall'odore degli inchiostri, dei solventi e degli acidi utilizzati per fabbricare le matrici di incisione. Dei fili erano tesi da una parete all'altra e su di essi venivano stesi ad asciugare i fogli freschi d'inchiostro.

Bonsanti fece un gesto con la mano per interrompere quelle attività assordanti, ma Leonia disse: «Prego, continuate pure. Ci avete spiegato che oggi siete in ritardo».

Bonsanti annuì, si stropicciò le mani, poi si rivolse agli operai e ordinò di continuare.

«Perdonate, signora, ma non sono abituato a ricevere... come dire, a ricevere donne nella mia stamperia».

«Può capitare che anche le donne leggano, messere», rispose lei con un sorriso, perché quell'ometto imbarazzato le era simpatico.

«Naturalmente, naturalmente...», rispose Bonsanti, tentennante. «Ma dicevate, prima, quando vi ho chiesto la cortesia di darmi il tempo di organizzare il lavoro del giorno... dicevate di conoscere l'imperatore Rodolfo di Boemia...».

Leonia si avvicinò alle matrici di incisione, e guardandole rispose: «L'imperatore è un appassionato collezionista di arte e di libri. Il mio nome è Leonia. Sono uno dei tanti emissari che alimentano le sue collezioni».

«Conosco bene la passione dell'imperatore, ma mai nessuno dei suoi emissari... insomma...».

«Era entrato nella vostra bottega?»

«Proprio così».

«Mi si dice che siate un fine incisore».

Un lampo d'orgoglio attraversò gli occhi del vecchio.

«Lo ero, signora, lo ero. L'età, la vista... Adesso cerco di tramandare la mia arte, poiché sono vedovo e senza figli, e mi arrabatto per guadagnare qualcosa. Il lavoro non è semplice, la concorrenza agguerrita, e poi ci sono le incombenze burocratiche: i permessi, il costante pericolo di una confisca...».

Bonsanti sembrava sincero. Naturalmente modesto. Un brav'uomo. Forse si era sbagliata? Perché avrebbe dovuto interessarsi al teschio di Morosini?

Doveva sondare il terreno, provocarlo. Farlo reagire. Era un uomo semplice e le pareva persino impaurito, anche se non sapeva per quale motivo. Sarebbe stato facile.

«A cosa state lavorando, attualmente?»

«Nulla di pregiato, purtroppo. Vedete, si sta preparando il Giubileo e, per sfruttare l'occasione, stiamo predisponendo una serie di piccoli libri con singoli vangeli. Abbiamo anche disegnato delle incisioni, niente di particolarmente raffinato perché vogliamo contenere i prezzi, ma se volete vedere...».

Leonia non raccolse l'invito, perché sapeva che altrimenti non sarebbe più venuta a capo della smania di Bonsanti, comune a tutti gli artigiani, di illustrarle i dettagli del suo lavoro. Preferì seguire il filo che l'avrebbe portata al punto che la interessava: «Sembra un'idea che promette redditi sicuri: i pellegrini saranno migliaia, e questa è una delle strade sicuramente più battute, proprio sul percorso che porta a ponte Sant'Angelo e quindi a San Pietro. Complimenti. Ma io non cerco vangeli. Ditemi piuttosto: avete edizioni delle *Vite* del Vasari?».

Bonsanti si infervorò: «Signora, anni addietro io ebbi il piacere di lavorare proprio a un'edizione di quest'opera, che mi permetto senza falsa modestia di definire riuscita. Lì sì che le incisioni erano mirabili! Purtroppo però non ne ho più nemmeno una copia... Ma in un magazzino poco lontano di qui conservo le tavole, e se volete...».

«Oh, non importa. Mi occorreva una copia del libro per una semplice consultazione, in realtà. Ho bisogno di un'informazione che avrei potuto verificare lì».

Bonsanti allargò le mani e cadde nella trappola: «Se posso esservi utile... la vecchiaia non ha ancora toccato la mia memoria».

Leonia chiese: «Posso davvero?»

«Ma certo!».

«Dunque... cosa dice il Vasari a proposito del Maestro del Monogramma?».

Ilario Bonsanti rimase di sasso. Leonia non dovette faticare molto per decifrare cosa si nascondeva dietro il suo atteggiamento. Persino gli operai dovettero accorgersi che era stato toccato un tasto delicato, perché interruppero il lavoro, e così all'improvviso che i rumori della città invasero la stamperia, come se fuori il tempo continuasse a scorrere, mentre lì dentro si fosse fermato per un incantesimo. Grifo, come al solito defilato, osservava con attenzione indecifrabile, appena l'ombra di un segreto sorriso sul volto.

«Il... Maestro del Monogramma?», chiese infine Bonsanti, all'unico scopo di guadagnare tempo.

«Proprio così. Certo non potete non averne sentito parlare. Tra l'altro egli, oltre che pittore, era anche un raffinato incisore, proprio come voi».

Il vecchio, sempre più confuso e rosso in viso, rifletté ancora una volta tra sé sull'ineffabilità del disegno divino, e alla fine disse: «Certo... certo, il Maestro del Monogramma... egli è ben noto. E tuttavia, signora, il Vasari non potrà aiutarvi, perché, vedete, non ne parla in alcun punto delle *Vite*».

Leonia corrugò la fronte: «Ma davvero? Ne siete sicuro?»

«Assolutamente».

«Eppure, ero certa che... ricordo bene che Vasari dedica un capitolo a ogni artista». Assunse un'espressione riflessiva e, senza perdere d'occhio l'incisore, riprese: «Persino un pittore minore come Morto da Feltre ha il suo posto nell'opera. Bizzarro personaggio! Si è guadagnato questo soprannome a causa della sua abitudine di trascorrere tutto il tempo sottoterra, nei mille cunicoli che da più di un secolo voi romani andate studiando con tanto zelo, come quelli della Domus Aurea... fatto che lo accomunava al nostro Maestro, peraltro».

Bonsanti deglutì. Leonia aveva tentato un colpo, accostando il Maestro a Morto da Feltre soltanto per la sensazione di buio e umido che aveva provato toccandone il teschio. Eppure, Bonsanti era imperlato di sudore, la mente cercava una soluzione, e certo stava collegando le domande della donna alla sua presenza a palazzo Alfani, quel giorno di settembre...

"Cosa nascondi, mio povero stampatore? Ti stai chiedendo cosa so? Nulla. Sarai tu a dirmelo".

«Non si tratta di una mancanza di Vasari, signora, e davvero non so perché vi interessiate al Maestro... Egli è difatti un uomo colpito dalla *damnatio memoriae*, come avrebbero detto gli antichi. Il suo nome va dimenticato».

«E perché?»

«Perché era un eretico. Un negromante», scandì Bonsanti, alzando la voce perché i suoi lavoranti sentissero bene e all'occorrenza testimoniassero del suo zelo e onestà morale.

Perché, in fondo, chi poteva essere del tutto sicuro che non ci fosse una spia, nei paraggi?

«Sono solo ciarle», replicò Leonia. «L'imperatore ha diverse sue opere, compreso il dittico in cui lo si vede da vivo e da morto, con un bizzarro teschio deforme. Ma gli artisti sono artisti».

La donna si avvicinò a un tavolo, prese un lacerto di foglio e, con un carboncino, cominciò a vergare delle parole.

«Non tutto può essere rappresentato, signora, nemmeno in nome dell'arte», rispondeva intanto Bonsanti, che aveva assunto l'atteggiamento dell'uomo ligio alle regole della società e della Chiesa. «Voi sapete certo che esiste un preciso codice che stabilisce quel che può e quel che non può essere oggetto della pittura...».

«Lo so, lo so», rispose Leonia, annoiata. «Il sistema del *decoro*, elaborato quindici anni fa dal cardinal Paleotti. L'arte deve conformarsi! Al bando la nudità, l'erotismo, gli atteggiamenti sospetti, gli idoli e i simulacri dell'arte pagana. La vita reale non ha, e non deve avere, nulla a che fare con l'arte. So bene tutto questo, caro amico. E so che sono coloro che violano questa gabbia per polli chiamata "decoro", a spingere in là i confini dell'arte. Come Caravaggio, a quanto ho sentito. Di lui e di quelli come lui si ricorderanno i posteri, non certo delle innocue pedanterie del cavalier d'Arpino». Con un movimento deciso, Leonia mise il lacerto sotto gli occhi di Bonsanti. «A ogni modo, non sono qui per far filosofia: io cercavo notizie sul Maestro del Monogramma perché sto cercando *questo*, mastro Bonsanti».

L'ometto strizzò gli occhi, mentre Grifo allungava il collo e leggeva: "L'*Alfabeto di Erode*".

«E voi, come incisore», aggiunse la donna, «sapete certo di cosa parlo».

Ilario Bonsanti, stanco e provato da un progetto che improvvisamente sentiva troppo pericoloso, si sentì solo e scoraggiato. Se solo ci fosse stato Ottavio! Lui sì che avrebbe saputo cosa fare. Quando sarebbe giunto a Roma? E lui, cosa doveva fare? Prima il servo di Alfani gettato nel Tevere… poi i suoi uomini che gli facevano le poste sotto casa, chiaramente alludendo alla necessità che stesse zitto… e ora, questa donna che veniva per incarico dell'imperatore di Boemia, che si diceva fosse eretico e amico di maghi e astrologi, e che con le sue domande pareva volergli scavare nel cervello.

Il vecchio si guardò attorno, spaurito. Gli operai lo fissavano perplessi, chiedendosi cosa ci fosse scritto su quel foglietto. Nessuno di loro aveva mai sentito parlare di quel Maestro del Monogramma, eppure percepivano l'atmosfera di pericolo e di tensione che aleggiava nello stanzone, nel quale la luce del sole cominciava ad attenuarsi.

«Il mio imperatore è disposto a pagare qualunque cifra per *questo*», continuò Leonia, inesorabile.

Bonsanti scosse il capo. «Non… non lo troverete, signora. Né a Roma né in qualunque altro luogo. Vi prego…».

«Dunque sapete di cosa parlo».

Bonsanti cercava di raccogliere le idee, e il frenetico lavorio del suo cervello era fin troppo evidente. Per un attimo, gli parve persino di capire il disegno, l'ordine occulto delle cose, di aver trovato il punto su cui poggiare il cilindro anamorfico che avrebbe reso tutto chiaro. Il teschio era spuntato fuori al momento più opportuno: forse, anche quella donna era inviata dal destino? Decise di mantenersi sul vago. Purtroppo per lui, la dissimulazione non era il suo forte. Leonia capì subito che lo stampatore era sulla difensiva, e un sorriso interiore la illuminò, come capita ai ladri davanti a un forziere dalla serratura scadente.

Bonsanti si diede un tono, si drizzò come per aumentare di statura, e disse: «Seguitemi nel cortile interno, signora, così lasceremo liberi i miei operai di continuare l'opera e potremo parlare tranquillamente. Prego».

2

Il cortile era un giardinetto fangoso, compreso tra edifici alti e chiazzati di muschio, dove si aprivano file di finestre strette e cupe. Vi incombeva una vaga penombra, la stessa che tanto piaceva a Leonardo, alla cui debole intensità raccomandava di dipingere i volti perché acquistassero quel senso di mistero che li rendeva affascinanti. Ma la scarsità di luce non bastava a rendere interessante quel claustrofobico spazio, nel quale si aggiravano quattro o cinque galline in cerca di vermi da snidare.

Una si avvicinò alla veste di Leonia, e lei fece un passo indietro.

«Un attimo e provvedo», disse Bonsanti. Prese una manciata di molliche di pane raffermo da un sacco e, fatto qualche verso di richiamo alle galline, lanciò il cibo in un angolo del cortile. Gli animali vi si diressero e chinarono i colli per beccare.

«Mi dispiace per il luogo, signora, ma voi affrontate argomenti troppo delicati per parlarne davanti ad altri», spiegò lo stampatore, lanciando un'altra occhiata a Grifo.

«Smettetela di preoccuparvi del mio uomo, signore. Sembra che voi abbiate paura persino della vostra ombra!».

«Ne avreste anche voi, se foste a conoscenza dei rischi che si corrono ad affrontare certi argomenti. Prima vi prendevate gioco del decoro del cardinal Paleotti: eppure sapete meglio di me che questa è la realtà. Non si può dipingere ciò che si vuole; non si può pensare ciò che si vuole; non si può stampare ciò che si vuole. La gente che lo fa, signora, *brucia*. Dopo esser stata giudicata da un tribunale, s'intende. E questo tribunale ha occhi e orecchie dappertutto. Voi siete protetta dall'imperatore di Boemia, sebbene io non mi sentirei sicuro nemmeno con un simile paladino. Ma io? Io, da chi sono protetto?».

Leonia fece un passo avanti, per studiare meglio gli occhi sfuggenti del vecchio. Grifo si guardava attorno e studiava le finestrelle in alto, pronto a intercettare qualche curioso, sebbene i due sussurrassero e non fosse facile capire cosa dicessero.

«Apprezzo la vostra prudenza, mastro Bonsanti. Ma adesso ditemi dell'*Alfabeto di Erode*. Non esiste cifra che il mio signore non sarebbe disposto a pagare, per averlo».

«Vi ho già detto che quel libro non esiste più. Fu distrutto più di centocinquant'anni fa».

«Chi può esserne certo?».

Grifo era attentissimo, e Leonia se ne accorse. Finora, per un gioco segreto, non gli aveva ancora detto nulla dell'oggetto della sua caccia romana: ma era giunto il momento.

«Non esiste più nulla del Maestro del Monogramma», insistette Bonsanti. «Persino il suo nome è stato cancellato dalla Storia. Ecco perché nemmeno il Vasari osò parlarne».

«E se io vi dicessi che esiste ancora qualcosa, del Maestro? Qualcosa che ho visto io con i miei occhi qui, a Roma, la città che pullula degli occhi e delle orecchie dell'Inquisizione?», replicò Leonia.

«Non… non è possibile».

«Voi sapete che è vero».

«No! Non so nulla!».

«Parlate piano, per carità. Volete farvi sentire?».

«Signora, vi scongiuro...».

«Il Maestro del Monogramma si firmava M.M.: ecco spiegato il suo soprannome. Voi sapete che erano le iniziali del suo nome: Marcello Morosini. Io sono certa che sia sepolto a Roma, dove la leggenda dice che è vissuto e morto. Di lui si sa pochissimo, solo che nacque intorno al 1400 e morì forse nel 1468. Grande pittore e incisore, come voi certo sapete».

«Di lui so quello che tutti gli appassionati d'arte sanno, signora. Ma sono solo parole nel vento, tutto è perduto della sua mano, a meno che un quadro o una stampa non sopravvivano ben celati nelle sale di qualche palazzo patrizio, guardati solo da un ristretto pubblico selezionato».

«Così ci intendiamo, messere! Parliamo da artisti di artisti, e lasciamo fuori da questo fetido cortile l'Inquisizione e il decoro imperante! Dicevo per l'appunto che io ho visto qualcosa che apparteneva al Maestro, poco tempo fa. Qualcosa di molto prezioso, per lui. Il suo cranio».

Bonsanti sospirò.

«E lo avete visto anche voi», continuò Leonia.

Bonsanti scosse il capo, con veemenza, e torcendosi le mani sussurrò: «No! Non io! Io ho solo sentito certe voci... e volevo sapere... pura curiosità...».

«Sia come volete, non mi importa. Ma un teschio vuol dire uno scheletro, e uno scheletro vuol dire una tomba. Morosini è, o era, sepolto qui a Roma, dove è vissuto indisturbato nonostante la sua cattiva fama, protetto da mecenati che amavano le sue opere particolari e, forse, gli arcani segreti che si vantava di conoscere. È possibile che, conoscendo l'ubicazione della tomba, si possa risalire alla famiglia di uno di questi protettori: e da questa al libro cui Morosini affidò quegli arcani di cui parlavo. Ovvero, all'*Alfabeto di Erode*».

Sopra di loro, il cielo cominciava a volgere verso il violetto del crepuscolo, e le linee dei volti si annebbiavano. Solo gli occhi mandavano ancora umidi lampi di luce, e le parole sussurrate parevano uscire per magia da labbra sigillate. C'era qualcosa di beffardo, in quel segreto divulgato in un cortiletto sporco in compagnia di galline ruspanti, qualcosa che forse il Maestro avrebbe gradito.

«Signora, quel che dite ha un senso. Ma la tomba di Morosini, seppure esiste, non vi porterà all'*Alfabeto*: esso è perduto per sempre, e così i suoi terribili segreti».

«Il suo teschio è riemerso dopo più di cent'anni: perché non l'*Alfabeto*?», ribatté lei.

Mentre parlava, Bonsanti continuava con ogni evidenza a inseguire un'idea, Leonia ne era certa. Ma quale? Cosa ronzava nel cranio di quel vecchio impaurito?

«Voi sembrate essere molto informata sulla vita del Maestro, signora. Ma conoscete anche la storia dell'*Alfabeto* che cercate con tanto zelo?».

Leonia si voltò allora verso Grifo, con ostentazione. Lo guardò negli occhi, lasciò indugiare lo sguardo sul suo volto scolpito nell'ebano, impassibile, senza altro desiderio che non fosse quello di compiacere la sua signora. Ricordò la sua dolcezza mentre suonava lo strumento orientale sulla loggia davanti a Trinità dei Monti, e mentre la accarezzava, la notte prima. E fu soltanto per lui che rispose con un sorriso, fissandolo. «Ditemi, dunque, messer Bonsanti. Narratemi la leggenda dell'*Alfabeto di Erode*».

Alle sue parole, Grifo batté gli occhi. Non per la frase di Leonia, ma per quel sorriso che l'aveva accompagnata. Che somigliasse a quello di una donna innamorata non si poteva essere certi, perché la penombra lo rendeva indecifrabile.

3

«Ebbene, signora», spiegò Bonsanti, «Morosini non era solo un pittore e un incisore, ma anche un individuo perverso, che riversava le sue ossessioni nelle sue opere. Si dice che fosse un uomo deforme; che si coprisse il volto per celare le proprie mostruosità; che vagasse solo di notte, zoppicante sotto il peso di un corpo contorto come un tronco d'olivo. Avete anche accennato a un suo interesse per le cavità sotterranee, accomunandolo a Morto da Feltre: non so se questo sia vero. Vero è che faceva parte dell'Accademia Romana fondata da Pomponio Leto, e gli accademisti sì che si riunivano nelle catacombe, dove praticavano strani riti pagani...».

«Aspettate, mastro Bonsanti. Ditemi di quest'Accademia...».

«Pomponio Leto fu un latinista di vaglia e persino precettore della famiglia Farnese. Anche su di lui, come sul Maestro del Monogramma, è caduta la condanna della memoria, tanto che la sua tomba nella chiesa di San Salvatore in Lauro venne misteriosamente distrutta un secolo fa e i suoi resti mortali dispersi. L'Accademia era un cenacolo di latinisti e letterati. Ognuno aveva un nomignolo e quello di Pomponio era *Pontifex Maximus*: un'eresia bella e buona! Si riunivano nelle catacombe, come dicevo, e pare si dedicassero a pratiche contro natura, in primis la sodomia. Nel 1468 fu scoperta una cospirazione per deporre il papa, Paolo II, e proclamare quindi una sorta di nuova Repubblica Romana. Leto si trovava in quel frangente in arresto a Venezia per sodomia, altri accademisti vennero invece arrestati e torturati a Roma. Ma alla fine, tutto si risolse in nulla e l'Accademia, svuotata di ogni velleità di restaurazione del paganesimo, si sciolse anni più tardi».

«Nel 1468...», rifletté Leonia. «L'anno in cui morì Morosini».

«Nessuno sa con precisione quando e come morì il maestro, né dove sia sepolto. Ma gli eventi dell'Accademia accaddero molti anni dopo la tragica storia dell'*Alfabeto*».

Bonsanti si interruppe con un sussulto quando la porticina si aprì e il torcoliere annunciò che ormai era troppo buio per lavorare, mentre lanciava occhiate perplesse allo strano trio riunito nel cortile.

«Andate pure, a domani. Penso io a chiudere tutto», disse Bonsanti, cercando di controllare il tono della voce. Aspettò qualche minuto, si scusò con Leonia e rientrò nel laboratorio per assicurarsi che tutti se ne fossero andati. Chiuse la porta principale con un saliscendi, accese una lucerna e chiamò all'interno i due.

«Ora possiamo concludere il discorso con più tranquillità», spiegò sedendo su uno sgabello. Alla luce, la sua fronte era lucida di sudore e il volto era pallido come dopo una lunga febbre. «Mentre io finisco di narrarvi questa storia, signora, fingete di studiare le incisioni su quel tavolo. Se qualche delatore ci vedesse dalla finestra, non avrebbe così a pensar male».

Leonia annuì e prese a guardare le incisioni, senza nemmeno notarle. Grifo era immobile e tuttavia non perdeva una parola dello stampatore, che aveva ripreso a parlare a bassa voce, nello stanzone in penombra le cui macchine disegnavano sulle pareti ombre simili a strumenti di tortura.

«L'*Alfabeto di Erode* fu scoperto non a Roma, ma in Francia, precisamente in Vandea, nel 1440. Nel castello di Tiffauges, abitato da Gilles de Montmorency-Laval, barone di Rais». Bonsanti alzò gli occhi e chiese, con voce grave: «Voi sapete la storia di Gilles de Rais, vero? Sapete quel che fece?».

Leonia replicò con indifferenza: «Ripetetemelo, per favore».

«Per sommi capi, signora, perché io sono un uomo timorato di Dio e queste storie gettano un peso, un'ombra sulla mia coscienza. Il barone de Rais era un pazzo o un indemoniato, non so. Di certo, il Male raramente si è incarnato in un uomo peggiore. Quel che si sa è che, nel suo castello, egli si dedicava a esperimenti d'alchimia e magia nera, supportato da una schiera di negromanti tra cui un toscano, un certo Francesco Prelati, che riuscì a fargli credere di poter evocare a suo piacere un demone di nome Barron, il quale avrebbe esaudito tutti i desideri del barone. Ma c'era un prezzo da pagare: e questo prezzo era il sangue di bambini innocenti, e, ovviamente, molto denaro».

Grifo si sciolse dall'immobilità, fece qualche passo avanti, nel cerchio di luce, e Leonia, continuando a guardare le incisioni, lo studiò con la coda dell'occhio. La voce di Bonsanti continuava il racconto, intervallata da sospiri.

«Non voglio scendere in particolari, dai quali non so nemmeno separare la verità e la fantasia. Nel 1440 l'orrore che accadeva con terribile frequenza nei sotterranei del castello venne alla luce, e ne scaturì un processo che fece clamore e che ispirò persino ballate popolari. Le compagnie ambulanti giunsero fino a Roma, per recitare la storia del barone. Ma sto divagando. Vennero ritrovati decine e decine di cadaverini, di molti altri soltanto poveri resti bruciati: i sodali del barone raccontarono delle sevizie a cui venivano sottoposti i bambini, spesso sottratti o addirittura comprati nei villaggi circostanti, allo scopo di evocare Barron e ottenere la pietra filosofale o altre diavolerie. Prelati, e altri come lui, erano i cerimonieri di quei rituali sanguinosi. Ma Prelati, in particolare... Prelati era il vero demone che aveva sottratto l'anima al folle signore di Rais! Prelati, che seguiva gli incantesimi riportati in un libro considerato meraviglioso per le sue incisioni, a quanto si dice, quanto perverso per i contenuti: l'*Alfabeto di Erode*!».

Nel silenzio che seguì, Leonia si voltò verso Grifo e infine disse: «Ecco il libro che sto cercando, amico mio. Un libro macchiato del sangue di innocenti. Un libro maledetto che ha eccitato fantasie perverse, oscene, sanguinarie. Ti sembra una nefandezza?».

Bonsanti fissò perplesso Grifo, che esitò prima di rispondere: «Voi siete la mia signora».

«Sei diplomatico, Grifo. Ciò significa che non mi approvi. Ma che colpa ha, in effetti, l'*Alfabeto*? Di quale crimine si è macchiato? Nessun demonio è scaturito dalle sue pagine, né ha ghermito l'anima di uno solo di quei poveri bambini! Che colpa ha l'arte?». Un leggero rossore accese le guance della donna, mentre perorava le sue convinzioni. «Voi parlate di contenuti perversi, eppure ammettete la bellezza delle incisioni. Ma l'arte non ha alcun contenuto! È solo la forma che la rende arte, non il suo significato. Capisci ciò che intendo, vero Grifo? Rispondi!».

Grifo abbassò il capo e rispose che capiva.

Leonia si rivolse allora verso Bonsanti, corrucciata, scossa nonostante tutto dal racconto dello stampatore, quasi che rivelare ad alta voce ciò che sapeva rendesse d'improvviso sconcia la sua ricerca.

«Proseguite, per favore», disse.

«Proseguirò, signora, a beneficio del vostro amico, poiché voi già sapete tutto e avete preferito che fossi io a svelargli quanto di terribile si nascondeva nel libro che inutilmente cercate», insinuò Bonsanti. «Francesco Prelati era il vero demonio: e quel libro costò moltissimi denari al signore di Rais. Denari che andarono in parte a Prelati e in parte all'uomo che progettò, scrisse e illustrò l'*Alfabeto di Erode*: il Maestro del Monogramma».

«Perché si chiama così?», intervenne Grifo.

«A quanto si dice, il libro che fu ritrovato nelle segrete del castello portava questo titolo sul frontespizio, e la doppia M che è la firma del Maestro. Il libro constava di ventitré pagine, una per ogni lettera dell'alfabeto dell'antica Roma. Ventitré incisioni, che si dice fossero tanto meravigliose per disegno e per fattura, quanto terribili per il contenuto». Bonsanti fece una pausa e fissò Leonia: «E per quel che riguarda il vostro discorso di poc'anzi, signora, mi limito a dire che considero "arte" quel che evoca bellezza e pace nel nostro animo: quale emozione evocassero le incisioni dell'*Alfabeto*, non so».

«Proseguite, messere», rispose Leonia senza batter ciglio.

«Dicevo, una pagina per lettera, dalla A alla Z, esclusa la U, che i Romani non conoscevano, come non conoscevano le lettere straniere J e W. Ognuna di queste lettere corrispondeva all'iniziale del nome di un bambino o di una bambina, scritti in un cartiglio nell'incisione che rappresentava con estrema vividezza la loro uccisione, in ventitré modi diversi e osceni». Bonsanti sospirò e si passò una mano tremante sulla fronte. «Ma l'*Alfabeto di Erode*... – a questo punto il perché di "Erode" è evidente, un chiaro riferimento alla strage degli innocenti… – l'*Alfabeto di Erode* non era solo raffigurazione di violenza. Il suo pregio, per il quale il barone de Rais spese una cifra ingentissima, era legato alla convinzione che nelle incisioni fossero riportati degli insegnamenti ermetici. Non so dirvi di cosa si trattasse. Le violenze su quei bambini erano descritte all'interno di paesaggi fantastici o strettamente urbani. Alcune stelle richiamavano l'attenzione su dettagli specifici, quasi a sottolinearne l'importanza segreta, ma non c'era alcuna spiegazione, alcun testo di ausilio, nemmeno quegli sproloqui incomprensibili spesso contenuti nei testi di magia e di alchimia… solo disegni. Eppure, in qualche modo misterioso, quelle incisioni parevano celare dei segreti antichi, la sapienza che viene attribuita al Maestro del Monogramma. Una sorta di summa del suo pensiero, per così dire, codificata per disegni. Della sua sapienza e della sua perversione, s'intende».

Con una smorfia di fastidio, Bonsanti si alzò dallo sgabello.

«Le mie povere ossa… ho passato una nottata infernale. E anche la giornata seguente, se è per questo. È pericoloso parlare di simili argomenti, signora, e ancor più pericoloso cercare l'*Alfabeto*».

«Perché dite che è perduto?», chiese ancora Grifo, che sembrava aver dimenticato di essere l'ombra di Leonia. In silenzio, la donna rifletteva su quel cambiamento.

«Potete intuirlo da voi, messere. Quando fu istruito il processo a de Rais, alla fine del quale fu impiccato come meritava, i giudici e la Chiesa ordinarono la distruzione del libro e la condanna di chiunque fosse stato trovato in possesso di una sua copia. Fu invano cercata la stamperia, ma da allora nessuno ha più sentito parlare né, a quanto mi risulta, ha più visto l'*Alfabeto di Erode*».

«Troppo poco per dire che non esiste più, non trovate?», si inserì Leonia, beffarda. «Le matrici di incisione, ad esempio. Che fine hanno fatto, se voi stesso dite che non è mai stata individuata la stamperia? E quante copie del libro sono state stampate? Possibile che ne esistesse una sola, quella in possesso del barone de Rais? Anche se il barone avesse preteso l'unicità della copia, visto l'alto prezzo pagato, possibile che un uomo senza scrupoli come il Maestro non ne abbia almeno tenuta una copia per sé, o custodito le matrici? No, caro Bonsanti, sull'*Alfabeto* è caduto il silenzio, d'accordo, ma non è impossibile, anzi direi che è probabile che, da qualche parte, esista ancora. Da qualche parte e forse proprio *qui*, a Roma, dove Morosini visse e lavorò, nascosto al mondo, eccezion fatta per gli appassionati della sua arte e della sua sapienza. E dove morì, dove fu sepolto. Ve l'ho detto, il suo teschio è tornato a vedere la luce del sole, inaspettatamente, appena poche settimane fa. Io credo che qualcuno custodisca anche l'*Alfabeto*, e sono decisa a trovarlo!».

«Signora, io vi ho detto quel che so. Qui non troverete nulla che abbia a che fare con il Maestro del Monogramma, né opere né tantomeno libri proibiti».

«Mastro Bonsanti, voglio essere chiara: pochi anni orsono l'imperatore Rodolfo ha acquistato un bellissimo testo magico, scritto in una lingua sconosciuta che ancora non siamo riusciti a decifrare. Bellissimo, ripeto, e forse attribuibile a Roger Bacon... ma nulla in confronto all'*Alfabeto di Erode*. Ebbene, quel libro è stato pagato seicento ducati d'oro. Capite cosa c'è in gioco?».

Bonsanti deglutì. Nei suoi occhi, Leonia lesse un lampo d'avidità che quasi la sorprese. Seguì lo sguardo dello stampatore che si posava sul suo laboratorio che ormai produceva solo libretti per pellegrini, sui fogli stesi ad asciugare sui fili come poveri panni sciacquati. Di certo il vecchio stava riflettendo che, con una somma simile di denaro, avrebbe potuto ingrandire la bottega, assumere nuovi operai e sperare, prima di morire, di tramandare il suo nome e la sua arte. Ma poi lo sguardo avido si spense e Bonsanti disse, a voce bassa, quasi dispiaciuto: «Io sono uno stampatore e sono ossequioso dei dettami delle Congregazioni dell'Indice dei Libri Proibiti e dell'Inquisizione. E permettetemi di dirvi che la vostra ricerca è molto pericolosa».

Quindi avvicinò il foglietto scritto da Leonia alla lucerna e lo bruciò, lasciandolo cadere a terra. Poi commentò: «Non tutti a Roma sarebbero così discreti, credetemi».

«L'imperatore di Boemia è disposto a pagare qualunque prezzo per l'*Alfabeto di Erode*», ripeté Leonia, gli occhi ridotti a due fessure verdi. «Qualunque prezzo».

La donna osservò l'anziano stampatore, i suoi occhi sgranati, il pomo d'Adamo che sussultava, le braccia conserte.

"Che cosa nascondi, Bonsanti? Perché hai voluto assicurarti se era vero che Prosdocimo Alfani fosse in possesso del teschio del Maestro? *Che cosa sai*?".

«Io sono solo un povero artigiano, signora, ma, per quanto remunerativi, io non tratto simili commerci», rispose infine Bonsanti, cercando di tener ferma la voce.

Leonia fece un gesto noncurante con la mano.

«Bene, dunque. Grazie del tempo che mi avete dedicato e arrivederci... anzi, no, ancora una cortesia. Grifo, fai vedere a mastro Bonsanti il disegno».

Grifo chinò il capo e trasse da una bisaccia che portava alla cintura un foglio, lo dispiegò e lo mise sotto gli occhi dello stampatore. Raffigurava il simbolo sul saio ritrovato da Alfani.

Ancora una volta, Leonia osservò con attenzione Bonsanti. Era certa che fosse assolutamente sincero quando rispose, scrollando il capo: «Non ho idea di cosa sia, signora».

«È un simbolo ricamato sopra un saio», insistette Leonia. «Un saio di seta nera. Era in casa di Francesco Cenci. Il tipico saio di una confraternita, se non fosse per il pregio del tessuto e la grazia del ricamo, che fa piuttosto pensare a una fratellanza... particolare e riservata, di persone di alto lignaggio. Una *setta*, mastro Bonsanti».

«Mai visto nulla del genere, signora».

«Non fa niente. Spero che...».

In quel momento, qualcuno bussò con violenza alla porta della stamperia, facendo sussultare i tre, e una voce sguaiata gridò: «Aprite! Aprite, in nome della Santa Inquisizione!».

4

Bonsanti sobbalzò e cominciò a balbettare, ruotando il capo a destra e a sinistra alla ricerca di una impossibile via di fuga.

Grifo fece un passo verso Leonia. La finestra lasciava intravedere un paio di teste che spiavano l'interno della stamperia, pure sagome nella penombra della sera.

«Allora? Aprite o buttiamo giù la porta!», gridò ancora la voce. Seguirono altri colpi secchi, sferrati con un bastone o con l'elsa di una spada.

Bonsanti cominciò a farfugliare, terreo in volto, incapace di prendere una decisione. Allora, a un cenno di Leonia, che aveva recuperato il suo sangue freddo, Grifo fece per avvicinarsi alla porta e togliere il saliscendi, quando dalla via giunsero d'improvviso delle risate sguaiate. Poi una voce si impose: «Adesso basta, o il povero Bonsanti ci resta secco! Apri, vecchio mangiacarte, te lo ordina il principe Onofrio del Drago!».

Leonia si voltò stupita verso lo stampatore, le cui guance si erano colorate per un improvviso afflusso di sangue. Si mise una mano sul petto, sospirò forte e disse: «Dio mio, ti ringrazio! È uno scherzo, solo uno scherzo del principe!».

«Allora, sei morto o no?», fece la voce. «Forza, apri e presentaci i tuoi ospiti!».

Bonsanti strusciò in fretta i piedi sul pavimento, con mano tremante tolse il saliscendi e spalancò la porta.

«Principe, principe mio! Mi farete morire, lo giuro! Ho passato una notte infernale, e ora... Sono scherzi da farsi a un povero vecchio?», si lamentò, senza dimenticare però il tono reverente del vassallo.

Leonia e Grifo videro lo stampatore fare due o tre rapidi passi all'indietro, come a seguito di uno spintone, mentre un uomo avanzava nel laboratorio: anche lui così alto da doversi abbassare, sebbene non quanto Grifo.

Aveva una cinquantina d'anni, i capelli ricci e brizzolati che sbucavano da una berretta gemmata, sulle spalle un ferraiolo nero bordato di pelliccia sotto il quale rosseggiava un giustacuore color porpora finemente trapunto, al cui centro una spilla rifletteva la fiamma della lucerna. Il volto, incorniciato da una barba a punta, aveva l'abbronzatura tipica di chi conduce una vita all'aria aperta, forse per frequenti battute di caccia; segni bianchi si aprivano agli angoli degli occhi celesti. Entrò sorridendo per lo scherzo escogitato: un sorriso pieno e soddisfatto e nello stesso tempo innocente, che metteva in mostra una chiostra di denti bianchissimi.

Leonia lo osservò e fece un passo indietro, rimproverandosi poi del gesto, mentre a sua volta l'uomo si fermava e appuntava gli occhi su di lei. Un attimo di sospensione e poi l'uomo si tolse la berretta e fece un cenno di inchino con il capo.

«Ilario Bonsanti, mi riprometto di frequentare di più la tua bottega, se hai una tale clientela», disse allo stampatore, continuando però a fissare Leonia. «Ho visto una luce alle tue finestre, a quest'ora, e mi sono detto: che combinerà oggi il libraio?». Si rivolse poi a Grifo: «Così mi sono avvicinato e ho visto te, un Cristo alto quanto una colonna, e una donna. Nient'altro, perché i vetri sono sporchi come i miei maiali, ma eravate così... così indaffarati a confabulare che mi è venuta in mente la burla dell'Inquisizione». Si voltò verso gli uomini che lo accompagnavano e che allungavano il capo oltre la porta, vociando, e intimò loro: «Aspettate fuori, cafoni! E tu, Bonsanti, chiudi la porta».

Il vecchio obbedì assentendo più volte.

«Ma se i vetri di questo imbrattacarte fossero stati più puliti, signora», continuò Onofrio, un'ottava più bassa, «e avessi potuto vedere il vostro portamento, mi sarei comportato più civilmente, lo giuro. Cerca di curare il tuo locale, vecchio mio, non voglio che mi ricapiti una cosa del genere!».

«Con chi parlo, signore?», disse Leonia.

«Il fatto che io non vi abbia mai visto prima, e il vostro accento straniero, lasciano intuire che non siete di Roma. E dunque non potete conoscere il principe Onofrio del Drago». Chinò il capo, scanzonato. «Ecco rimediato. E voi, signora? Chi siete, voi?»

«Avrete di certo modo di saperlo da mastro Bonsanti. Andiamo, Grifo, lasciamo i signori».

«Accidenti! Vi ho forse offesa?».

Leonia socchiuse gli occhi: «Se proprio devo svelare il mio pensiero, principe, dubito che vi sapreste comportare più civilmente di quanto avete fatto poc'anzi».

Onofrio sgranò gli occhi celesti, poi i denti forti si scoprirono in una risata sincera.

«Santo cielo, non so da dove veniate, ma deve essere un Paese ben freddo!».

«Perché dite questo?».

Onofrio prese a gingillarsi con la spilla che portava al petto. Ora che Leonia poteva distinguerla meglio, si rese conto che raffigurava un drago rampante, probabile stemma di famiglia. Due smeraldi indicavano gli occhi e un rubino la lingua sanguinante.

«"Svelare il mio pensiero"...», la imitò lui, con un sorriso. «"Avrete modo di sapere il mio nome da mastro Bonsanti"... altera signora, forgiata nell'acciaio. Vi ho visto dalla finestra, durante quello scherzo riprovevole, e non avete quasi battuto ciglio, mentre il nostro Ilario per poco non ci restava secco». Socchiuse gli occhi e aggiunse, quasi tra sé: «Una donna notevole». Poi chiese: «Ma ditemi almeno chi è questo rappresentante della Mezzaluna che vi portate dietro. Parente forse di Dragut, il feroce pirata ottomano catturato da Andrea Doria e rivenduto poi come schiavo?».

Leonia stava per rispondere, quando Grifo la precedette, con voce piana: «Ricordate che Dragut fu liberato e tornò a terrorizzare i mari, principe».

Onofrio lo squadrò senza paura e rispose: «Anche tu hai lo stile ellittico della tua padrona, vedo...».

«Grifo non è uno schiavo!», sibilò Leonia, ma Onofrio aveva proseguito, «...e magari speri di tornar libero e tagliare la gola a qualche cristiano. O sbaglio?»

«Non giudicate gli uomini dal loro aspetto. Io *sono* cristiano, principe», ribatté l'altro, mostrando la croce che portava al petto.

«Vedo. Meglio così: devi essere un temibile avversario».

«Non molti possono sostenere il contrario».

«D'altra parte, giudico solo dall'aspetto, e come hai detto, potrei sbagliare».

«Per carità!», sbottò Leonia. «Non intendo assistere a un battibecco tra galli. Andiamo, Grifo. Permettete, principe?».

Onofrio rimase immobile per un attimo, appuntando i suoi occhi in quelli della donna, poi sorrise e si fece da parte.

«Mi scuso di nuovo, signora. Ma non è un battibecco: ammiro la forza negli uomini come la bellezza nelle donne, e un breve dialogo mi permette di rafforzare o smentire la mia opinione».

«Non avete nulla di cui scusarvi, principe. Il vostro scherzo ha avuto presa solo sul povero Bonsanti. Arrivederci, mastro. Forse ci rivedremo».

Uscirono in strada e Leonia sentì Onofrio dire, col suo solito tono scanzonato: «Quel "forse ci rivedremo", caro Ilario, mi dà una speranza. Farò le poste a questa stamberga, d'ora in poi. Io, un del Drago, impalato davanti a una stamperia. Riderà tutta Roma!».

E scoppiò in una risata disarmante, mentre continuava a gingillarsi con la spilla a forma di drago.

5

Durante il tragitto verso il suo palazzo, Leonia non disse una parola. Guardava fuori dalla carrozza l'umanità ricca e quella pezzente che affollavano le strade, la sporcizia ammucchiata nelle viuzze laterali, i palazzi nobiliari sorvegliati da sgherri e le case fatiscenti che sorgevano solo pochi passi più in là, mentre nella sua mente si rincorrevano pensieri diversi, monchi, come se faticassero a districarsi dalla fanghiglia di malinconia e di nervosismo in cui erano immersi.

Arrivati nel cortile, lasciò Grifo a liberare i cavalli dalla carrozza e corse su. Percorse i corridoi illuminati solo dalle ultime luci del tramonto e spalancò la porta che portava nello stanzino dov'era conservato il teschio di Marcello Morosini.

Si fermò sull'uscio, osservando lo scrigno di legno sul tavolo, accanto a un candelabro con tre fiamme tremanti. Sospirò e avanzò, aprì lo scrigno, prese tra le mani il teschio e lo posò sul tavolo, in fretta, quasi scottasse. Rimase a lungo a osservare le escrescenze ossee, quasi il marchio delle perversioni che si erano annidate nel cervello di Morosini, stravolgendolo e perdendolo. O forse ne erano state la causa. Magari quell'uomo amava la perversione perché non aveva potuto avere una vita normale, e la sua stessa visione dell'arte era stata influenzata da quelle mostruose protuberanze.

Avvicinò una mano al teschio. Ancora una volta si fermò,

mentre riascoltava il racconto di Bonsanti e rivedeva l'espressione di Grifo.

Poi la mano si posò esitante sul cranio. Lo carezzò, mentre chiudeva gli occhi.

Rimase assorta per qualche minuto.

Non sentì Grifo percorrere il corridoio, preoccupato per l'atteggiamento nervoso della sua signora, ed entrare nella stanza. L'uomo si era fatto avanti, cautamente, ed era rimasto a osservare la mano di Leonia appoggiata sul teschio orribile. Poi aveva alzato gli occhi e aveva fissato il suo profilo, le palpebre abbassate e vibranti, il seno ansante, una perla di sudore sulla fronte.

Leonia riaprì gli occhi di scatto, sottrasse la mano, fece un passo indietro, si accorse di Grifo e sussultò per la sorpresa, come se si trovasse in un luogo dove lui non avrebbe dovuto essere.

«Grifo! Sei tu...», disse, e si lasciò cadere su una sedia.

«Sì, signora», rispose lui, sostenuto. «Avete visto qualcos'altro?».

Leonia percepì il tono di Grifo e lo guardò di sottecchi.

«Sì, ho percepito qualcos'altro. Nulla però che possa essermi utile. Io ho il dono di poter ascoltare il racconto delle cose morte, ma è passato troppo tempo da quando in questo teschio correva sangue vivo. Quelle nere cavità, che una volta ospitavano gli occhi del pittore, rappresentano bene la sua anima. Nera. Orrenda. Poche persone si sono così macerate nell'odio verso gli altri, Grifo. Morosini amava stare sotto terra perché detestava il mondo. E forse odiava i bambini perché odiava la vita e l'incosciente felicità che rappresentano. Morosini non si è limitato a illustrare l'*Alfabeto* con uccisioni di bambini, ma sono certa che lui stesso...».

Si interruppe e si passò una mano sulla fronte. Grifo scomparve in un'altra stanza e ne tornò pochi minuti dopo, porgendole una coppa d'acqua, che Leonia bevve a brevi sorsi.

«Da quando ti conosco, Grifo», riprese, «è forse la prima volta che non sei riuscito a nascondere le tue emozioni. È successo mentre si parlava dell'*Alfabeto*. Dimmi cosa pensi, ti prego».

Grifo rifletté guardando in basso, poi alzò gli occhi e rispose: «Credo che sia una ricerca pericolosa, signora».

«Anche altre lo sono state».

«Pericolosa per più di un motivo».

Leonia assentì. «E perché?»

«Pericolosa perché si potrebbe sollevare l'interesse degli inquisitori, cosa di cui giustamente si preoccupa Bonsanti. Pericolosa perché un testo del genere, se pure esiste ancora...».

«Esiste ancora!», ripeté lei, battendo stizzita un piede.

«...Se pure esiste ancora, potrebbe interessare anche ad altre persone. Persone senza scrupoli. Dopotutto, già un servo di Alfani è stato ritrovato nel Tevere, con la lingua mozzata. Potrebbe essere soltanto l'inizio. E infine...». Grifo esitò. «E infine, signora, questa ricerca può essere pericolosa proprio per le sensazioni che avete provato toccando quel teschio, poco fa. Una discesa in un pozzo buio e profondo, popolato di mostri. Questo è ciò che penso, visto che me lo avete chiesto».

«Né gli inquisitori né gli individui privi di scrupoli possono preoccupare Grifo a questo modo», ribatté Leonia con un sorriso, alzandosi. Gli si portò davanti e chiese: «E nemmeno me, del resto. Quindi, è il terzo motivo che ti spaventa. Perché?».

Lo sguardo di Grifo tremò. Leonia ebbe la sensazione che i suoi occhi, neri come il pozzo spaventoso di cui aveva parlato, pur fissi su di lei stessero in realtà guardando lontano, indietro nel tempo, nella sua stessa memoria, traendone immagini tristi e dolorose. Quando l'uomo tornò nel presente, batté le palpebre e disse: «Non c'è atrocità peggiore dell'assassinio di un bambino, signora. E l'*Alfabeto di Erode*, a quanto ho sentito, ne è l'esaltazione. Ha ragione Bonsanti: nessuna qualità artistica giustifica un orrore simile. Morosini, Prelati, de Rais... sono tutti morti. È saggio lasciarli bruciare all'inferno e dimenticare».

«Ma tu non puoi dimenticare. Vero?»

«Io?»

«Non mentirmi, Grifo, sai che non puoi. Cos'è che ti mette tanto a disagio, in questa storia?».

Grifo fece un passo indietro.

«Ve l'ho detto, signora».

«Una volta ti ho chiesto di disegnarmi la tua città, e hai risposto che non potevi, perché non esiste più. Chi viveva laggiù, Grifo?»

«Io».

«Non solo tu».

Grifo non rispose. Leonia aspettò, gli occhi fissi nei suoi, quasi volessero inchiodarlo, impedirgli di fuggire. Sperò che capisse che non lo interrogava per pura curiosità, ma per un sentimento di affetto, di vicinanza, quasi per desiderio di condividere un fardello. Ormai era scesa la notte, e solo il candelabro accanto al teschio rischiarava l'ambiente. Anche i volti, gli sguardi erano sfumati, annegati nella penombra. Per questo, forse, Leonia non si accorse che le labbra di Grifo si muovevano, e sentì solo un soffio che diceva: «Io, signora, vivevo in quella città. E mia moglie. E due figli».

Poi Grifo si ritrasse, si voltò e si allontanò dalla stanza, lasciando Leonia sola, con ancora la sagoma di lui negli occhi.

Quella notte non lo vide più. Era molto tardi quando Leonia chiese allo stalliere di prepararle un cavallo. Uscì al galoppo prima che Grifo potesse fermarla o offrirsi di accompagnarla, poiché una corsa notturna è sempre pericolosa, e per una donna doppiamente. Leonia lanciò il cavallo, gli zoccoli che martellavano il selciato, superò Porta Pinciana sotto lo sguardo perplesso dei doganieri e si scaraventò nella campagna buia.

6

Più o meno nelle stesse ore, una carrozza correva lungo via Merulana. Si fermò davanti al convento, che era solo una sagoma rischiarata dal lucore lunare, e padre Ascanio ne scese. Il buio e il silenzio lo fecero fermare, con un senso di timore e apprensione alla bocca dello stomaco. Un paio di finestrelle del convento erano illuminate.

Tirò il cordone e il suono metallico sembrò assordante.

Il portone si aprì e suor Elvira gli si parò davanti, un candelabro in mano, gli occhi sbarrati.

«Padre! Scusate se ho ritenuto...», iniziò lei, esagitata.

Ascanio si fece avanti a passo deciso, il volto corrucciato.

«Ditemi tutto. Cos'è accaduto? Suor Fiammetta...».

I due camminavano in fretta, all'interno di una bolla di calda luce che li proteggeva dal buio, che pareva volesse schiacciarli. Superarono il chiostro, attraversarono il corridoio, arrivarono alla cella di Fiammetta. La porta era aperta e ne usciva una lama di luce, che sembrava fendere il muro di fronte.

Suor Elvira gli aveva spiegato in breve l'accaduto.

Ascanio si fermò davanti alla porticina. Dentro, le ombre di due suore e, sul letto, Fiammetta.

Il volto era lucido di sudore, gli occhi rovesciati all'indietro, bianchi, le labbra violacee e leggermente socchiuse. Il petto si muoveva piano.

«Sta passando...», bisbigliò una suora, chinando il capo davanti al domenicano.

«Avete trascritto per filo e per segno tutto quello che ha detto?», chiese Ascanio burbero, dopo essersi reso conto che, in quel momento, da Fiammetta non avrebbe potuto sapere nulla.

«Ha detto solo poche parole, padre, sempre le stesse», intervenne Elvira mentre si avvicinavano al giaciglio.

Ascanio non toglieva gli occhi dalla donna accasciata sul letto, la tunica zuppa di sudore. Si fece dare il candelabro dalla madre badessa, si chinò su Fiammetta, osservò con attenzione il volto, toccò la fronte e le prese il polso: era gelido e il battito debole.

«Cercate di farle bere qualcosa. Brodo, magari», disse infine. Poi si voltò verso le suore e domandò, stendendo la mano: «Dov'è il foglio con le sue parole?».

Una suora si avvicinò agitata al tavolo, prese un foglio e lo porse al domenicano, che rifletté: "Tutte sono prese dalla frenesia di avere a che fare con un fenomeno sovrasensibile. Qui non ci sono dubbi e incertezze, solo la fede semplice dei bambini".

«E ha ripetuto sempre le stesse parole?», chiese Ascanio dopo aver letto, mentre continuava a fissare le lettere sulla carta, vergate con calligrafia precisa.

«Sempre le stesse, quasi una cantilena».

«E l'intonazione?».

Le suore si guardarono perplesse.

«Avanti!», le incitò Ascanio. «Con che tono pronunciava queste parole? "Gli innocenti saranno liberati dalle mura, ma non dalla pena. Il drago tiene le chiavi, ma il drago li porrà sotto la sua ala." Con che tono? Paura, sollievo, dolore, angoscia...».

Una delle suore incaricate di trascrivere le frasi di Fiammetta fu più volte sul punto di parlare, poi si decise: «Non c'era un tono particolare, padre... le parole uscivano come soffi, leggere, come se fossero pronunciate da altri per bocca sua. È difficile spiegare. Se voi foste stato presente...».

«E siete assolutamente certe che queste siano le *esatte* parole?», incalzò lui.

«Senza dubbio. Poche parole, pronunciate più volte. Impossibile sbagliarsi».

«Perché questa domanda, padre?», intervenne suor Elvira.

«Perché non capisco, ecco perché!», sbottò Ascanio. «"Gli innocenti saranno liberati dalle mura" si riferisce certo alle frasi precedenti, quelle relative al salvatore che "verrà dall'alto e spezzerà le mura marce e libererà gli innocenti..."».

«E tuttavia ciò non porrà termine alla pena», rifletté la madre badessa, giungendo le mani. Le altre suore stringevano tra le mani il crocifisso che tenevano al collo, mentre seguivano il discorso.

«Non è questo il punto!», esclamò Ascanio, con un gesto di insofferenza. In quel momento non si preoccupava delle eventuali future pene degli innocenti, ma solo di capire come poteva aiutarli, sempre che di profezia si trattasse, e non di vaniloquio. «Il vero punto è il drago. Il drago che tiene le chiavi, certo della prigionia, delle mura marce, da cui il salvatore trarrà gli innocenti. Dunque, il drago sembra essere il carceriere. "Ma il drago li porrà sotto la sua ala", dice poi suor Fiammetta. Allora, sarà il drago ad aiutarli? Che vuol dire quel "ma"?»

«Forse suor Fiammetta allude a un ravvedimento», ipotizzò suor Elvira.

«Se il drago li porrà sotto la sua ala, allora il drago è il salvatore?», continuò tra sé Ascanio, passandosi le dita sul naso d'oro. «Ma allora perché terrebbe le chiavi della prigionia? Dio mio, questa storia non ha senso!».

Tornò presso il giaciglio della suora, osservando il viso scavato, il sudore freddo, gli occhi che ora erano chiusi in un sonno agitato, a giudicare dagli occasionali scatti del corpo smagrito. Restò così qualche minuto, come studiasse un modo per strapparle il segreto.

«Siete sicure della sua estasi?», disse poi, cupo.

Una delle suore rispose, rigida: «Non abbiamo dubbi. Tra l'altro, durante la manifestazione, mentre pronunciava quelle parole, abbiamo posto una candela sotto il palmo della mano: non se n'è nemmeno accorta, poverina».

«Le profezie sono spesso oscure», aggiunse suor Elvira, ripetendo le parole che Ascanio aveva rivolto a Fiammetta.

Il domenicano ricordò la citazione e fissò la madre badessa.

«Sì, è vero», disse poi. «Ma noi non abbiamo tempo per renderle perspicue, purtroppo. Se al Santo Giubileo deve contrapporsi quello pagano, c'è da supporre che quest'ultimo comincerà la vigilia di Natale, quando il papa aprirà la Porta Santa. Come vedete, non abbiamo molto tempo per salvare gli innocenti».

«Ma se la profezia è vera, ci penserà il salvatore».

«Suor Elvira, sarebbe un po' come dire che gli innocenti si salveranno non con le opere, ma con la sola fede. Vi rendete conto che è qualcosa di simile a un'eresia, qualcosa che potrebbe aver detto Lutero?», rispose Ascanio. Vide la madre badessa arrossire e, senza lasciarle il tempo di scusarsi o di precisare meglio il suo pensiero, aggiunse: «Adesso ho bisogno di aiuto da parte vostra. Ditemi di Fiammetta. Della sua vita, intendo».

I due ripresero il corridoio e, parlando, si fermarono nel chiostro.

«Suor Fiammetta», raccontò la madre badessa, «è nata intorno al 1570. In un paesino del viterbese, sui monti».

Senza accorgersene parlavano entrambi sottovoce, forse perché l'oscurità e il silenzio del chiostro creavano un'atmosfera sospesa, che non si sentivano autorizzati a spezzare.

«La bambina è stata battezzata nel 1575», continuò la madre badessa.

«Cinque anni dopo la nascita?»

«Forse anche sei o sette, non sappiamo con certezza. D'altronde, entrambi i genitori sono ormai morti, quindi sarebbe impossibile risalire al motivo. Abbiamo avuto comunicazione della loro morte pochi anni fa dal parroco, quando suor Fiammetta era già presso questo convento».

«E perché non è stata battezzata subito dopo la nascita?»

«Padre, anche a Roma succedono ancor oggi di queste cose».

«Cos'altro sapete della sua infanzia?»

«Solo che poco dopo il battesimo, Fiammetta cominciò a manifestare quel fenomeno di distacco dal mondo che l'ha portata alle estasi degli ultimi tempi. Passava da momenti di intensa esaltazione mistica ad altri di frenesia, di terrore, come se fosse assediata da demoni. Sapete bene come...».

«Sì, sì, lo so», tagliò corto Ascanio. «Andate avanti».

«Sia come sia, Flavia, questo era il suo nome secolare, trovò un porto sicuro nella fede. Cominciò a frequentare la chiesa del paese in modo assiduo, sollecitando i genitori ad accompagnarla e trovando nei sacramenti un grande conforto. Era dolce e mansueta, una creatura del Signore, desiderosa di vivere secondo i dettami evangelici. Era facile prevedere che il suo fervore religioso l'avrebbe portata nel grembo della Chiesa, e così è stato».

«E il suo terrore per i sotterranei?».

Suor Elvira scrollò le spalle: «Di questo non sappiamo nulla. Magari da piccola è caduta in una buca, o si è perduta in una grotta. Viveva tra i monti, come vi ho detto».

«Dei genitori cosa si sa?»

«Gente molto semplice, contadini, che l'hanno cresciuta con amore e hanno assecondato i suoi intendimenti in fatto di fede. Lei ne parla con molto affetto. Come ho detto, sono morti pochi anni fa».

Ascanio scosse il capo, stizzito. Qualunque sentiero lo portava al nulla. Quand'era al dunque, rimanevano solo le parole balbettate da una povera donna smagrita, figlia di contadini, piena di fede, chiusa da anni in un convento, avvicinata soltanto da altre suore, isolata dal mondo e preda di mistici deliri. Parole di cui lei stessa non sapeva spiegare il significato, e che ronzavano senza posa nella testa del padre domenicano: *C'è l'inferno, e Roma vi è costruita sopra. L'inferno. Lo vedo. Dio mio, aiutami, proteggimi, perché sono sola. Al Santo Giubileo si contrapporrà il Giubileo pagano, sentina di vizi e di malvagità. I demoni e gli uomini perversi converranno presso l'altare di Dite e di Proserpina e inizieranno i Ludi Secolari, e gli innocenti tremeranno tra fredde mura. Il salvatore verrà dall'alto e spezzerà le mura marce e libererà gli innocenti. Gli innocenti saranno liberati dalle mura, ma non dalla pena. Il drago tiene le chiavi, ma il drago li porrà sotto la sua ala.*

Era tutto? Cos'altro c'era da aspettarsi, nei giorni a venire?

Quel rovello non lo abbandonò per tutto il viaggio di ritorno verso il convento dei domenicani, presso Santa Maria sopra Minerva. Alla fine riuscì a districarsi da quel ginepraio di dubbi. Doveva ipotizzare che la profezia fosse in tutto e per tutto vera, e che gli innocenti fossero bambini. Né adulti, né tanto meno carcerati. Il Giubileo pagano avrebbe segregato, per fini ignoti ma esecrandi, dei bambini. Innocenti per definizione. Era l'ipotesi peggiore, la più terribile. Bambini.

E Ascanio doveva salvarli.

7

Era notte fonda e Grifo, seduto sulla scalinata all'interno del cortile del palazzo, guardava la fiamma della lucerna che moriva divorando l'ultimo olio.

Si alzò di scatto quando sentì uno scalpiccio di zoccoli, prese la lampada e fece due o tre passi avanti. L'umidità della notte aveva lustrato il selciato coprendolo di una patina lucida, su cui la fiamma si sfrangiava.

Sul portone si profilò la sagoma di un cavaliere. L'animale rallentò il passo e, con ritmo morente che echeggiava nel silenzio del cortile, avanzò verso Grifo.

Senza una parola, l'uomo aiutò Leonia a scendere.

La donna aveva le spalle scoperte e fredde, gli occhi arrossati, i capelli in disordine. La veste era macchiata di fango e strappata in più di un punto, come se fosse stata ghermita da cento rami o cespugli.

Leonia si allontanò da Grifo e si avviò verso la scalinata. L'uomo la seguì, tenendo alta la lucerna morente. Si udiva solo lo scalpiccio lento dei loro passi sui gradini consunti. Poi la donna si fermò, si voltò e guardò Grifo. I loro occhi, alla stessa altezza, si studiarono.

Leonia era sul punto di parlare, ma fu Grifo a precederla. «Mi avete fatto preoccupare, signora». E continuò: «Non dovete mai più fare nulla del genere. È pericoloso cavalcare di notte, fuori città. Potrebbe succedere qualunque cosa. Potreste incontrare dei malfattori».

Leonia assentì. Poi disse: «Mi dispiace, Grifo».

«Non importa, signora, ma che non succeda più».

«Non intendevo questo. Dovevo stare da sola, dovevo... dovevo fuggire da tutto, per un po'. Anche da te. Volevo dire che mi dispiace averti obbligato a rivelare... a rivelarmi di te. Della tua famiglia, di quel che...». Si interruppe, abbassò lo sguardo, lo rialzò e ripeté: «È stato un impulso sciocco. Scusami».

Grifo la vide voltarsi e riprendere a salire. Leonia si fermò solo quando l'uomo cominciò a raccontare: «Io ero un pescatore. Un semplice pescatore. Il dono che ho, e che ho scoperto da piccolo, disegnando su un muro con un pezzetto di carbone la barca dei miei genitori, precisa in ogni dettaglio, allora mi serviva solo nelle feste, davanti ai fuochi, quando disegnavo per le vedove i volti dei loro uomini morti in mare. I pirati barbareschi arrivarono al tramonto, indemoniati per aver perduto una scaramuccia con i veneziani, poco prima della battaglia di Lepanto che spense l'ardore dell'avanzata turca. Noi vivevamo in pace, turchi e cristiani insieme. Non importava la religione, importava condividere le fortune e le disgrazie di quel lavoro quotidiano che dipende da un'entità capricciosa e a volte malvagia come il mare. Ma i pirati passarono per le armi tutti i cristiani, obbligando i turchi a indicare loro chi fossero i nemici da uccidere. Sterminarono tutti i cristiani. Compresi i bambini. Comprese le donne. Mia moglie e i miei figli subirono la stessa sorte. Nessun cristiano sopravvisse. E il nostro paese fu bruciato, perché era comunque infettato da quella convivenza innaturale. Ecco perché vi ho detto che non esiste più, se non nella mia memoria. Potrei disegnare ogni via, ogni piazza, ogni volto, compresi naturalmente quelli di mia moglie e dei miei figlioli... ma non ci riesco. Alle vedove facevo i ritratti dei loro mariti, vi ho detto, ma non riesco a disegnare i *miei* morti».

Leonia scese un gradino.

«Non tutti i cristiani furono uccisi. Tu rimanesti in vita».

Grifo fece un ghigno: «Oh, a me riservarono una sorte tutta particolare, poiché ai loro occhi ero un traditore dell'unica fede. Non ero solo un cristiano, ero un infedele. Così mi lasciarono in vita, ma mi strapparono la virilità. In modo che non mettessi al mondo altri cristiani, dissero. Ma commisero uno sbaglio. Mesi dopo, io facevo parte dell'equipaggio di una delle navi che combatterono nel grande giorno della vittoria di Lepanto», disse tra i denti, «e durante l'arrembaggio persi il senno. Non so nemmeno spiegare quel che successe, ero un fascio di nervi e di muscoli aggrovigliati, come le corde tese della catapulta. So solo che alla fine del combattimento ero coperto di sangue, viscere, escrementi degli ottomani che avevo sventrato. Fui lodato dallo stesso comandante della flotta cristiana, don Giovanni d'Austria, che tuttavia mi guardava perplesso, come se fossi un pazzo o un indemoniato, e a causa della oscura fama che mi ero fatto arrivai alla corte dell'imperatore Rodolfo. Quasi un fenomeno da circo, il possente turco cristiano massacratore dei barbari ottomani! Quando poi videro il disegno che avevo realizzato, una puntuale rappresentazione delle navi in formazione di battaglia così come mi era rimasta impressa nella mente quel giorno, divenni famoso come la donna barbuta dei baracconi!».

In quel momento, la lucerna mandò un ultimo guizzo, come un sospiro, e si spense. Ora, l'unica fonte di luce era il bagliore del selciato umido, nel cortile, che pareva un piccolo lago fosforescente.

«E adesso, signora, lasciatemi dire una cosa. Da quando vi ho incontrata, alla corte di Rodolfo, ed è iniziato il nostro sodalizio a causa del mio dono particolare, vi ho seguita ovunque. Voi mi avete trasformato in un uomo utile, persino necessario. Mi avete fatto conoscere luoghi, persone, artisti e imbroglioni di cui non avrei mai nemmeno supposto l'esistenza, quando riparavo le reti o passavo le notti in mare, contando le stelle. Nel tempo sono diventato il vostro difensore, il vostro confidente... e il vostro amante, per così dire». Si fermò, si raschiò la gola e riprese: «Bene, io conosco la vostra paura, ma vi dico che dovrete pur vincerla, un giorno o l'altro. La vostra vita non può consistere solo nel dar la caccia alle assurdità amate da Rodolfo, non può risiedere qui la vostra felicità».

«Grifo...».

«È vero, voi vi lasciate accarezzare da me...».

«Perché ti desidero. Perché io ti...».

«No, signora. Voi vi lasciate accarezzare da me perché io sono l'unico uomo al mondo che non temete, ecco perché. Perché io non posso ferirvi come vi è accaduto da bambina, come fece quel prete di cui mi parlaste. Ma questo non è un bene, lasciatemelo dire: vi parlo come foste mia figlia, per questa sola volta consentitemi di essere vostro padre, visto che ne ho l'età. Voi dovete...».

Nel buio si sentì risuonare uno schiaffo. Poi silenzio. Poi singhiozzi. Uno scalpiccio affrettato che si dileguò nei corridoi del palazzo. Di nuovo silenzio.

E infine un sospiro e il lento passo di un uomo che saliva le scale.

8

Il palazzo dei del Drago sorgeva sulla piccola piazza delle Tre Spade, dietro via de' Banchi, un'isoletta tra fitte costruzioni vicino a San Giovanni dei Fiorentini e a pochi passi dalla stamperia di Bonsanti. A sinistra del palazzo, dall'altro lato della piazza, i ruderi di un tempio romano; a destra, una chiesa di cent'anni addietro. Al centro, una fontana con delfini, il cui gocciolio era l'unico suono a quell'ora di notte.

Ma la piazza era dominata da palazzo del Drago, sopra il cui portone spiccava il bassorilievo di un drago rampante, lo stesso della spilla che, tolta dal giustacuore, adesso Onofrio del Drago rigirava meditabondo tra le dita. Stava seduto nel buio di una stanza, davanti alla finestra, una gamba piegata sul bracciolo della sedia, il piede penzoloni. Su un tavolo alle sue spalle, i resti della cena e la brocca del vino, vuota. Una coppa era rovesciata e una macchia color porpora si era espansa sulla tovaglia.

La mente annebbiata dal vino permetteva a Onofrio di tenere un certo distacco dalle recenti novità, ma nonostante ciò il suo sguardo, puntato sulla piazza solitaria, vedeva solo desolazione, malinconia e il pericolo di una fine ingloriosa per la dinastia.

Era tornato a palazzo su di giri, la sera prima, con il vago proposito di approfondire prima o poi la conoscenza con quella donna altera e ferrea e al tempo stesso deliziosa, le labbra piene e il seno stretto nel corpetto, che aveva conosciuto nella stamperia. Leonia, emissario di quel pazzo di Rodolfo II: una mercante d'arte, nientemeno. Mai conosciuta una donna così. Aveva saputo dal vecchio Bonsanti quanto gli serviva, e contava di trovare un'occasione per incontrarla di nuovo.

Aveva ancora quel sorriso scanzonato sul volto, quando si era ritrovato il vecchio marchese Antimonti che lo aspettava davanti al portone del palazzo, il volto da vecchio satiro incartapecorito, le gambette secche in calze di maglia e scarpe col fiocco, un cappello piumato dai colori sgargianti che sarebbe stato bene al nipote, non a lui. Quattro dei suoi sgherri sempre a fargli compagnia, in caso ci fosse da dirimere qualche litigio per precedenze non concesse e altre minutaglie simili, nelle quali i nobili romani amavano ingaglioffirsi per iniziare faide sanguinose. Antimonti se ne stava immobile, appoggiato al bastone, lo sguardo fisso su alcuni ragazzini che schiamazzavano rincorrendosi attorno alla fontana: sembrava un falco che studiasse una preda, aspettando il momento migliore per ghermirla.

Appena Onofrio l'aveva visto, il sorriso gli si era trasformato in una smorfia: perché Antimonti non si muoveva mai, se non per annunciare qualche catastrofe.

«Buona serata, Alcide», fece Onofrio, portandosi in fretta la mano al cuore. «Cosa ti porta a piazza delle Tre Spade, ben dopo il vespro?».

Antimonti si distolse dalla contemplazione dei marmocchi e rispose: «Voglio parlare con tuo padre, Onofrio».

«Impossibile, lo sai. Mio padre non è invecchiato bene come te. A quest'ora starà già dormendo, se la gamba glielo consente, o starà urlando di dolore. Lasciamolo quindi in pace e dimmi cosa posso fare per te. Sono io, Onofrio del Drago, l'unico uomo valido in questo palazzo, al momento».

Onofrio alludeva ai suoi due fratelli cadetti, uno cardinale e l'altro condottiero per i veneziani, e ai suoi tre figli maschi, tutti a gestire i latifondi della famiglia nei dintorni di Roma. Nel palazzo, dopo la morte della moglie di Onofrio, restavano solo lui e il vecchio padre. Nelle stanze disabitate sonnecchiavano i servi, quando non si dedicavano ad attività più dilettevoli, e potevano passare giorni prima che Onofrio andasse a far visita al genitore. Di solito, si informava della sua salute tramite il medico o il prete, quando li incontrava per i corridoi. Solitudine e trasandatezza erano i padroni di palazzo del Drago, da molto tempo.

«Quand'è così, parlerò con te. È anche meglio. Ma informa Galeazzo, ti prego».

«Sarà mia cura. Che accade?».

Salirono le scale ed entrarono in una stanza ben riscaldata da un fuoco crepitante nel camino. Sul soffitto, gli affreschi erano pallidi, corrosi dall'umidità e incupiti dal fumo: Onofrio non si curava di tenere alto il nome dei del Drago. La sua unica preoccupazione era di passare più ore possibili lontano dal palazzo, che pareva gravargli sulle spalle come un masso.

«Accade che oggi io abbia incontrato per caso, lo stimatore delle proprietà dei Cenci, quel conta fagioli di Prosdocimo Alfani, e abbiamo scambiato qualche parola».

«Lo conosco di vista. Ebbene? Vuoi mangiare qualcosa?»

«No. Il mio fegato si è rivoltato contro di me».

«Il mio non osa ancora».

Onofrio batté le mani, poi chiamò. Nessuno apparve. Allora spalancò la porta, avanzò nel corridoio e le sue urla echeggiarono come in una chiesa sconsacrata. Alla fine si sentì uno scalpiccio e Onofrio gridò che gli si portasse da mangiare, accompagnando l'ordine con alcune bestemmie che avrebbero fatto impallidire il fratello cardinale. Sbatté la porta e si portò davanti al vecchio, seduto su un divano.

«Allora», disse afferrando una pesante sedia e piazzandola davanti ad Antimonti. «Mi dicevi di questo Alfani».

«Sì. Di questi tempi, gente come lui mi fa venire la pelle d'oca solo a vederla. Sono peggio dei gatti neri che ti attraversano la strada».

«E tu grattati».

«Caro Onofrio, con gli stimatori pontifici non basta grattarsi».

«Non capisco cosa ti rode, Alcide», disse Onofrio, che invece capiva benissimo.

«Succede che il papa ha stretto le maglie della giustizia, ecco cosa succede! Quest'estate è stata terribile, e un chiaro segnale per tutti noi».

«Noi chi?»

«Noi nobili! Noi che siamo come le patate, per le quali il meglio sta tutto sottoterra. Ma che, a differenza delle patate, abbiamo potere e, soprattutto, possedimenti. Come voi del Drago avete le terre che amministrano i tuoi figli, per esempio».

Un servo entrò con un vassoio di carni che lasciò su un tavolinetto. Poi si chinò e bisbigliò qualcosa all'orecchio di Onofrio, che si stava servendo.

«Di' a mio padre di non preoccuparsi e che poi salirò per parlargli», lo liquidò Onofrio, mentre masticava con appetito. Il servo annuì e uscì in fretta.

«Be', e allora?», chiese poi all'ospite.

Il profilo da rapace di Antimonti si piegò verso Onofrio.

«Papa Clemente ci ha mandato dei chiari segnali, caro mio»,

disse a voce bassa, gli occhi socchiusi. «Prima, il 16 giugno scorso, c'è stata la decapitazione e lo squartamento di Marcantonio Massimi, che aveva accoppato il fratello con il veleno. Nemmeno tre mesi dopo si procedeva allo sterminio dei Cenci, e qui è intervenuto appunto Alfani a stimare i beni di famiglia per la prossima vendita all'asta. Quel corvaccio – se ne va in giro tutto vestito di nero e coi guanti pure in piena estate – mi ha detto, chiacchierando amabilmente, che ha appena consegnato la sua perizia al Signor Fiscale, e che presto verrà messo tutto in vendita. Naturalmente, tu sai che in realtà la roba dei Cenci è *già* venduta».

«Davvero?».

Antimonti storse la bocca: «Sicuro che non possa parlare con Galeazzo?»

«Andiamo, Alcide, lo sai che mio padre è malato e col cervello un po' annacquato. Difficilmente riesce a mettere insieme un discorso sensato, e se ci riesce riguarda la religione, l'aldilà, la salvezza eterna e lo spirito santo. Non è roba per te. Va' avanti, piuttosto».

«E va bene. La roba dei Cenci è praticamente assegnata alla famiglia del papa, lo sanno tutti. È certo che la parte del leone la farà il nipote Pietro Aldobrandini, che spenderà due soldi e si prenderà il meglio. Clemente ha un piano preciso, Onofrio: dimostrare la sua potenza ai nobili romani che hanno la tendenza a farsi un po' troppo i fatti loro, piegar loro la schiena per farsi baciare la pantofola... e arricchire gli Aldobrandini. Ed è proprio di questi giorni la notizia che a Paolo Santa Croce, che come ricorderai ha ammazzato la madre pochi giorni prima dell'esecuzione dei Cenci, sono stati sequestrati i beni mobili e immobili e tutti i privilegi e le prebende di cui godeva, senza contare che se solo riescono a prenderlo lo squartano come un briccone qualunque. Questo si chiama depredare, Onofrio! De-pre-da-re!».

Onofrio estrasse dai denti un pezzetto di carne rimasta incastrata e commentò, cercando di non mostrare la noia che avvertiva: «Insomma, Alfani ti ha smosso tutte queste preoccupazioni? È questo il problema?».

Antimonti si incupì, sembrò quasi afflosciarsi sul divano, giocherellò con il bastone e poi rispose: «Non proprio questo, Onofrio. Queste cose le sappiamo tutti, a Roma. Non c'era bisogno di Alfani a ricordarci i tempi che viviamo».

«E allora?»

«Ti dicevo che io e Alfani abbiamo fatto due chiacchiere. Mi interessava sentire cosa bolle in pentola, fiutare l'aria che tira, sai come sono fatto. Ma poi, d'un tratto la discussione ha preso una piega diversa». Antimonti si interruppe e si grattò il mento aguzzo, come preso da un dubbio. Abbassando ancora la voce, riprese: «Alfani si era ricordato che io faccio parte dell'arciconfraternita dell'Orazione e Morte e io gli ho risposto: "E allora?", e lui se ne è uscito con una domanda che mi ha fatto gelare il sangue, Onofrio mio. Ecco perché sono qui».

Onofrio corrugò la fronte e si fece attento. Soppesando il vecchio, gli fece: «Quale domanda?»

«Mi ha chiesto se conoscessi una confraternita i cui membri indossassero sai di seta nera, con un disegno ricamato in oro sul petto. Tre sfere che si congiungono in una linea orizzontale», scandì, e il suo indice rinsecchito tracciò nell'aria il disegno, mentre gli occhi gelidi fissavano Onofrio. «Ecco quello che mi ha chiesto».

Onofrio si alzò e fissò a sua volta Antimonti. Poi si voltò e si avvicinò al camino, sfregandosi le mani.

«E tu che gli hai risposto?», fece, senza girarsi, scaldando le mani gelide davanti alle fiamme crepitanti.

«Che cosa dovevo rispondergli? Che non ne sapevo nulla».

«E lui?»

«Gli sembrava strano che una confraternita religiosa utilizzasse sai pregiati. Di seta. E con ricami in oro».

«Ha ragione».

«Uno stimatore pontificio non può essere un fesso».

«E come mai era a conoscenza di questo saio?»

«Ah! Perché ne ha trovato uno, che a quanto pare gli ha dato da pensare. Indovina dove lo ha trovato, Onofrio mio?».

Onofrio si voltò, la tenebra dipinta sul volto.

«Tra le cose di Francesco Cenci, scommetto».

«Esatto. Quel coglione! D'altra parte, uno che si fa accoppare a chiodate da moglie e figlia...».

«Pensi che Alfani ti abbia fatto questa domanda perché sospetta che tu...?».

Antimonti si alzò con una smorfia di dolore e, appoggiandosi al bastone, si avvicinò a Onofrio. Le fiamme del camino danzavano nei suoi occhi, rendendolo simile a un demonio, vecchio ma ancora pericoloso.

«No», rispose. «Se avesse sospettato, non sarebbe stato così diretto. Credo che gli sia venuta in mente la domanda solo perché sapeva che facevo parte di una confraternita. Ma è un fatto che, per qualche motivo che ignoriamo, quel saio gli dia da pensare e sia curioso di sapere chi e perché lo indossava. E così arriviamo a quel che ti dicevo prima, Onofrio...».

«Ho capito. Alludi alla strategia di papa Clemente contro i nobili».

«Proprio così. Se saltasse fuori questa storia dei sai, se si sapesse chi li indossava e *perché*...». Antimonti si avvicinò a un palmo dal volto di Onofrio e continuò: «Ce ne sarebbe a sufficienza per un processo che porterebbe a molte sentenze capitali, e alla confisca di una quantità enorme di beni. Qui non è questione di giustizia, ma di soldi. Quando ce ne sono in ballo così tanti...».

«Ho capito!».

Antimonti guardò a lungo il principe, poi annuì e si diresse verso la porta.

«Sono sicuro che saprai cosa fare. Per parte mia, ho già bruciato tutto».

«Hai avvisato anche...».

«Tu sei l'ultimo». Sospirò e aggiunse: «Viviamo tempi difficili, mio caro, e dobbiamo essere molto cauti. Speriamo solo che il vecchio Clemente si impegni a fondo nel Giubileo e non rompa i coglioni a noi. Salutami tuo padre».

Onofrio si alzò con un sospiro e si allontanò dalla finestra che incorniciava la fontana con delfini, imbiancata dalla luna. Attese che il capo smettesse di girare e uscì dalla stanza, brandendo un candelabro.

Tornò poco dopo, con un abito piegato sul braccio.

Si avvicinò al camino e, con un gesto rabbioso, scagliò il saio tra le fiamme. La seta prese subito fuoco, sollevando un fumo biancastro, e così il ricamo in oro.

Tutto divenne cenere in fretta, ma Onofrio del Drago rimase a lungo a osservare le fiamme, gli occhi ipnotizzati dalle lingue danzanti e i pensieri rivolti al passato.

9

«Buongiorno, padre».

«Buongiorno un cazzo, Onofrio! Sto morendo di dolore!».

Onofrio si tenne a debita distanza dal letto a baldacchino dov'era sdraiato il vecchio Galeazzo. Si avvicinò alla finestra, trattenendo il respiro, e aprì l'anta. Un filo di tramontana, arrivata alle prime ore del mattino, penetrò nella stanza immersa nella penombra. Onofrio respirò a pieni polmoni quell'aria fredda e frizzante, pura, poi si voltò verso il padre.

Galeazzo aveva una settantina d'anni, e gli ultimi due li aveva praticamente passati in quel letto. Se gli occhi, azzurri come quelli del figlio, avevano ancora il guizzo di un tempo, nonostante gli acciacchi e la religione avessero spento l'ardore e la risolutezza della gioventù, la malattia l'aveva ridotto in uno stato che rendeva quasi impossibile stargli vicino. Onofrio diede un rapido sguardo alle gambe del padre, gonfie e grigiastre, del tutto sproporzionate rispetto al resto del corpo. Erano nude, perché non poteva sopportare nulla sulla pelle, e in quel momento vestiva solo di un camicione da notte tirato su fino all'inguine, bagnato di sudore, che odorava di acido. Onofrio distolse gli occhi dall'orinale quasi pieno che spuntava da sotto il letto.

«Cos'è, ti fa schifo il tuo vecchio genitore?», chiese Galeazzo, con un tono di pena e di rimprovero nella voce.

«Ma no, ma no. Ho qualche pensiero, tutto qui».

Onofrio riportò lo sguardo sugli occhi del padre, evitando di fissare quelle gambe orrende. Il "male della lupa", così lo chiamavano, perché pareva che l'unica cura possibile fossero impacchi di carne fresca. I medici sostenevano che l'umore maligno che si annidava nelle gambe sarebbe stato assorbito dalla carne morta, evitando così che la lupa divorasse la carne viva. Tutte sciocchezze, nelle quali forse non credeva nemmeno Galeazzo: eppure, ogni giorno, il vecchio aspettava con ansia che i servi gli portassero le fettine di carne fresca, da dare in pasto alla lupa famelica. Così, nella stanza, si mischiavano l'odore della carne, del sudore, dell'orina, in un fetore insopportabile che prendeva allo stomaco.

«Ieri non sei venuto a trovarmi, figlio», aggiunse Galeazzo, mentre tra le dita sgranava un rosario. «Ti aspettavo. Ho visto Antimonti, qui sotto».

Onofrio lanciò un'occhiata alla carrozzina di legno che stava presso il letto. A volte, Galeazzo si faceva sistemare lì sopra, le gambe gonfie e flaccide sempre in vista, e girava cigolando per la stanza che era diventata tutto il suo palazzo.

«Ho bevuto un po'. Scusami. Come ti senti, insomma?»

«Come vuoi che mi senta? La lupa mi divora un boccone alla volta. Maledetta! Si vede che devo pagare per i miei peccati. Ma quali? Sì, siamo tutti peccatori, ma quali peccati ho sulle spalle, per essere torturato così? Questo mi chiedo! Tua madre, povera donna, avrebbe saputo dirti...».

Indicò il ritratto della moglie sulla parete opposta, una macchia nella penombra. Onofrio ascoltò distrattamente il solito sproloquio del padre sulla famiglia, i doveri, gli onori, i servizi alla Chiesa, il lignaggio: tutti ricordi più o meno inventati, pietre levigate dal fluire degli anni e dall'ammorbidirsi della spina dorsale. La realtà era ben diversa, lo sapeva. Nel frattempo guardava fuori, verso la fontana dei delfini con il getto d'acqua piegato dalla tramontana. Sui tetti, chi poteva permetterselo faceva fumare i camini.

«Ma tanto è inutile parlarne, certe cose bisogna viverle e presto o tardi toccherà anche a te», concluse Galeazzo al solito modo.

«Grazie».

«T'avevo chiesto di Antimonti. Che voleva, quell'avvoltoio?».

Onofrio tentennò un attimo. Socchiuse gli occhi e disse: «Soltanto sapere come stai».

Galeazzo sollevò la testa dal cuscino giallastro, i radi capelli bianchi schiacciati sulla nuca, e rispose: «Alcide Antimonti? Mi prendi in giro? Quello pensa solo a sé. Lui sì, che la lupa avrebbe dovuto mangiarselo vivo, vecchio schifoso. Mi ricordo...».

D'improvviso si interruppe, un lampo di diffidenza gli attraversò lo sguardo, poi si lasciò ricadere sui cuscini, con un sospiro.

«Ma lasciamo perdere. Le fiamme dell'inferno sono peggio dei morsi della lupa, e presto o tardi se ne accorgerà. Però non mi raccontare fesserie, Onofrio. Antimonti si è sempre occupato solo di se stesso e del suo piacere, non importa quello che gli altri potevano soffrire. Anzi, quasi meglio! Quindi dimmi perché è venuto da noi».

Onofrio si strinse nelle spalle.

«Non lo so bene nemmeno io, padre. È vecchio anche lui e sta perdendo il capo. Teme complotti del papa contro i nobili, dice che Clemente vuole schiacciarci tutti sotto la sua pantofola. Ha parlato delle sentenze recenti, che hanno fatto molto scalpore: i Massimi, i Santa Croce...». Fece una pausa e aggiunse, scandendo bene: «...E i Cenci, naturalmente».

Dal letto non arrivò alcuna risposta. Galeazzo fissava il soffitto, le dita sgranavano il rosario. Eppure Onofrio era certo che il suo cervello stesse lavorando, e che forse altri morsi che non quelli della lupa gli addentassero le carni.

«D'altronde, nessuno di questi tre signori era uno stinco di santo», continuò Onofrio, con noncuranza. «Assassini. Depravati. Incestuosi, perfino. Chissà quali dolori starà patendo in questo istante l'anima dannata di Francesco Cenci, ad esempio».

Galeazzo scoppiò in una risatina catarrosa, al pensiero dei patimenti di Cenci.

«Così Antimonti teme che il papa progetti qualche altro colpo ben assestato?», rispose poi, riprendendo a studiare le macchie sul soffitto. «E a quale famiglia dovrebbe attentare? Con quale accusa? Clemente non può certo muoversi per capriccio, occorre un motivo. Cosa ti ha detto?».

Onofrio sorrise. "Perché no, dopotutto?", si disse.

«Pare che abbiano ritrovato qualcosa, durante l'inventario delle proprietà di Francesco Cenci».

Galeazzo sgranò gli occhi: «Che cosa?»

«Antimonti non me l'ha detto. Si muoveva con molta circospezione. Sai, ho avuto l'impressione che si trattasse di qualcosa in cui era coinvolto anche lui, Alcide dico. Ma non ho capito bene. Mi ha detto...».

«Che cosa? Che cosa! Ah, la gamba! La gamba!».

«Non devi agitarti, padre. Fra poco arriverà la carne per la lupa e tutto andrà per il meglio. Sarà bene che io vada a sollecitare i servi».

«Aspetta!», gridò Galeazzo, puntellandosi sui gomiti con

una smorfia di dolore che gli deformava il volto rugoso. «Aspetta. Cosa ti ha detto Alcide?»

«Ma niente, ti ho detto che era molto circospetto. Vado a chiamare…».

«Onofrio!», lo interruppe Galeazzo, con un'insolita durezza negli occhi. «Non approfittare della mia infermità. Il nome e i possedimenti dei del Drago sono affidati a te, ora. Tu devi vigilare su di loro, e fare qualunque cosa… *qualunque cosa* per difenderli! Capisci?».

Onofrio rimase un istante sulla porta, poi con improvvisa serietà, abbandonando ogni tono scanzonato, rispose: «Purché non sia troppo tardi, padre. Non trovi?».

10

Ottavio scivolava rasente i muri antichi, nella notte gelida. Una falce di luna e miriadi di stelle splendevano incastonate nella volta oscura del cielo, quasi ravvivate dal freddo pungente che da qualche giorno colpiva Roma.

Aveva camminato a lungo da quando, poche ore prima, aveva passato porta Angelica e l'ispezione dei doganieri, con l'indefinibile sensazione di chi, dopo essere stato a lungo assente dal proprio Paese, vi faccia ritorno per scoprire di essere in fondo diventato un estraneo. Così la nostalgia diventa smarrimento, e il senso di solitudine, invece di appagarsi, si acuisce.

Si sentiva come un mago che, dentro il cerchio magico, abbia evocato a lungo i fantasmi dei propri cari e, dopo l'attesa di tutta una notte, si sia ritrovato solo in compagnia di un'alba slavata, del prosaico canto di un gallo e delle fredde ceneri di inutile incenso.

Nuove vie, nuovi palazzi, nuove fontane, e poi la cupola di San Pietro e gli obelischi eretti da papa Sisto, e le strade che si aprivano da Santa Maria del Popolo verso il centro della città; Ottavio non riusciva a collocare i ricordi di venticinque anni prima nella nuova scenografia di Roma, alla fine dello stesso secolo che l'aveva vista messa a sacco.

Ma dall'altro lato, la miseria della gente, le prostitute "da candela" che offrivano la loro carne in un bugigattolo illuminato solo da un cero, gli accattoni organizzati in combriccole, i marmocchi che ruzzavano per le vie senza nessuno che si curasse di loro, i giudei col loro berretto giallo e gli stracci che vendevano nelle ore diurne prima che la sera li richiudesse nel Ghetto, le carrozze dei nobili che percorrevano imperiose le vie mostrando il proprio censo nei cavalli bardati e nella preziosità degli intarsi lignei, gli attaccabrighe che camminavano a testa alta accompagnati dai loro sodali guatando in cerca di uno sguardo che giustificasse una lite, i giocatori di bocce o di pallacorda che spesso per un punto finivano con un naso rotto o una coltellata nell'addome, gli ubriachi seduti contro un muro con la testa penzoloni... tutto questo era rimasto immutato. L'essenza della città era lì, nel contrasto stridente tra miseria e ricchezza, tra santità e degrado, in una primitiva e sensuale vitalità, antica quanto le case e i ruderi tra cui si svolgeva da secoli.

Ottavio vagava quasi inebetito, un cappellaccio calato sulla fronte e un mantello nero che celava il braccio destro con la protesi costruitagli da mastro Herrmann. Poiché era ormai notte fonda, badava a ogni scalpiccio o ombra improvvisa che poteva rivelare un malvivente o una ronda notturna. Da entrambi doveva guardarsi. Per i giorni successivi, finché il piano congegnato in ogni dettaglio non fosse stato eseguito, Ottavio doveva essere della stessa sostanza dell'ombra che la luna disegnava contro il muro al suo passaggio. Dopo, sarebbe potuta succedere qualunque cosa: nulla avrebbe più avuto importanza, per lui. Era partito da Londra sapendo di non dover più tornare, e con il peso di due cadaveri sulle spalle: era ormai una zattera appesantita alla deriva, e presto sarebbe affondato in un sonno senza sogni. Ma prima...

Mentre era perso in quelle riflessioni, i passi lo avevano portato, senza quasi che se ne accorgesse, a percorrere vie note. Aveva girovagato a lungo prima di ritrovarsi su quei percorsi usuali, per un inconfessato timore: ma ormai era tempo di tornare a casa. Erano strade povere, dov'era vissuto fino a quando sul tranquillo sentiero della sua vita non si era aperto un baratro. Rallentò il passo, come appesantito dalla paura del passato. Sbucò in piazza delle Tre Spade, lanciò un'occhiata alla fontana con i delfini, ai ruderi del tempio romano, alla chiesa e al palazzo dei del Drago, mentre il cervello affogava sotto l'onda dei ricordi. Si ritrasse, percorse dei diverticoli dai muri marci, si ritrovò in via de' Banchi dove si trovava la stamperia della Salamandra del vecchio Bonsanti.

"No, vecchio, non è ancora il momento di rivelarti la mia presenza. Prima devo fare una cosa, devo tornare *laggiù*".

Il dolore cieco di tanti anni prima tornava a colpirlo come non credeva che fosse possibile. Ottavio scomparve di nuovo nell'ombra di vicoli maleodoranti a schiena d'asino, ai cui lati scivolavano rigagnoli nauseabondi. I piedi quasi si rifiutavano di portarlo, pareva volessero impedirgli di tornare lì. Non si era nemmeno accorto che una lacrima gli scendeva sul volto.

Ecco, proprio oltre quell'edificio, si voltava a sinistra e si tornava a casa.

Dopo venticinque anni.

Così girò l'angolo, a occhi chiusi, un groppo in gola, e si fermò. Aprì gli occhi.

Una strada come tante altre. Dopo pochi passi la via si restringeva diventando un vicolo, e sul palazzo che sporgeva sulla destra c'era, in una nicchia ad altezza d'uomo, una Madonnina di terracotta e un lumino. Attorno, fissati al muro, alcuni ex voto. Il tempo lo catapultò indietro e si rivide lì davanti, accanto alla figlioletta che guardava la "Signora", il nasino all'insù, interessata e perplessa assieme. Si rivide mentre le accarezzava i capelli con la mano destra, che non aveva più, e sbarrò gli occhi dal terrore quando gli sembrò di percepire di nuovo la mano amputata e, su di essa, la sensazione della piccola nuca e dei capelli soffici. Un fiotto di lacrime gli annebbiò allora la vista, per quello che era stato, per quello che aveva perduto e anche per quello che era diventato.

Poi, mentre serrava le mascelle riempiendo quel vuoto con il piacere della vendetta, vide poco oltre una fiammella, in alto, tra i muri del caseggiato dove una volta abitava.

Avanzò, a bocca aperta. La fiammella nel vicolo buio pareva chiamarlo come le sirene di Ulisse, lo incantava e incatenava. Non voleva crederci: era stato Bonsanti, anni prima, a raccontargli per lettera la storia di quella fiammella, ma dopo tutto questo tempo… non era possibile!

Arrivò sotto l'edificio e guardò in alto. La fiammella proveniva da un lumino sopra il davanzale di una finestra: quella della sua casa. Portò la mano sinistra, tremante, alle labbra, come per soffocare un lamento o un grido. In quel momento credette nell'aldilà e nel ritorno dei morti. Del tutto inebetito, fece qualche passo indietro e si ritrovò con le spalle contro il muro, gli occhi sempre fissi alla fiammella sul davanzale della finestra della sua casa.

Dimenticò la prudenza. Restò lì, contro quel muro, gli occhi fissi alla fiamma, che pian piano diventava pallida, mentre il cielo schiariva. E attese…

11

Leonia non aveva più parlato con Grifo, a eccezione di qualche occasionale scambio di battute. La notte, sentiva il suono del suo ud lontano, e quella musica ora le pareva più dolorosa che malinconica. Benché non gli rivolgesse parola e mantenesse un atteggiamento freddo, avvertiva sempre la sua presenza, badava allo scalpiccio dei suoi passi, osservava l'ombra al suo passaggio per i corridoi, ascoltava gli ordini che dava ai servitori, lo fissava dalla finestra mentre accudiva i cavalli, giù in cortile.

Lo guardava, lo esaminava, lo studiava: dal momento di quella confessione, l'uomo che le era stato accanto per tanto tempo aveva acquisito maggiore profondità, e i suoi movimenti le evocavano ora quelli di un semplice pescatore che aveva avuto una vita felice, finché il filo del suo destino non si era spezzato. Una moglie e due figli. E poi risentiva le parole di Grifo, che le parlava "come un padre", e le diceva quel che lei sapeva.

"La vostra vita non può consistere solo nel dar la caccia alle assurdità amate da Rodolfo, non può risiedere qui la vostra felicità".

Allora Leonia scrollava il capo e si ritraeva nella sua stanza, con la sensazione che il cielo le gravasse addosso come una lapide, soffocandola.

Cacciava per scappare.

Cacciava per non pensare alla sua infelicità.

Per lo stesso motivo, chiedeva le carezze di Grifo.

In questo labirinto, Leonia trascorse i giorni che seguirono, finché una mattina grigia, in cui la pioggia picchiava contro le finestre, non sentì Grifo che diceva a qualcuno, giù nel cortile: «Chi sei?».

Immediatamente si alzò dal letto dov'era sdraiata a fantasticare e si diresse alla finestra. Vide un ragazzo che subito riconobbe come uno degli operai che aveva incontrato nella stamperia di Bonsanti. Sotto la pioggia, costui passò un foglio a Grifo e scomparve correndo.

Allora, per la prima volta da giorni, Leonia abbandonò le indecisioni e sotto la sua pelle sentì correre di nuovo la febbre della caccia. Era certa che quel foglio portasse delle novità!

Si passò uno scialle damascato sulle spalle, spalancò la porta e percorse il corridoio a passi affrettati, i piedi nudi sul marmo freddo.

Arrivò alle scale e si trovò davanti Grifo, il volto e le spalle bagnati di pioggia.

«Signora, un messaggio da Ilario Bonsanti», disse porgendole il foglio.

Leonia lo afferrò con il fiato sospeso, fece per aprirlo. Si trattenne.

Senza alzare gli occhi, sentiva la presenza di Grifo accanto a sé. Sapeva quel che pensava dell'*Alfabeto* e della sua ostinazione nel cercarlo: se si fosse allontanata per leggere il messaggio, avrebbe significato separarsi da lui, e non solo formalmente, com'era stato nei giorni scorsi, ma nella sostanza. La frattura sarebbe stata insanabile.

Aprirlo davanti a lui, d'altronde, poteva essere interpretato come una resa, o come la ricerca di una soluzione del conflitto.

Grifo, intanto, non si muoveva. *Voleva* restare? O era solo cortesia?

Leonia si decise, lacerò i lembi sigillati del foglio, lo aprì, la polvere assorbente le scivolò sui piedi. Aguzzò lo sguardo e lesse a voce alta, il tono che sottolineava le parole più importanti.

Signora, se intendete perseguire i vostri proponimenti, credo di potervi fornire preziose informazioni. Vediamoci all'interno della chiesa dei Tre Santi, oggi, al suonare della Compieta.

Leonia fremeva. Alzò gli occhi fiammanti di gioia verso Grifo, che la osservava senza espressione, e disse: «Non c'è firma. Nessuna frase compromettente. Potrebbe averlo scritto chiunque, potrebbe riferirsi a ogni cosa. Tu sai cosa significa, Grifo!».

«Significa che Bonsanti ha saputo qualcosa sull'*Alfabeto*».

«No, Grifo, significa che Bonsanti si è deciso a dirci quel che *già sapeva* sull'*Alfabeto*», lo corresse lei, con un fremito di soddisfazione. «Il suo atteggiamento contrastava troppo con quello che diceva. Ero certa che sapesse qualcosa. Io non sbaglio. Da quando ho visto il teschio di Morosini, ho sentito che prima o poi avrei trovato le tracce che mi avrebbero condotto all'*Alfabeto*!».

Si interruppe. Nella foga, non si era nemmeno resa conto che quelle erano le prime parole che scambiava con Grifo, da quel giorno, le prime con le quali tornava a confidarsi con lui. Lasciò che la febbre della caccia si spegnesse nei suoi occhi e disse: «Io ho sempre bisogno di te, Grifo. Hai ragione, quest'affare può essere molto pericoloso. Ho bisogno del tuo appoggio».

Grifo chinò appena il capo e rispose: «Lo avrete sempre, signora».
«Lo sai che, per me, “sempre” è una parola priva di senso».
«Allora, il più a lungo possibile».
Leonia stava per replicare, ma Grifo si voltò e scese le scale, lentamente, la schiena un po’ curva.

12

Signora, se intendete perseguire i vostri proponimenti, credo di potervi fornire preziose informazioni. Vediamoci all'interno della chiesa dei Tre Santi, oggi, al suonare della Compieta.

Bonsanti rimise nel calamaio la penna, con mano tremante, e passò sul foglio una manciata di polvere assorbente. Poi si voltò.

Ottavio lesse ancora una volta il breve messaggio e annuì, mentre la sua ombra contro il muro ripeteva ingigantito il gesto.

«Sì, caro Ilario, così va bene. Dobbiamo stare attenti a non scoprirci troppo, visto che a quanto pare abbiamo a che fare con una donna intelligente e smaliziata. D'altronde, è un emissario di Rodolfo».

«Abbiamo a che fare con molto più di lei, Ottavio. Il pericolo è grande. L'Inquisizione...».

Ottavio fece una smorfia di insofferenza.

«Non dobbiamo temere l'Inquisizione! Questo foglio non contiene una sola parola che possa essere utilizzata contro di noi».

Bonsanti restò qualche minuto a studiare l'amico, che aveva bussato alla porta della stamperia solo poche ore prima. Erano passati venticinque anni: il volto di Ottavio si era trasformato come la superficie di un quadro, sottoposto ai secoli. La luce della giovinezza si era spenta come accade ai colori squillanti sulle tele, e la pelle era solcata da rughe profonde e da piccole ragnatele, oltre che dalla fredda cicatrice. Sui capelli e nella barba si allungavano fili bianchi. Per tutti quegli anni, aveva comunicato con l'amico lontano solo per lettera, e scrivendo e leggendo l'aveva sempre immaginato come l'ultima volta che l'aveva veduto. Era più magro, allora, il volto scavato dal dolore e dalla lunga convalescenza, dopo esser stato tra la vita e la morte a causa della terribile ferita al braccio destro.

Non pensava che lo avrebbe mai rivisto, né che avrebbe mai più avuto notizie di lui. E invece, era poi arrivata una lettera. E un'altra. E così, tutto aveva avuto inizio, e tra poco si sarebbe concluso.

«Sono così felice di rivederti, Ottavio», disse il vecchio. «Ma dimmi, perché sei venuto da me solo adesso? Sei arrivato più di una settimana fa!».

Ottavio vide gli occhi di Bonsanti farsi lucidi per la commozione e si sentì a disagio. Fece un passo indietro, quasi per non essere coinvolto dalle emozioni.

«Dovevo sistemare delle cose. Rivedere dei luoghi».

«Sei stato...?»

«Naturalmente!».

Perché Ottavio non era felice di rivedere Bonsanti? Era il suo unico amico, l'unico che lo avesse aiutato, il solo che condividesse il suo progetto. Il vecchio correva dei rischi, per lui, eppure Ottavio era freddo, distaccato. Sapeva già che si sarebbe sentito così: era per questo, anche per questo che aveva atteso dei giorni prima di tornare all'insegna della Salamandra. Qualcosa si era spento, dentro di lui. La brace era diventata cenere, e nessun soffio delicato poteva risvegliarla. Per un istante, Bonsanti si offuscò davanti a lui e un'immagine vi si sovrappose: una ragazzina di undici anni circa, nuda, che si volta di scatto nel sentirlo rientrare nel laboratorio del fabbro, mentre il sorriso di gioia infantile le si impietrisce sul volto. Perché ha capito che l'uomo dal braccio di ferro ci ha ripensato, e non la lascerà libera con i soldi di Herrmann.

«Ma tu stai male, Ottavio!».

«Non è niente!», disse lui, scuotendo il braccio per liberarsi dalla carezza affettuosa di Bonsanti. «Non è niente...».

Si lasciò cadere su una sedia.

«Che cosa dicevo, Ilario? Ah, sì. Sì, sono tornato lì. Ho visto il lume alla finestra. Non mi avevi detto che ancora oggi... che era ancora acceso, dopo tanto tempo».

«Hai visto? A volte passo di lì, la sera, e quando vedo quel lume immagino che...».

Il volto di Ottavio si mascherò di una smorfia dolorosa e ironica insieme: «Non dire altro, Ilario. Nulla può cambiare quello che è successo, se non ciò che abbiamo messo a punto in tanti anni e che ora troverà il suo compimento. Dio, il sangue che dovrà correre!».

«Ti prego...».

«Non pregarmi. Tu sei l'unico amico che ho», disse Ottavio a denti stretti, mentre le parole gli sembravano così false che persino un animo semplice come quello di Bonsanti avrebbe potuto notarlo, «ma nemmeno tu puoi capirmi. Da allora, io sono un uomo che continua a vivere col cuore strappato via».

Di nuovo Ester, l'innocente Ester gli comparve davanti, e lui fece un gesto per scacciarla.

«Un uomo vive con il pensiero costante dei propri cari, della moglie e dei figli, questo lo manda avanti durante gli anni che lo conducono alla vecchiaia, finché non si assopisce in pace, pensando di aver fatto quel che poteva per loro. Tu che non hai più moglie e non hai avuto figli, vivi ancora ricordando il passato, e trovi serenità nel tuo lavoro. Ma io... io ho vissuto solo pensando alla vendetta. Poiché nessun tribunale terreno potrà mai rendermi giustizia, devo farmela da solo. E la mia giustizia si chiama vendetta, Ilario. Ma è una pianta che prospera su un terreno morto, anzi *esige* un terreno morto. Quindi non pregarmi».

Bonsanti sospirò e abbassò il capo. Ottavio prese allora a guardarsi attorno. La pressa era come l'aveva lasciata lo stampatore, quando lui aveva bussato alla porta. Ottavio aveva studiato a lungo la stamperia, nei giorni passati, e aveva notato che la notte le finestre venivano chiuse con tavole di legno, da cui tuttavia trapelava la luce delle candele. Dunque Bonsanti lavorava di notte, da solo, e non voleva che si sapesse.

Adesso ne conosceva il motivo: il vecchio non aveva potuto mentirgli. Appena gli aveva rivelato il suo proponimento, Ottavio aveva provato l'impulso di serrargli il collo nella sua mano di ferro, fino a fargli schizzare gli occhi dalle orbite. Ma ora aveva un nuovo schema, un nuovo piano, e migliore, in cui la folle idea dello stampatore si inseriva alla perfezione.

Quasi gli avesse letto nel pensiero, Bonsanti chiese: «E dimmi... sei dispiaciuto?»

«Dispiaciuto! E perché dovrei?»

«Per la mia idea. Per la mia... iniziativa. Ma tu devi capire che...».

«No, Ilario, non parlare. Di' pure tutto a quella donna, a quella Leonia che cerca con tanto fervore quel libro maledetto! Anche lei è un segno del destino, anche lei fa parte di un progetto che è più grande di noi, come il teschio di quel mostro: quindi è giusto utilizzarla, e tu la utilizzerai come avevi pensato e come io ti ho spiegato stasera. Come mi hai scritto nella tua ultima lettera? Dio, la conosco a memoria! “Davvero occorre credere che Dio sia con noi, e che dunque noi siamo nel giusto. Altrimenti, come spiegare una casualità così favorevole?”».

D’improvviso, Ottavio trovò l’impulso che gli era mancato fin da quando aveva bussato alla porta, e strinse a sé Bonsanti, sentì l’inerme vecchiaia tra le sue braccia e vide il futuro che il suo amico ignorava; e allora gli occhi gli si inumidirono. Continuò così a stringere il vecchio, perché lui non vedesse le sue lacrime, e a voce bassa, come rincuorasse un bambino, gli disse: «Presto raggiungeremo quel punto di cui parlavi, il Punto Ordinatore in cui tutto il dolore, il mistero e il disordine dell’universo troveranno la loro spiegazione e consolazione. Fa’ bene il tuo lavoro, Ilario. E perdonami».

La mano del vecchio carezzò la schiena di Ottavio.

«Ma io non ho nulla da perdonarti, amico mio!», disse, sorpreso.

Ottavio chiuse gli occhi, perché sapeva che non era vero.

Parte quarta
L'Alfabeto di Erode

Noi calpestiamo di continuo lapidi sepolcrali e scritte e figurate. Se per ora a noi non interessano gran fatta, a' posteri interesseranno al pari di quelle, le quali dopo tanti secoli richiamano le nostre indagini, e il nostro studio.

Dissertazioni della Pontificia Accademia Romana di Archeologia, vol. I

1

Leonia avanzava nella navata della piccola chiesa dei Tre Santi, accanto a Ilario Bonsanti, mentre Grifo attendeva fuori.

«Credete davvero, messer Bonsanti, che non riferirò al mio uomo quel che mi direte?», aveva chiesto la donna allo stampatore, quando aveva preteso che fossero lasciati soli nella chiesa.

«Signora, non posso impedirvi di dire ciò che vorrete a chi vorrete», aveva replicato il vecchio con un rispettoso cenno del capo. «Ma solo voi ascolterete dalla mia voce quel che ho da rivelarvi. La prudenza è necessaria in simili questioni, credetemi».

Così, Leonia aveva seguito Bonsanti nella chiesa, mentre rifletteva sull'atteggiamento riflessivo e accorto del vecchio, così diverso da quello di alcuni giorni addietro.

Arrivata alla piazza delle Tre Spade, aveva subito notato il nobile palazzo e, sul portone, l'emblema del drago rampante, lo stesso di una spilla appuntata su un giustacuore: lì viveva il principe Onofrio. Subito le era tornato alla mente il sorriso da lupo di quell'uomo forte, volgare e signorile insieme. Nelle sue orecchie erano risuonate le ultime parole che lui aveva pronunciato a voce alta, mentre lei lasciava la stamperia: "Quel 'forse ci rivedremo', caro Ilario, mi dà una speranza. Farò le poste a questa stamberga, d'ora in poi...".

E la risata piena, sincera, senza sotterfugi né ipocrisie.

Prima di seguire Bonsanti nella chiesa, aveva lanciato un'altra occhiata al palazzo: e aveva visto un volto che li guardava da una finestra. Il volto di un vecchio, basso, come stesse seduto.

«Chi è quell'anziano signore che ci osserva dal palazzo di fronte, mastro Bonsanti?», aveva chiesto.

Lo stampatore non aveva nemmeno alzato gli occhi.

«Di certo il vecchio principe del Drago, Galeazzo», aveva risposto, secco. «Prego, seguitemi».

La chiesa era buia, a parte alcune macchie di luce che venivano da poche candele accese nelle nicchie laterali. Dall'oscurità si protendevano volti marmorei che li fissavano con santa immobilità, e macchie di colore di tele dipinte da pittori di scuola stavano a mezz'aria contro le pareti. Un cero tremolava in fondo, dov'era l'abside, disegnando la sagoma dell'altare e riflettendosi pallidamente sul tabernacolo: pareva l'occhio acceso di un ciclope acquattato nel buio.

I loro passi risuonavano sul marmo, secchi e precisi.

Man mano che gli occhi si abituavano all'oscurità, Leonia vedeva che per terra, ai lati del corridoio centrale sul quale camminavano, c'erano alcuni bassorilievi funebri, che ritraevano i defunti lì sepolti.

«Come luogo per un convegno è davvero inusuale», commentò Leonia.

«Al contrario, signora, è il luogo ideale!».

Leonia inarcò un sopracciglio. In quella semioscurità, le espressioni del volto del vecchio erano indecifrabili, e ciò la irritava. Inoltre, Bonsanti sussurrava, e dunque anche le inflessioni della voce erano più difficili da cogliere. Aveva scelto davvero il luogo ideale: se non altro, per rendere più difficile a Leonia scrutare i suoi pensieri più riposti.

«Bene, mastro Bonsanti, ho accettato il vostro misterioso invito. Cosa avete da dirmi?».

Il vecchio si fermò.

«Ecco, ci siamo. Questo è il punto», disse, quasi a se stesso. Poi proseguì: «Signora, ve lo chiedo ancora una volta: davvero volete entrare in possesso dell'*Alfabeto di Erode*?»

«Non è mia abitudine scherzare».

«Avete parlato di una cifra importante».

«Ne ho parlato a proposito di un altro manoscritto. Ma il paragone non era scelto a sproposito, sono solita ponderare le parole. Ma sarò chiara da subito, mastro Bonsanti: non è facile ingannarmi. Ed è pericoloso, molto pericoloso, ingannare me e soprattutto re Rodolfo».

Il silenzio gravò nel buio della chiesa, che gli spessi muri separavano dai rumori del mondo. Poi, Leonia chiese: «Ma come mai qui non c'è nessun fedele? E nemmeno un prete, a dire il vero!».

«Perché questa è la chiesa dei Tre Santi. Vi siete mai chiesta chi siano, i Tre Santi?».

«Chi sono?»

«Ah! Non lo sa nessuno», rispose Bonsanti con un sorriso furbo. «Questa chiesa è stata edificata oltre un secolo fa, intorno al 1470 più o meno, per volontà di tre famiglie nobiliari, tutte residenti nei dintorni: i del Drago, di cui avete già conosciuto il principe Onofrio, gli Antimonti e gli Sferelli. Ecco chi sono i tre santi, anche se nessuno lo ammetterà mai. Questa chiesetta è in pratica un luogo di culto privato, un cimitero riservato a tre famiglie, sebbene nessuno impedisca l'accesso ai devoti: e infatti noi siamo entrati. Tre santi che non erano affatto santi, signora, proprio no!».

Bonsanti fece un risolino e si allontanò nel buio.

«Dove state andando?»

«Solo a prendere una candela da quella Sant'Anna laggiù, signora. Anche le tre spade che intitolano la piazza sono le *loro* spade», continuò, mentre lo spazio vuoto e buio faceva echeggiare il suo sussurro. «Tre spade che affrontarono in un duello altrettante spade di nobili che si erano opposti al potere del papa, durante il folle tentativo di Porcari del 1453 di deporre Sua Santità e instaurare a Roma una repubblica pagana! Anche se la storia non è andata esattamente così, secondo alcuni: i nostri tre difensori del seggio pontificio sarebbero stati in realtà dei traditori, che prima aderirono al complotto e poi si tirarono indietro, conficcando le loro spade non nel petto dei nemici, come ci si aspetterebbe in un duello corretto, ma nelle loro schiene: com'è nello stile delle tre famiglie. D'altronde, la storia è una fiaba in costante riscrittura, non siete d'accordo?».

Una fiammella si staccò da un gruppetto di punti luminosi e avanzò verso Leonia, lentamente. Il volto di Bonsanti vi galleggiava al di sopra, come quello di uno spettro. Quando si ritrovò accanto alla donna, il vecchio riprese: «La storia mi ha sempre appassionato. E l'arte. Come avete veduto, conosco quasi a memoria l'opera del Vasari».

«E anche la vita di Marcello Morosini».

«A suo modo, era un grande artista. E un incisore sopraffino».

«Parlate come se aveste visto con i vostri occhi le sue perdute incisioni», insinuò Leonia.

Bonsanti non rispose alla domanda implicita. Disse invece, con un sussurro grave: «Forse io conosco la vita del Maestro del Monogramma, signora, ma altri sono i suoi ammiratori. I loro nomi restino ignoti, sarà bene per tutti noi».

«Per esempio, Francesco Cenci?».

«I nomi restino ignoti».

«Ammiratori che indossavano preziosi sai con un ricamo dorato sul petto?»

«Vi giuro che ho sentito parlare di questi sai da voi, per la prima volta in vita mia».

«E sia. A me interessa solo l'*Alfabeto*».

La candela tremava nella mano di Bonsanti, il cui volto era solo un naso aguzzo, un mento e due profonde cavità al posto degli occhi.

«Io posso procurarvelo, forse».

«E io lo pagherò molto bene», replicò Leonia, sforzandosi di restare indifferente. Nel frattempo studiava le luci e le ombre che deformavano quel volto, e rifletteva. Com'era cambiato l'atteggiamento del vecchio, rispetto all'incontro precedente! Prima così deciso nel rifiutare ogni coinvolgimento, così spaurito, così terrorizzato dalla sola ombra dell'Inquisizione... e ora, sia pure con i tentennamenti naturali nel trattare una questione così delicata, così deciso. Così ben informato, così loquace. Certo, il miraggio del denaro aveva influito molto sul suo animo, se n'era accorta fin dalla scorsa volta. Ma era tutto qui? Perché aveva l'impressione che in quella chiesa buia, dai mille echi, tappezzata dalle lapidi dei defunti appartenenti a tre famiglie nobiliari, Bonsanti fosse quasi sorretto da qualcuno di più forte di lui? L'idea la colpì, sgranò gli occhi. *Qualcuno più forte di Bonsanti...*

«Allora, signora? Non mi avete inteso?»

«Scusatemi, stavo riflettendo», fece lei, riprendendosi.

«E su cosa?»

«Sulla vostra ombra, per così dire».

«Sulla...?»

«Lasciate stare. Arriviamo al punto. Potete procurarmi l'*Alfabeto*, sì o no?»

«Credo di sì».

«Non compro possibilità, messere».

«Versate la vostra fiducia come caparra, signora, e farete un buon affare».

Leonia rifletté ancora una volta sull'arguzia improvvisa del vecchio. Sì, la sua sicurezza doveva venirgli da qualcun altro; si era seduto su spalle altrui, e pareva più alto. C'era una terza persona, in quel gioco.

«Ma il libro non era andato distrutto, come avete affermato con tanta sicurezza?», insinuò.

«Cosa pretendevate che dicessi a una donna sconosciuta arrivata all'improvviso nella mia stamperia? Una o più copie del libro sono certo andate distrutte». Cominciò a contare sulla punta delle dita mentre elencava: «Ma le matrici delle incisioni non sono mai state ritrovate. Morosini visse e lavorò a Roma. Morosini ha avuto, e *ha*, diversi estimatori». Chiuse la mano a pugno, come per tirare le somme: «Per cui, il libro è sopravvissuto di certo».

«Che prove potete portare, oltre a questi ragionamenti?».

Nel volto si aprì un sorriso che parve grottesco, nel gioco di ombre.

«Per questo vi ho fatto venire qui, signora. Per provare la mia buona fede. Per questo ho preso una candela. Guardate, signora. Guardate!».

Bonsanti fece un paio di passi verso il muro, con un sorriso volpino, e vi avvicinò la candela. Apparve una piccola lapide di marmo, fissata alla parete grigiastra.

Leonia si avvicinò e lesse:

D.O.M.

CINERES ET OSSA

FRANCISCI PRELATI ARRETINI

HUC TRASLATA

AN.no MCDLXXXVI

OBSCULTA PRAECEPTA MAGISTRI

La donna sbarrò gli occhi e ripeté, a bassa voce: «"A Dio Ottimo Massimo, le ceneri e le ossa di Francesco Prelati da Arezzo, qui traslate nel 1486. Ascolta i precetti del Maestro". *Francesco Prelati*!».

Di nuovo il risolino di Bonsanti, di nuovo la sgradevole sensazione di Leonia, dovuta a quell'improvvisa manifestazione di una personalità diversa.

«Proprio così, signora. Quel Francesco Prelati che aveva conosciuto qui a Roma il Maestro del Monogramma e che aveva portato l'*Alfabeto di Erode* al barone de Rais, in Francia».

Leonia continuava a guardare le lettere scolpite nel marmo, mentre il suo cervello rimuginava e il brivido della caccia le correva sotto la pelle, irresistibile.

«Chi ha portato le spoglie di Prelati fin qui?», chiese.

«Questo non lo so. Ma questa è la chiesa dei Tre Santi, signora...».

«E, come avete detto, è un cimitero riservato a tre famiglie. Dunque, furono i del Drago, gli Antimonti o gli Sferelli...».

«O tutti e tre. Ma vedete, signora, io mi sono persuaso che qui sotto non riposino affatto i resti di Francesco Prelati, giustiziato probabilmente in Francia insieme al suo barone, sebbene alcune voci sostengano che sarebbe riuscito a sfuggire al boia».

«E perché no?», chiese Leonia.

Bonsanti scrollò le spalle: «A chi interesserebbero le ceneri e le ossa di un imbonitore come quel Prelati, praticamente sconosciuto? Un volgare truffatore e un pervertito! Chi si curerebbe di traslarle fin qui, di predisporre una lapide a sua memoria?».

«Mentre invece...».

«Mentre invece», continuò il vecchio, avvicinandosi a lei, «quanto sarebbero più interessanti, per persone con interessi particolari e da tenere ben nascosti ai più, quanto sarebbero più interessanti i resti del celebre e misterioso negromante, pittore ed incisore: Marcello Morosini? Naturalmente nessuna lapide avrebbe mai potuto portarne il nome, che è vituperato e maledetto... ma un nome tutto sommato ignoto come quello del suo stupido sodale, Prelati, perché no? Un piccolo sberleffo, in fondo. E poi, quell'ultima frase: "Ascolta i precetti del Maestro". È fin troppo chiara, a chi sappia vedere!».

«Sì. Capisco. È plausibile, certo. Da questa tomba dunque proverrebbe il teschio ritrovato tra le cose di Francesco Cenci... ma a cosa serviva? Che uso ne facevano? E *chi*? Voi certo sapete molto più di quel che dite, mastro Bonsanti!».

Lo stampatore si ritrasse, e sul suo volto tornò quell'aria spaurita e vile che gli era propria. Quasi che per un attimo si fosse reso conto che il suo gioco era molto pericoloso.

«Signora... io questo non lo so. Non chiedetemi...».

«Questo è il cimitero privato di tre famiglie. Erano loro a proteggere il soggiorno romano di Morosini? In cambio di cosa?»

«Non lo so, non lo so!», gridò lui, e le volte della chiesa fecero risuonare il suo lamento. Poi riabbassò la voce: «Lasciamo da parte queste indagini sterili, signora. Io vi ho dimostrato di conoscere forse una traccia che possa portare all'*Alfabeto*: ma non è vostro diritto sapere quale sia. Volete il libro o no?».

Leonia lo guardò negli occhi, mentre rifletteva. Ma cosa voleva, lei, davvero? All'inizio, fin da quando era incappata nel teschio di Morosini, voleva l'*Alfabeto*. Ma ora aveva visto la lapide, aveva forse ritrovato il sepolcro del Maestro del Monogramma, aveva appreso che alcune famiglie nobili lo avevano protetto e ne conservavano addirittura i resti in una chiesa fatta edificare da loro...

Una nuova curiosità si era accesa in lei. Ora la sua attenzione si spostava su altri particolari, come accade quando si osserva un quadro complesso. Quali interessi avevano, i Tre Santi? Perché quel rispetto verso i resti del Maestro? Perché Cenci aveva il teschio? E quel saio con lo strano simbolo, cosa significava?

L'*Alfabeto* era un libro che raffigurava degli infanticidi, ma nascondeva anche un sapere misterioso. Era possibile che intorno a quel sapere si fossero coalizzate delle famiglie? Era stato lo stesso Bonsanti a parlarle dell'Accademia di Pomponio Leto, di uomini che si riunivano nelle catacombe, praticavano riti pagani, forse avevano addirittura complottato contro il papa...

Leonia si staccò a fatica da quelle riflessioni.

«Ma certo che voglio il libro!», rispose, voltandosi per uscire all'aria aperta. «Procuratemelo, messere. Ma che non vi siano trucchi!».

Bonsanti le trotterellò dietro, affannato, e con una punta di soddisfazione le disse: «Benissimo, signora. Datemi alcuni giorni di tempo e vi scriverò di nuovo».

2

Si ritrovarono su piazza delle Tre Spade, dov'era ormai scesa la sera. Ai lati del portone della famiglia del Drago erano accese due lanterne, che disegnavano aloni giallastri contro il velo d'umidità. Grifo attendeva, seduto sul bordo della fontana dei delfini. Non era solo. Accanto, in piedi, le mani sui fianchi, stava Onofrio del Drago, la schiena rivolta alla chiesa.

Leonia si fermò un attimo, sorpresa. I due sembravano intenti in un colloquio cordiale, niente affatto il prosieguo di quello nella stamperia di alcuni giorni prima.

Anche Bonsanti si irrigidì, ma non per la presenza del principe. Leonia si voltò verso di lui: il vecchio stava osservando qualcosa, in alto. Distolse subito lo sguardo, ma Leonia era riuscita a seguirlo. Aggrottò le sopracciglia, perplessa.

Alla stessa finestra dove, al loro ingresso nella chiesa, aveva visto scrutarli il vecchio Galeazzo, ora c'erano altri due uomini. L'oscurità non le permetteva di distinguerli bene: vedeva solo tre figure che le parvero di anziani. Poi d'improvviso i tre scomparvero, la finestra restò vuota, ma in quel vuoto Leonia avvertì un senso di minaccia.

«Mastro Bonsanti, chi erano quei tre?», sussurrò Leonia, mentre Onofrio, seguendo lo sguardo di Grifo, che si era alzato dalla fontana, si voltava e li vedeva.

«Le Tre Spade, signora, le Tre Spade: i vecchi del Drago, Antimonti e Sferelli», rispose, inquieto.

«Una coincidenza bizzarra, non trovate?», insinuò lei, rispondendo intanto con un gentile cenno del capo al sorriso smagliante di Onofrio.

«Poiché non sappiamo leggere i piani del Signore, chiamiamo coincidenze il loro squadernarsi nel tempo», rispose Bonsanti.

Leonia non fece in tempo a rispondere che il vecchio si era allontanato.

Nel frattempo, Onofrio del Drago le si era avvicinato e si era tolto il cappello piumato, facendogli compiere con la mano un ampio arco reverenziale e vagamente ironico.

«Madonna Leonia, vi aspettavo alla stamperia della Salamandra e voi mi apparite qui, nella nostra chiesetta!», disse con voce piena. Leonia notò che i suoi occhi erano arrossati, come se avesse bevuto.

«Principe, mi dispiace disilludervi, ma non mi sposto per Roma allo scopo di incontrarvi».

Il sorriso non si spense sul volto di Onofrio. Portò la mano al cuore, simulando una ferita, e rispose: «E tuttavia capita: mi piace credere che sia un segno del destino».

«Alcuni credono che le coincidenze non siano che i piani del Signore squadernati nel tempo, e per questo si arrovellano a cercare un significato inesistente», ribatté lei, ribaltando le parole di Bonsanti.

«Non sono così lucido da afferrare al volo simili sillogismi, signora. Mi sono molto dilettato con il vostro Grifo, i suoi discorsi erano più alla mia portata».

Di nuovo quella risata aperta, che colpì Leonia contro la sua volontà. Quasi per reazione, rispose piccata: «Poiché vi trovate bene in compagnia di Grifo, sarò lieta di lasciarvelo».

Leonia si accorse dell'errore non appena le parole le uscirono di bocca. Avvertì subito un rossore salirle alle guance, mentre Grifo la guardava sorpreso.

Anche il sorriso di Onofrio scomparve. Disse serio, mentre si rimetteva il cappello: «Avevo capito che quest'uomo fosse un vostro... amico, o sodale, signora. Non un servo».

Leonia non seppe cosa rispondere, e si limitò a lanciare un'occhiata addolorata a Grifo.

Onofrio la intercettò, rimase un istante pensieroso, poi scoppiò in una risata e disse: «Questo gigante è un tipo laconico, se laconico è la parola adatta, ma ha una lingua molto tagliente. Quasi come la vostra, signora. Ci siamo messi a parlare della battaglia di Lepanto, pare che il nostro Grifo si sia distinto e sia così finito alla corte di re Rodolfo».

«Grifo vi ha detto tutto questo?», chiese Leonia, sbigottita.

«Perché no? Sono un uomo riservato. E a proposito di riservatezza, mia signora, ho fatto una piccola scommessa con il nostro Grifo».

«Una scommessa!».

«Proprio così. Vedete, ho intenzione di far risuonare di musica e di chiacchiere amichevoli quel vecchio palazzo cadente con lo stemma del drago: una piccola festa. Ebbene, ho chiesto a Grifo: chissà se madonna Leonia parteciperebbe? E lui ha risposto che sarebbe molto difficile fare una previsione...».

«Ha risposto così?», ripeté Leonia, fissando Grifo che manteneva un atteggiamento impassibile.

«Proprio così. E allora io ho detto: poiché la signora mi sembra una persona molto altera e riservata – ecco perché parlavo di riservatezza – io scommetto che risponderà di no al mio invito. E Grifo ha accettato».

Entrambi rimasero a fissarla.

Leonia rifletté un momento, poi l'angolo destro delle labbra si mosse in un accenno di sorriso e rispose: «Mi fa molto piacere farvi perdere una scommessa, principe. Dunque accetto».

Grifo mosse un sopracciglio.

Onofrio spalancò gli occhi per la sorpresa, poi si grattò la barba con aria pensierosa e rispose: «Bene, dunque. So fronteggiare una sconfitta con signorilità. Vi farò avere i dettagli e vi ringrazio per l'onore, signora».

Si tolse di nuovo il cappello per congedarsi, ma Leonia aggiunse: «Parteciperanno anche i tre signori che mi osservavano da quella finestra lassù?».

Onofrio si voltò per seguire l'indicazione di Leonia e si oscurò in volto.

«Mio padre, evidentemente», rispose. «È molto malato. Riceve ogni tanto la visita di vecchi amici, nonostante io cerchi di evitargliela».

«Non mi avete nemmeno chiesto cosa facessi nella *vostra chiesetta*».

«Oh, non mi interessa affatto. Quel posto è pieno di cadaveri. Tenetevelo pure, io ne sto alla larga finché posso».

Sorrise e si allontanò verso il palazzo, dopo un ultimo cenno con il capo.

Leonia fissò Grifo con un sorriso ironico: «Così avevi scommesso col principe?»

«Signora, non abbiamo fatto nessuna scommessa».

Leonia rimase a bocca aperta, mentre il principe Onofrio scompariva nel portone. Poi commentò: «Bene, non si può dire che il nostro Onofrio non sia tenace».

«Un uomo singolare, signora», rispose Grifo, guardingo.

«E che sa conquistarsi la fiducia con facilità», aggiunse lei, riflettendo su quanto Grifo gli aveva raccontato di sé.

«Tant'è che avete accettato il suo invito. Non l'avrei mai pensato».

«Ho accettato per un motivo ben preciso, Grifo, non certo per il bel sorriso del principe», rispose secca lei. «Aspetta che ti abbia raccontato quel che ho saputo in quella chiesa, e forse supporrai anche tu, come me, che i del Drago e i loro amici alla finestra sappiano molte cose su Morosini e sull'*Alfabeto di Erode*!».

Grifo seguì Leonia che si dirigeva verso la carrozza poco distante: «Questo non mi conforta affatto, signora», borbottò.

3

«Eccola lì!», disse il marchese Antimonti, socchiudendo gli occhi per mettere a fuoco.

Il principe Antonio Maria Sferelli allungò il collo rinsecchito per guardare a sua volta. Dei tre era il più elegante, in una elaborata veste di velluto azzurro ricamato di bianco, calzoni al ginocchio, calze bianche e un bastone di ciliegio dal pomello d'argento nella mano ossuta.

«Sembra una bella donna», disse.

«Io la vedo solo pericolosa», sibilò Antimonti.

«La donna è l'alleata del demonio. Signore, salvaci dalle tentazioni, liberaci dal male!», bisbigliò tra sé, in una preghiera, Galeazzo del Drago, seduto sulla carrozzina a rotelle il cui legno cigolava a ogni suo movimento. Non guardava nemmeno Leonia, ma inseguiva chimere nel cielo che si incupiva.

Antimonti e Sferelli rivolsero un'occhiata sdegnata al loro amico. Poi Antimonti scosse la testa: adesso capiva perché il principe Onofrio aveva detto che non serviva a niente, parlare con il padre. Ma non pensava che fosse ridotto così male.

Con una scrollata di spalle si tolse dalla mente Galeazzo del Drago e continuò: «Non mi preoccuperebbe affatto se quella puttana fosse l'alleata del demonio. Mi preoccuperebbe di più se fosse un'alleata dell'Inquisizione, Cristo Santo!».

«E di Bonsanti, poi, quel bottegaio di libercoli!», rincarò

Sferelli, impallidito al solo nome dell'Inquisizione. «Cosa significa tutto questo, Alcide?».

Parlavano tra loro, senza considerare Galeazzo, che continuava inebetito a pregare tra sé.

«Non lo so... io... aspetta, sta guardando verso di noi!».

I due si allontanarono dalla finestra, spingendo la carrozzina di Galeazzo, e si rintanarono nella camera del vecchio principe, senza far caso ai miasmi che esalavano dal letto a baldacchino.

«Insomma, Alcide, che cosa vuol dire tutto ciò?», ripeté Sferelli. La stanza era illuminata da una sola candela, accanto al letto di Galeazzo, la cui luce, nella semioscurità, lasciava indovinare solo le figure.

«Ti dico che non lo so. So solo che quella donna è un emissario di Rodolfo II, quel pazzo eretico interessato alla magia e all'alchimia, e che se ne va in giro chiacchierando a destra e a manca non so di cosa. Ora con Bonsanti, e prima di lui con Prosdocimo Alfani».

«Alfani! Ma non è lo stimatore pontificio che...».

«Già! Proprio quello che qualche giorno fa è venuto a parlarmi di un saio di seta nera, con il ricamo in oro di tre sfere che si congiungono con una linea orizzontale».

Galeazzo cominciò di punto in bianco a recitare il rosario. Alla sua voce fioca e tentennante si aggiunsero i topi che scorrazzavano al piano di sopra.

Antimonti e Sferelli rimasero a riflettere, mentre già immaginavano le nuvole cupe che si andavano addensando nel loro prossimo futuro, e che parevano rendere ancora più buia e malinconica la stanza maleodorante di Galeazzo del Drago.

Infine Antimonti scosse il capo e si avviò alla porta: «Io sento un tanfo, caro Antonio...».

«I servi svuotano l'orinale di Galeazzo una volta al mese», rispose Sferelli storcendo il naso.

Antimonti lo fissò come se avesse sempre creduto che nella stanza ci fosse un rimbambito e d'un tratto si fosse reso conto che erano due.

«Un tanfo», spiegò poi, «come se qualcuno fosse venuto qui a mettere sottosopra le fogne tirando a galla quel che avrebbe dovuto rimanere sul fondo. Buona serata, Antonio».

Uscì dal palazzo del Drago con la convinzione che tutto gravasse sulle sue spalle. Non poteva nemmeno scrollarsi di dosso gli Sferelli e i del Drago, perché lo avrebbero comunque mandato a fondo, quando fosse venuto a galla quello che era sepolto negli strati più infimi delle fogne. Tre Spade, Tre Santi... e forse le prossime tre famiglie estinte e depredate da papa Clemente, se solo Sua Santità avesse trovato il cavillo.

4

«Padre Ascanio, voi mi ponete in un bell'impiccio», considerò il cardinal Bellarmino, carezzandosi pensieroso la barba.

Era seduto alla sua scrivania ingombra di carte, nell'ufficio ben illuminato da diversi candelabri, e studiava con interesse il volto pallido di Ascanio e il suo bizzarro naso d'oro, che a ogni movimento rifletteva una fiammella. Sopra tutte le carte, un foglietto riportava la profezia di suor Fiammetta.

Ascanio sedeva di fronte al cardinale, dall'altra parte della scrivania, su una sedia dall'alto schienale, chino in avanti, le mani strette sulle ginocchia.

«Avreste dovuto comunicare questi dubbi ai superiori, sia del vostro Ordine sia del Sant'Uffizio», continuò il cardinale.

Il domenicano alzò il capo e guardò Bellarmino con gli occhi arrossati. Di fronte a quello sguardo, che rivelava come l'animo di Ascanio fosse provato dalla situazione e lacerato sul da farsi, il cardinale rifletté, scelse con cura le parole e riprese: «Voi stesso ve ne siete reso conto. Questa profezia è certo inquietante, in quanto contiene una minaccia e un preciso riferimento temporale, molto prossimo purtroppo. Anche se il Giubileo dura un anno intero».

«Ma la Porta Santa sarà aperta la vigilia di Natale, e se davvero forze del male progettano un contraltare pagano al santo Giubileo, anche esse dovranno aprire quel giorno una loro porta maledetta», ribatté Ascanio, con la convinzione di chi abbia rimuginato a lungo su un problema. Era una questione di simmetria, come diceva Ermete Trismegisto: «Ciò che è in alto è come ciò che è in basso». Ovvero, i negromanti amavano il rovescio dello specchio, la contrapposizione blasfema. Era un inquisitore, questo era il suo pane quotidiano, un pane che avvelenava la mente e inaridiva le anime non sorrette da una fede tetragona, assoluta, senza tentennamenti.

«E allora, come mi avete detto, dovreste consultarvi con un inquisitore generale, il quale porterà la profezia all'attenzione di Sua Santità alla prossima riunione della Congregazione. Questa è la via maestra, padre Ascanio».

Il domenicano annuì.

Bellarmino studiò l'uomo che aveva davanti ancora per qualche minuto. Ripensava alla profezia, al Giubileo pagano e, per associazione di idee, questo lo riportò a un suo rovello.

«Voi non avete mai sentito parlare dei giordanisti?», gli chiese.

Ascanio inarcò le sopracciglia: «Mai, eminenza».

Bellarmino spiegò allora al domenicano degli allievi dell'eretico Giordano Bruno e della possibilità che, in occasione del Giubileo, che tanta folla avrebbe richiamato a Roma e della quasi certa esecuzione di Bruno nei mesi successivi, si potessero verificare degli attentati sacrileghi, rivolti persino contro lo stesso papa.

«No, non credo che i giordanisti siano *gli uomini perversi* di cui parla suor Fiammetta», rispose Ascanio. E continuò con foga e precisione: «Ho studiato la profezia, la conosco a memoria, mi ossessiona, come la persona della suora che l'ha riferita. Il Tarentum, anzitutto, e l'altare di Dite e Proserpina che esisteva nel Campo Marzio e forse è ancora sepolto lì: cosa se ne farebbero, questi giordanisti? Da quel che mi dite, le arti magiche di Bruno sono ben diverse dall'evocazione demoniaca, e dovremmo supporre lo stesso dei suoi adepti. E gli *innocenti*: voi immaginate i giordanisti che praticano sacrifici umani, forse di bambini? Voi che conoscete Bruno, credete che in lui vi sia una simile malvagità? No, eminenza, io sono convinto che qui sotto ci sia qualcosa di maligno, certo, ma che non viene dall'esterno, bensì che trova le sue radici a Roma. "C'è l'inferno, e Roma vi è costruita sopra. L'inferno. Lo vedo. Dio mio, aiutami, proteggimi, perché sono sola." Questo dice suor Fiammetta: l'inferno, comunque lo si intenda, è qualcosa che preesiste ai giordanisti. Anche il riferimento ai Ludi Secolari si rifà ad antichi riti». Si protese in avanti e affermò, con febbrile certezza: «La minaccia cui si riferisce la profezia è antica, cardinale, molto antica».

Bellarmino continuava a osservare il domenicano e ad accarezzarsi la barba, un vago sorriso di apprezzamento sulle labbra.

"Gente strana, i domenicani".

«Ditemi, dunque, come intendete agire, padre Ascanio».

«Io sto *già* agendo, eminenza. Ho due soli appigli: gli innocenti e l'ara di Dite e Proserpina. Nessuno studioso di catacombe e spelonche, nemmeno il giovane Antonio Bosio che ha scoperto le catacombe di Domitilla...».

«...E che per un pelo è riuscito a ritrovare l'uscita, in verità».

«...Nemmeno lui sa nulla di questo altare. Se esiste ancora, non sappiamo dove sia».

«Rimangono gli innocenti», lo incitò Bellarmino, sempre più sprofondato nell'analisi dell'uomo che aveva davanti, dal naso troncato in un duello e dai dilemmi interiori che gli bruciavano l'anima.

«Gli innocenti, sì. Sono loro che "tremeranno tra fredde mura", è il loro pensiero che mi tormenta. Io sono certo che gli innocenti sono dei fanciulli, fanciulli che forse dovranno fungere da agnelli sacrificali su quell'altare pagano sepolto da qualche parte».

«Proseguite, padre».

«La mia domanda è: dove prenderanno questi bambini? Purtroppo, noi sappiamo bene che questo non è un problema: la nostra città è deturpata dalla piaga della povertà e dell'abbandono dei fanciulli. Li vediamo soli, agli angoli delle strade, mendicare e rubare e picchiarsi l'un l'altro, mezzi nudi, sporchi, con uno sguardo di rimprovero negli occhi che dovrebbe bruciarci l'anima e...».

«Per favore, padre, conosco fin troppo bene questo dramma, e me ne dolgo quanto voi. D'altra parte, sapete che, con tutte le sue manchevolezze, la Chiesa si adopera per...».

Ascanio scattò in piedi e prese a passeggiare per la stanza, facendo tremolare le fiamme dei candelieri.

«Proprio su questo fronte mi sono mosso, eccellenza. Anzitutto ho visitato personalmente tutti i quattordici maestri di rione, gente piuttosto rozza, purtroppo, ma pur sempre uomini di chiesa, e a tutti ho raccomandato di informarmi di eventuali scomparse di alunni».

«Un ago in un pagliaio. La maggior parte dei bambini di Roma non ha niente a che fare con i nostri maestri regionari».

«Lo so, e infatti non mi sono fermato qui. Sono andato anche allo Spedale dei Fanciulli Spersi, che come sapete raccoglie presso Santa Maria Maddalena della Carità al Corso molti piccoli sbandati mendicanti, per offrire loro un tetto e la possibilità di avere una vita più dignitosa, insegnando la virtù del lavoro rispetto al furto e all'accattonaggio...».

«Conosco bene la pietosa opera ideata dal compianto Giovanni Cerusi».

«...E ho avvertito anche loro. E ancora, lo stesso ho fatto al Monastero delle Fanciulle Disperse, presso Santa Eufemia. Ho infine parlato con padre Calasanzio, che ha da poco fondato a Trastevere una pia scuola popolare».

Ascanio si interruppe e si stropicciò le mani come chi non sappia come sfogare la propria impotenza.

«Avete dimenticato le confraternite», fece Bellarmino.

«No», rispose Ascanio con un sorriso tirato. «Sono andato anche alla Confraternita dei Dodici Apostoli, che segue i bambini poveri, e a quella della Dottrina Cristiana, che si occupa della loro crescita nella fede».

Bellarmino annuì, lo guardò con comprensione e disse: «Il vostro sforzo è lodevole, padre Ascanio. Ma anche così, non potrete proteggere tutti i piccoli derelitti di Roma».

«E allora, eminenza, ditemi voi, consigliatemi! Cosa devo fare?».

Adesso, non solo il naso di Ascanio mandava lampi di luce, ma anche gli occhi rossi e inumiditi.

Bellarmino prese il foglietto sulla scrivania, lo rilesse, poi sospirò.

«Perché non volete che i vostri superiori vengano messi a conoscenza di questa... profezia?».

Ascanio non rispose, si limitò a scuotere debolmente il capo, come per chiedere che non gli venisse estorto questo segreto. Ma Bellarmino, con un sorriso mesto, continuò: «Voi temete per suor Fiammetta, vero?»

«Io...».

«Voi presumete che la suora sappia qualcosa che non vi ha detto? Qualcosa che un inquisitore meno… meno comprensivo potrebbe estorcerle? È così?»

«Io credo che suor Fiammetta mi abbia detto tutto».

«Credete allora che l'abbia inventato?»

«No. Durante le sue… estasi, non ha sentito nemmeno la fiamma della candela che le bruciava il palmo della mano. È smunta, sofferente. E pia».

Bellarmino socchiuse gli occhi, due lame che cercavano di penetrare nel pensiero del domenicano.

«Se suor Fiammetta non mente, se non vi cela nulla… che cosa temete, dunque?»

«Che altri possano non crederle, eminenza».

«Ah! Dunque volete proteggerla. Perciò, finché potrete, terrete per voi questo fardello. E nello stesso tempo volete proteggere anche gli innocenti». Bellarmino si sporse in avanti: «Ritenete che le vostre spalle siano forti abbastanza per un simile peso?»

«Devono esserlo».

Bellarmino studiò Ascanio, l'uomo che in un duello aveva perduto il naso e aveva ucciso in un secondo tempo il suo feritore. Un uomo duro, che poi aveva scoperto la fede e si era dedicato a snidare l'eresia. E che aveva incontrato sulla sua strada una povera suora, forse una pazza, nei cui confronti non sapeva come comportarsi, e una profezia cui forse non credeva nemmeno lui, ma che non poteva ignorare; e così, come una mosca in una bottiglia, si arrovellava e sbatteva il capo contro il vetro, cercando un'uscita che forse non avrebbe mai trovato.

Il cardinale sospirò e prese la sua decisione.

«Il segreto della confessione è inviolabile, padre Ascanio, e voi vi siete confessato. Io vi ho dato un consiglio, sta alla vostra coscienza stabilire il da farsi. Il vostro segreto è ben serbato, non preoccupatevi di questo. In ogni caso, tenetemi informato: col procedere dei giorni e l'avvicinarsi del Giubileo, potrò forse consigliarvi come comportarvi, o sarò io stesso a stabilire il da farsi».

Ascanio si avvicinò di scatto al cardinale, si chinò e gli baciò con fervore l'anello.

«Grazie, eminenza».

«E mi permetto di cominciare subito», disse Bellarmino, mentre Ascanio si rialzava. «Avete detto di avere due appigli, l'altare e gli innocenti. Ma in realtà, ne avete altri due, e su questi dovete riflettere».

Stavolta, fu Ascanio a socchiudere gli occhi.

«Il primo è suor Fiammetta, padre, e voi sapete che è il punto più importante, l'inizio e forse la fine di tutto. E il secondo appiglio...».

«Il secondo appiglio?»

«Il drago, padre Ascanio. Un simbolo, certamente. Ma cosa si nasconde, sotto il velo di questo mitologico animale? "Il drago tiene le chiavi, ma il drago li porrà sotto la sua ala." Trovate il drago, e avrete le chiavi della profezia».

Utile suggerimento, ma, nonostante le interpretazioni che Ascanio si affannava a dare alla profezia, ormai non c'era più tempo.

5

Leonia prese il candelabro dalle mani del servo che l'aveva accompagnata lungo il buio corridoio del palazzo, lo liquidò e, senza bussare, entrò nella camera di Grifo.

Grifo era seduto presso la finestra rigata dalla pioggia e pizzicava le corde del suo strumento. Si girò a vedere chi fosse e si sarebbe alzato, se Leonia non l'avesse dispensato con un gesto della mano. Allora riprese a suonare l'ud.

Leonia aveva un foglietto in mano, un'altra missiva di Ilario Bonsanti, e subito dopo averla letta si era precipitata verso la stanza di Grifo. Ma adesso, l'occhio le era caduto su alcuni disegni su un tavolinetto e la curiosità aveva soppiantato l'eccitazione.

Fece qualche passo avanti, all'apparenza ozioso, e posò il candelabro sul tavolo. Il cerchio di luce tremolante illuminò i tratti a carboncino. Leonia lanciò uno sguardo a Grifo, ma l'uomo non sembrò curarsi di lei: continuava a suonare e a guardare fuori dalla finestra, illuminata di tanto in tanto da un guizzo frastagliato e fiammeggiante, che subito si spegneva ed era seguito, qualche istante più tardi, dal brontolio di un tuono.

Allora Leonia sbirciò il foglio. Il disegno ritraeva una bambina di cinque o sei anni, sorridente, le labbra macchiate come se avesse mangiato delle more. La donna guardò di nuovo verso Grifo, poi scostò il foglio e scoprì quello sotto. Stavolta un bambino, intento a riparare una rete da pesca.

Ancora un foglio. Una donna. Mora, sdraiata su un letto, addormentata, le labbra socchiuse. Nuda, le ombre morbide tratteggiate per indicare la pienezza della carne. Quasi assopita dopo aver fatto l'amore. Leonia guardò le spalle del turco e non ebbe dubbi che fosse così. Grifo doveva essere rimasto ad ammirarla, pieno d'amore e appagato per il possesso, magari seduto su uno sgabello accanto al letto. E quell'immagine era rimasta impressa nella sua prodigiosa memoria, e ora, a distanza di anni, aveva comandato al braccio di riprodurla sulla pergamena. E lo stesso aveva fatto per il figlio cui aveva appena insegnato a riparare una rete o per la figlia, a cui aveva offerto delle more.

La mano di Leonia esitò, poi scostò anche quel foglio e sotto ne comparve un altro, e un altro ancora. Strade, vicoli, piazze, una barca sulla battigia, di certo quella di Grifo, e poi un uomo dal volto bruciato dal sole, e un mercato. E ancora i suoi figli che giocavano insieme. E di nuovo la donna, stavolta mentre puliva della verdura seduta su una sedia, all'aperto, ombre nette a sottolineare il sole accecante. E poi sulla spiaggia, mentre guardava verso di lui, una mano davanti alla fronte, come a ripararsi dal sole: così egli doveva averla vista molte volte, quando tornava dalla pesca.

Ed erano tutti morti. Massacrati sotto i suoi occhi.

Grifo aveva disegnato molto, da quando avevano avuto quella discussione. Era andato indietro nel tempo e ne aveva fatto ritorno con la sua famiglia. O l'aveva fatto per lei, per Leonia, perché lei glielo aveva chiesto tante volte?

Grifo smise di suonare e si voltò. Leonia lo fissò a sua volta, ma allontanò la mano dai fogli, come se fosse stata colta a rubare, o in un atto indecente.

Un tuono, poi un altro. La pioggia scrosciava con violenza contro i vetri.

Grifo posò lo sguardo sul foglio che Leonia teneva in mano.

«Bonsanti ha scritto di nuovo?», le chiese.

La donna si riprese, cancellando dalla propria mente ogni parola che aveva cercato fino a quel momento con tanto affanno. Una parte di lei capiva che non era il momento di parlare dell'*Alfabeto*, ma doveva pur riempire quel silenzio e non sapeva come fare, o non poteva farlo che in quel modo sbagliato.

«Sì, Grifo, ha scritto». Sospirò. Dov'era finito il brivido che l'aveva condotta fino in quella stanza? Lesse quasi controvoglia.

Se domani sera vorrete visitare la mia stamperia "All'insegna della Salamandra", sarà mio piacere sottoporre alla vostra attenzione alcuni articoli di sicuro interesse.

«Meno prudente dell'altra volta», commentò Grifo, pizzicando una corda che, quasi a commento della frase, emise una nota grave.

«Certo, c'è un riferimento preciso alla sua stamperia, anche se manca la firma».

«Bruciate quel foglio, signora».

Leonia studiò Grifo per un attimo e disse: «Tu pensi ancora che si corra qualche pericolo…».

«Io *sono certo* che si corre qualche pericolo. Siete stata voi stessa a parlarmi di quella vostra sensazione, che Bonsanti nella chiesa dei Tre Santi si fosse comportato in modo diverso, avesse parlato in modo diverso. Come se seguisse una strategia. E quel vecchio, poverino, non è uomo da elaborare strategie».

Leonia si portò il foglio alle labbra.

«Sì, Grifo, ho avuto quest'impressione. È evidente che Bonsanti deve aver coinvolto qualcun altro in questa storia, a meno che non abbia sempre conservato lui, l'*Alfabeto di Erode*».

«Impossibile. Troppo pauroso».

«Esatto. La questione è chi sia questo qualcun altro».

Grifo si alzò di scatto, strappò il foglio dalla mano di Leonia e lo bruciò alla fiamma di una candela, poi disse: «Non andate, signora. Lasciamo Roma, fuggiamo da questo posto, dove c'è ancora chi venera un uomo maledetto come Marcello Morosini, magari celato sotto un saio di seta nera. Che nessuno ritrovi quel libro nefando. Non ne verrà nulla di buono, nulla!».

«È soltanto un libro, Grifo», replicò Leonia, a voce bassa, debole di fronte a quella veemenza inconsueta.

«Non è soltanto un libro, non è arte quella! Signora, l'*Alfabeto* è un distillato di perversione, di malvagità. Come si possono ammirare le stesse pagine che altri hanno sfogliato mentre vicino a loro dei fanciulli venivano torturati e poi uccisi?»

«Ciò di cui tu parli è un pericolo per l'anima. Prima, parlavi di un pericolo reale, tangibile».

Grifo si zittì, poi spalancò la finestra. Lo scroscio della pioggia schizzò il pavimento, la luce delle candele si animò, le ombre impazzarono sui muri.

«Io domani sera andrò alla stamperia, Grifo», sillabò Leonia. «Ho promesso un libro all'imperatore; è mio dovere rispettare la promessa. Tu cosa farai?».

Grifo la fissò, poi rispose: «Io ho promesso di proteggervi, dunque verrò».

«Non hai mai fatto a nessuno una simile promessa».

«L'ho fatta a me stesso, tanto tempo fa».

Soltanto allora Leonia ebbe il coraggio di chiedere, poiché solo ora le sembrava di aver capito: «Perché hai fatto quei disegni, Grifo? Perché hai voluto risvegliare il tempo passato?».

Grifo si rimise a sedere e ricominciò a suonare l'ud.

«Non lo so, signora. Forse perché temo che possa accadere qualcosa e...», rispose senza guardarla.

«...E volevi riportare per l'ultima volta in vita i tuoi ricordi? Dare loro un'esistenza che temi possa finire presto?».

Ma Leonia non ricevette risposta. Nella stanza risuonava solo la dolce melodia dell'ud e lo scroscio vitale, primitivo, senza tempo della pioggia che andava gonfiando il Tevere spumoso.

6

Ottavio era in uno stato tra il sonno e la veglia, nello stanzone in cui alloggiava nel popolare quartiere di Trastevere, uno dei tanti ricoveri allestiti dalle confraternite per il prossimo Giubileo. Una ventina di giacigli in cui dei disgraziati cercavano un po' di tepore rannicchiandosi sotto coperte ammuffite e impataccate. Il vasto locale era illuminato solo da un cero posto accanto alla porta; dalle finestre, chiuse solo con delle pelli logore, entravano spifferi d'aria umida. C'era un tanfo di segatura bagnata, di orina che proveniva da pitali sbreccati e di vestiti intrisi di antica sporcizia. Chi dormiva russava ed emanava odore di aglio e di vino. Ogni tanto, un corpo si agitava e sbuffava per la puntura di una cimice.

Nonostante ciò, arrivato a Roma Ottavio aveva preferito uno di quei ricoveri da pochi soldi, che cambiava ogni due o tre giorni, rispetto a una locanda più confortevole, dove comunque avrebbe dovuto dividere la stanza con altri ospiti. Meglio, allora, quella povera promiscuità, che garantiva la riservatezza a un dolore privato.

In quell'ambiente, nessuno avrebbe fatto caso a lui e al suo braccio di ferro, non avrebbe dovuto fare conversazione e, soprattutto, la registrazione era molto più informale: bastava un nome. In questo modo, non era altro che un'ombra nella notte. D'altronde, mancava così poco al suo obiettivo. Così poco.

Eppure…

Ottavio aprì gli occhi e fissò la piccola luce della candela in fondo alla stanza.

Eppure aveva paura. Era da quando aveva ucciso la piccola amante di Herrmann che aveva paura. Era successo a Londra, una città violenta, molto più violenta di Roma.

A Londra il sangue e la violenza impregnavano l'anima. Non era solo questione di esecuzioni capitali, durante le quali la folla urlava e si esaltava; quelle avevano luogo anche nella città del papa. A Londra le teste tagliate si piantavano sulle porte della città e del ponte, e i nibbi si avventavano sui loro capi per divorare gli occhi; qui si chiudevano a imputridire in gabbie di ferro. Non c'era gran differenza.

Ma a Londra si potevano sentire le urla delle prostitute che venivano frustate nel carcere di Bridewell, prima di essere rispedite a spargere le loro malattie nei vicoli che erano fogne a cielo aperto.

C'erano gli spettacoli a Bankside, in cui si affrontavano all'ultimo sangue gli orsi o si poteva assistere alla lotta mortale tra un cane e una scimmietta, mentre i presenti bevevano birra, ridevano e scommettevano.

C'erano le tragedie teatrali in cui si rappresentavano fornicazioni incestuose, stupri, persino atti di cannibalismo, come lui stesso aveva visto nel *Tito Andronico*.

E poi, nel corso degli anni, le tante sommosse e le cacce al nemico. Durante la minaccia dell'invasione spagnola era toccato ai cattolici e ai gesuiti essere impiccati e squartati, con la benedizione dei padri della City e del Consiglio della Corona: Ottavio stesso, in quanto esule da Roma, era stato sospettato di essere una spia dei papisti.

Nel 1595 c'era stata la sommossa per l'incremento dei prezzi, la proclamazione della legge marziale, e infine una repressione costata il sangue di tanti poveracci.

E quell'estate, l'ultima passata da Ottavio a Londra, era tornata la paura che gli spagnoli potessero sbarcare nell'isola di Wright. L'intolleranza aveva ripreso vigore, catene erano state messe di traverso nelle strade a bloccare chissà quale nemico, e dal pulpito delle chiese si urlavano minacce e violenti discorsi.

Londra non era Roma, dove la repressione aveva il tono morbido e compassionevole di un sermone domenicale.

Forse Ottavio aveva pensato che la morte di Ester potesse restare confinata lì, in quella città violenta. A Herrmann non pensava mai, l'unico delitto che gli tornava alla mente era quello della ragazzina.

Era vero, dopotutto, quel che gli aveva sempre detto Bonsanti: l'*Alfabeto di Erode* porta sempre del sangue con sé, in un modo o nell'altro.

La sera del giorno dopo sarebbe stata la più importante della sua vita: lo stampatore avrebbe incontrato quella donna intenzionata ad acquistare il libro, e il meccanismo da tempo preparato sarebbe scattato inesorabile. Era strano, pensò corrugando la fronte mentre richiudeva gli occhi e continuava tuttavia a vedere la fiamma della candela contro le palpebre, era strano che il destino avesse posto davanti a loro l'emissario di Rodolfo II.

Chissà, rifletté mentre sprofondava in un sonno melmoso e inquieto, se non avrebbe infine potuto comprendere quel punto di vista di cui gli parlava il vecchio Ilario, il punto "che rende tutto perspicuo, intelligibile", e illuminare così quelle misteriose coincidenze.

Stava proprio per addormentarsi, quando gli apparve Bonsanti che lo guardava con uno sguardo mite e gli diceva: «Noi siamo nel giusto».

Allora Ottavio sbarrò gli occhi e si trovò di fronte alla realtà. Era come quando si era precipitato fuori dal laboratorio di Herrmann, lasciando Ester viva, per poi tornare indietro e fare quel che doveva.

Le mani ghermirono le coperte come se dovesse resistere a un dolore lancinante. La vendetta era una pianta che prosperava su un terreno morto, aveva detto al vecchio amico, ma quel terreno era ancora in vita, e, agonizzando gli provocava sofferenze indicibili.

7

La sera dopo, Leonia, che non amava l'austera moda spagnola, indossò un vestito di broccato malva e oro, con grandi ricami in rilievo color oro e prugna. Il punto vita era sottile come imponeva la moda, per separare la parte superiore del corpo, più spirituale, da quella inferiore, più terrena; una spumosa gorgiera bianca tagliava otticamente il capo, sede dell'eternità, dal resto del corpo, destinato alla decomposizione. Pur coperto dal tessuto ricamato, il seno compresso mostrava la sua generosità. I capelli erano raccolti dietro la nuca e legati con fili di perle.

La donna era altera ed elegante come al solito: ma aveva scelto male il colore del vestito. Entro un paio d'ore si sarebbe macchiato di sangue, e un colore più scuro avrebbe attirato meno l'attenzione.

Quanto a Grifo, sul suo abituale abbigliamento esotico indossava un mantello di velluto color vinaccia. Non serviva tanto a proteggerlo dal freddo di quella notte, quanto a evitare che si vedesse lo stocco che portava al fianco, quel tipo di spada che non a caso gli spagnoli chiamavano per l'appunto *espada ropera*, spada da mantello. Un gioiello di acciaio con l'elsa a coppa finemente lavorata a sbalzo, per proteggere la mano dai colpi avversari, proveniente proprio dalla Spagna.

«Pensi di averne bisogno?», aveva chiesto Leonia al momento di salire in carrozza, vedendo la punta della spada sbucare dal lembo del mantello. L'aveva chiesto con ironia, eppure la vista di quell'arma si era collegata alle parole che l'uomo aveva pronunciato la sera prima, mettendola a disagio.

«Questo stocco mi è stato donato dall'imperatore in persona, qualche anno fa», rispose Grifo, stringendo la mano sull'elsa elaborata, «quando ho cominciato a seguirvi nei vostri incarichi per le varie città d'Europa, avvertendomi che avrei sempre dovuto proteggere "Leonia dal cuore freddo e dal tatto che richiama in vita il passato". Non posso disubbidire all'imperatore, signora».

Era quindi salito in cassetta, si era ben chiuso il mantello ed erano partiti.

Per tutto il percorso, mentre la carrozza sobbalzava sul selciato sconnesso, Leonia aveva riflettuto sugli eventi che, a partire dal giorno dell'esecuzione dei Cenci, l'avevano portata, quella sera, fino nella stamperia di Bonsanti, sul punto di impossessarsi di uno dei più rari libri mai esistiti. Un inseguimento lungo e accidentato, che aveva lasciato dei segni, sia su di lei che su Grifo. Era la prima volta che tra loro si erano create delle incomprensioni, la prima volta che ognuno aveva fatto breccia nella corazza che l'altro si era costruito per parare i colpi della vita, mettendo a nudo la carne viva e palpitante.

Ma soprattutto, era la prima volta che Leonia si sentiva così inquieta, mentre si avvicinavano i momenti finali di una trattativa per un semplice oggetto d'arte. Aveva sempre mantenuto la freddezza necessaria perché nessun sentimento venisse mai mostrato all'avversario, e la lucidità per coglierne esitazioni e ansie. I più bei quadri, sculture, arazzi, le armi più micidiali e insieme più eleganti, le bizzarrie naturali più grottesche, i libri, gli incunaboli, i codici più antichi e raffinati per lei erano sempre stati soltanto oggetti di cui valutare l'autenticità e da comprare al miglior prezzo: ma l'*Alfabeto di Erode* era altra cosa.

Forse Grifo aveva ragione. Non era solo un libro. Si appoggiò al soffice schienale e, socchiudendo gli occhi, le tornò alla mente lo sghignazzante teschio di Marcello Morosini, i cui resti, con quella sola orribile eccezione, erano stati amorevolmente sepolti in una chiesa, sia pure sotto falso nome, da tre nobili famiglie romane. Avrebbe tanto voluto conoscerne il motivo.

"Ascolta i precetti del maestro", le sussurrò la lapide nella chiesa, e rabbrividì.

Si sforzò di pensare ad altro e aveva davanti agli occhi il sorriso disincantato di Onofrio del Drago, quando la carrozza si fermò.

Grifo aprì lo sportello e aiutò Leonia a scendere, poi legò le redini a un anello fissato al muro. Si guardò attorno, quindi prese una lanterna da sotto la cassetta, la accese con un acciarino e fece strada alla donna. Erano due figure silenziose che si muovevano in fretta nel buio dei vicoli aggrovigliati attorno alla piazza delle Tre Spade, sotto un cielo nero di nuvole, senza stelle né luna. Grifo aveva un bel guardarsi attorno, ma non si vedeva nulla oltre la sfera di luce gialla, che si spandeva dalla lanterna e si moltiplicava sul selciato bagnato e scivoloso delle strade. Le finestre erano tutte buie e solo un latrato lontano spezzava il silenzio, nel quale lo scalpiccio dei loro passi si allargava come onde in uno stagno.

«Eccoci», sussurrò infine Grifo.

Erano sbucati su via de' Banchi. A pochi passi, si indovinava l'insegna su cui era raffigurata una salamandra. Le due finestre che si affacciavano sulla strada erano chiuse, ma lasciavano trapelare sottili righe di luce.

Avanzarono. Quando Grifo passò davanti a un vicoletto buio che si apriva a destra della stamperia, niente di più che un oscuro diverticolo, notò un rettangolo di luce disegnato sul muro.

«Strano», borbottò aggrottando le sopracciglia. «Bonsanti ha lasciato aperta una finestra».

Leonia sbuffò e fece per proseguire, ma Grifo la fermò serrandole imperioso la mano col braccio: «Aspettate. Per sicurezza, è meglio che io dia un'occhiata», le sussurrò.

Lasciò la lampada a Leonia e scomparve nel vicolo. Di lui rimase solo un leggero scalpiccio; poi il suo capo si disegnò contro il rettangolo di luce della finestrella.

Grifo non poteva accorgersi che poco distante da lui, in fondo allo stesso vicolo, stava immobile un uomo: completamente vestito di nero, un cappuccio dello stesso colore a nascondere la scarsa luce che poteva riflettere la pelle, era del tutto mimetizzato con le ombre del muro e della notte senza luna. Appena il turco si era avvicinato, l'uomo si era appiattito contro il muro e aveva trattenuto il respiro, ma il cuore gli batteva così forte, da fargli temere che l'altro potesse sentirlo. Se ciò fosse avvenuto, tutto sarebbe stato vano: anche il sangue versato dalla piccola e sfrontata Ester, nella violenta Londra.

Ma Grifo non poteva accorgersi di nulla. Un attimo dopo ricomparve accanto a Leonia, mentre l'uomo nel vicolo riprendeva a respirare.

«Ebbene?», fece lei, burbera per nascondere l'agitazione.

«Niente, signora», rispose lui, riafferrando la lanterna. «Bonsanti è dentro, solo, seduto a uno dei tavoli da lavoro.

Dalla finestra viene un odore acre di solventi, dev'essere per questo che tiene aperta la finestra. Andiamo».

Fecero qualche passo e bussarono alla porta della stamperia. Un istante più tardi, un pallido Ilario Bonsanti chiudeva con il saliscendi la porta dietro le loro spalle, mentre Leonia arricciava il naso di fronte all'odore pungente che impregnava il locale.

«Lo avete?», chiese subito Leonia, facendo qualche passo avanti.

Bonsanti annuì.

«Sì, signora, l'*Alfabeto di Erode* è qui», annunciò con tono grave.

Gli occhi di Leonia brillarono, trionfanti; quelli di Grifo si spensero, preoccupati.

8

Leonia squadrò il vecchio: indossava un camice bianco, spiegazzato e macchiato d'inchiostro. Gli occhi erano iniettati di sangue, cerchiati, e la pelle sembrava grigiastra. Su di lui si era abbattuta una tempesta, ed era ben lontano dall'aver trovato un porto sicuro: navigava ancora a vista, in un mare procelloso.

«Siete solo?», chiese la donna.

«Solo?», replicò lui, stupito e impaurito. «Ma... certamente, certamente. Chi altri dovrebbe esserci? Questi affari sono da sistemare nella segretezza assoluta, signora, ve l'ho ben detto!».

"È inutile che fai quella faccia offesa, amico mio", pensò Leonia guardandosi attorno, mentre Grifo seguiva ogni sua mossa. "Non mi incanti. Sei troppo semplice per ingannare chicchessia, figurarsi una donna. Figurarsi *me*".

«La vostra segretezza mal si confà con una finestra aperta, mastro Bonsanti, vi pare?»

«Chiudetela pure, se volete. Ma dà su un vicolo disabitato, e l'ho aperta soltanto per disperdere i vapori dei solventi. Altrimenti soffocheremmo. Guardate i miei occhi!».

Leonia e Bonsanti rimasero a studiarsi per qualche istante.

"Facciamo pure come vuoi, stampatore. Vediamo a che gioco stai giocando".

«Grifo, da' un'occhiata nel cortile e nelle stanze al piano di sopra».

L'uomo assentì col capo, andò in fondo al locale e aprì la porticina posteriore, scomparve nel buio, tornò, richiuse la porta, salì le scale. I suoi passi svelti percorsero il soffitto al di sopra dei due. Leonia sorrideva. Bonsanti deglutiva. Era impaurito, ma era comprensibile.

Grifo tornò nel laboratorio.

«Non c'è nessuno, signora».

«Allora, mastro Bonsanti, adesso possiamo vedere l'*Alfabeto di Erode*, il cui segreto avete così ben conservato per tanto tempo».

«Non ho conservato nulla, signora. Sono un uomo vecchio che ha bisogno di denaro perché la sua arte non perisca con lui. Il mio lavoro è l'unica cosa che mi rimanga. Per questo, ho messo a frutto una serie di indizi che, questi sì, ho raccolto in tanto tempo».

Il vecchio pronunciò queste parole gravemente, e l'orgoglio per la sua arte sembrò in quel momento pervadere quel corpo gracile e rinvigorirlo, tanto che parve raddrizzarsi.

«E allora, mastro, se avete davvero l'*Alfabeto*, la vostra arte si ramificherà nei decenni a venire, siatene certo».

Bonsanti assentì, come avesse suggellato un patto, e con la mano indicò a Leonia un tavolo da lavoro poco discosto dalla finestrella aperta. Solo allora, seguendo con lo sguardo la direzione indicata dal gesto, lei vide una serie di fogli posati uno sopra l'altro, illuminati da una candela in una bugia, la cui fiamma palpitava all'aria della notte.

La donna si mosse verso il tavolo, l'abito che frusciava sul pavimento.

Si portò davanti ai fogli e li esaminò uno per uno, attentamente, senza che gli occhi avessero un tremito o le guance si imporporassero, l'abito d'oro che lampeggiava alla fiamma della candela. Bonsanti la guardava. Grifo la fissava. Nessuno dei due si avvicinava.

Gli occhi di Leonia studiavano le incisioni. Ogni foglio rappresentava una scena diversa, racchiusa in un'elegante cornice, al cui centro, in alto, spiccava una lettera dell'alfabeto e, appena più in basso, un nome in un cartiglio.

Antonio. Beatrice. Cesare. Donata...

«Manca il frontespizio», commentò Leonia, senza alcuna inflessione. «E soprattutto mancano alcune tavole».

«Queste sono le sole matrici sopravvissute al tempo, signora. Non si tratta di una copia originale, ma di una stampa delle matrici sopravvissute».

Leonia assentì distrattamente, mentre continuava a studiare i fogli, grandi, in formato atlantico.

...Giorgio. Leonardo. Mariuccia. Natale...

I bambini venivano uccisi nei modi più eccentrici e orribili, mentre attorno a loro si affollava una serie di personaggi grotteschi. Gli uomini erano per lo più dei vecchi, spesso vestiti in ricchi paludamenti, e le donne erano nude e opulente o vecchie e laide, e ridevano dei tormenti dei bambini con bocche sdentate. Gli uomini erano invece assorti, quasi assistessero a uno spettacolo ricco di significati riposti, di concetti complessi e destinati a pochi eletti. E discutevano tra loro, quasi di soppiatto, come se i loro discorsi non dovessero essere percepiti da orecchie indiscrete. Qualcuno sollevava una mano al cielo, indicando una costellazione, o in basso. I paesaggi erano bucolici o urbani, e questi ultimi rappresentavano riconoscibili ambienti romani. C'erano poi strane figure in secondo piano, che rappresentavano scene del tutto slegate dal mattatoio in primo piano: un re e una regina che dormivano nello stesso letto, due draghi che si mordevano le code, un astrologo che studiava i cieli con l'aiuto di un astrolabio, un guerriero con la spada sguainata che trafiggeva un corvo, due daini che si abbeveravano in un fiume nel quale due vecchie affogavano Antonio, tenendolo per i piedi.

Quest'immagine riportò Leonia ai bambini, che con la sua arte Marcello Morosini, il deforme Maestro del Monogramma, uccideva uno dopo l'altro.

Un fanciullo bruciato in un camino.

Una bambina, nuda, sepolta viva con la testa all'ingiù.

Un terzo sbranato da una muta di cani, sullo sfondo di una scena di caccia, che si svolgeva lungo via del Corso.

Leonia passava da un foglio all'altro, quasi incantata da quella violenza cieca, bieca, resa astratta dagli allegorici fondali, dalla distribuzione coreografica dei personaggi, dai numerosi simboli che richiedevano una spiegazione, nei quali Morosini aveva forse nascosto la sua sapienza da negromante.

A meno che non si trattasse degli incubi di un pazzo, che avevano attecchito nella mente del barone de Rais e che erano stati a lungo celati da qualche parte, a Roma, mentre Morosini riposava sotto il nome di Prelati nella chiesa dei Tre Santi.

Leonia non si era neanche accorta che Bonsanti le si era avvicinato e guardava anche lui le incisioni.

«Avevo ragione, signora?».

Leonia studiava ora il piccolo Leonardo, tagliato a metà dall'accetta di un boscaiolo, il volto deformato in un muto urlo d'inchiostro, gli occhi sbarrati che parevano guardarla in cerca di una spiegazione.

«A che proposito?», chiese lei con un sospiro. Sentiva, poco lontano, la presenza di Grifo, ma non osava guardarlo. In un lampo, rivide i disegni dei suoi bambini felici, cristallizzati nel ricordo, prima della tragedia.

«Quando dicevo che non tutto può essere rappresentato, nemmeno in nome dell'arte», sussurrò Bonsanti.

E il piccolo Silvano? Cos'aveva fatto, il piccolo Silvano, per essere messo in una botte di ferro irta di aculei, già sistemata al sommo di una salita da cui si immaginava che tre uomini incappucciati l'avrebbero fatta presto rotolare, finché il bimbo non sarebbe giunto in fondo, maciullato? Cos'aveva fatto, per... un momento!

Leonia si avvicinò al disegno, aguzzò gli occhi. Quei cappucci, quei sai... neri, e sopra il petto, lo stesso ricamo di quello ritrovato in casa Cenci, insieme al teschio del Maestro! Tre uomini che indossavano quello strano saio, dal disegno indecifrabile...

«Cosa c'è?», chiese il vecchio.

Leonia lo guardò, perplessa, poi scosse il capo. Possibile che Bonsanti non avesse notato quel dettaglio?

Grifo, di fronte all'atteggiamento di Leonia, fece qualche passo avanti, pur senza avvicinarsi troppo ai fogli sul tavolo.

«Niente, niente, osservavo», rispose lei, recuperando la freddezza.

«Ebbene, signora, come dicevo...».

«Mettiamo da parte le discussioni estetiche, messere», rispose in fretta, mentre cercava di riprendere un tono obiettivo. «Manca il frontespizio, mancano sette incisioni, si tratta di stampe recenti. È un lacerto dell'*Alfabeto di Erode*, ve ne rendete conto? Soltanto un lacerto. Mi aspettavo ben altro».

Bonsanti trasecolò, come fosse stata pronunciata un'assurdità plateale. Balbettò prima di riuscire a rispondere: «Signora, forse siete voi a non rendervi conto di quel che avete tra le mani. Voglio dire, e perdonate la mia risposta irriguardosa, che non stiamo parlando di un semplice libro, bensì di un'opera leggendaria, che non dovrebbe esistere da più di un secolo! Io sono riuscito a risalire alle matrici originali, anche se non a tutte, e ho effettuato una stampa perfetta in ogni dettaglio. Non è sopravvissuta una sola tavola che io non abbia stampato!». Il vecchio si interruppe e deglutì. Le guance si erano arrossate, le labbra cercarono delle parole che faticavano a trovare. Infine abbassò gli occhi e chiese, un'ottava più bassa: «Ditemi, signora, voi che avete visto altre opere del Maestro… ditemi, non riconoscete forse la sua mano?».

Ancora una volta, Leonia soppesò l'uomo che le stava davanti, alla luce della candela che continuava ad agitarsi sotto i refoli freddi che penetravano dalla finestra aperta. Poi rispose: «Le incisioni sono certo pregevoli…».

«E allora, in nome del cielo, che cosa cercate d'altro? D'accordo, la mancanza di alcune pagine vi impedirebbe forse di scoprire l'entrata dell'Averno, ma avrete comunque nelle vostre mani…».

«Cos'avete detto?».

Bonsanti si interruppe, poi chiese: «Cosa… che?»

«A proposito dell'entrata dell'Averno».

«Non… non conoscete la leggenda che circonda l'*Alfabeto*?»

«Mastro Bonsanti, mi sembra che voi sappiate di questo libro molto, molto di più di quanto volevate farmi credere pochi giorni fa. Parlate, una volta per tutte!».

9

Lo stampatore si rivolse con lo sguardo a Grifo, come se cercasse conforto per un'accusa immotivata, poi tornò ad appuntare gli occhi in quelli di Leonia, che lo studiavano senza perdere il più piccolo movimento. Nei gesti, nel guizzo della luce nelle sue pupille, nel fremito delle labbra, nelle rughe del volto, nelle mani gesticolanti, la donna leggeva paura e, insieme, il goffo tentativo di nasconderla. Era ormai certa che Bonsanti non fosse altro che un'esca, dietro la quale attendeva nell'ombra qualcun altro, ma non riusciva a comprendere cosa ci fosse in ballo.

E se si fosse trattato solo di un trucco per estorcerle del denaro? Ma non era possibile produrre matrici di stampa così eleganti, precise, dettagliate, in pochi giorni. Un falso come l'*Alfabeto di Erode* non si poteva improvvisare, e le stampe che aveva esaminato erano tutt'altro che improvvisate.

Ma se non si trattava di un trucco, allora cosa c'era sotto?

«Signora, vi prego: andiamo via».

Si voltarono tutti e due verso Grifo. Allora Leonia ebbe paura: per nessun motivo particolare, ma soltanto perché si era resa conto che era Grifo, ad avere paura.

«Avanti, mastro Bonsanti», sibilò la donna, irritata con il turco che le faceva perdere lucidità e con il vecchio che la prendeva in giro, «ditemi di questa storia, e presto! Non sopporterò ancora a lungo questo tanfo di acido!».

Bonsanti si passò una mano tremante sulla fronte sudata e disse: «Ma... io pensavo che voi sapeste! È solo una leggenda, solo una leggenda... ma, in poche parole... ebbene, voi sapete già che Morosini amava i luoghi sotterranei di cui Roma è piena, tanto che lo avete accostato a Morto da Feltre...».

«Al sodo!».

«Sì, sì... arrivo. Insomma, Morosini avrebbe frequentato alcuni cunicoli, dove lui e i suoi accoliti effettuavano le loro magie...».

«Intendete gli accademisti di Pomponio Leto?»

«Nessuno lo sa, e se è così il segreto non venne fuori nel corso del processo per il complotto contro il papa. Ma questi cunicoli di cui vi parlavo, che sarebbero stati affrescati dallo stesso Morosini, condurrebbero addirittura a un altare dedicato agli dei dell'Averno pagano...».

«Dite e Proserpina», fece Leonia.

«Esattamente, signora», assentì il vecchio annuendo, quasi contento di non dover pronunciare lui quei due nomi. «I cunicoli portavano all'altare pagano, e qui Morosini... faceva qualcosa di simile a quel che il barone de Rais faceva nel suo castello, che Dio li perdoni».

«E nessuno conosce l'ubicazione di questi luoghi?»

«No, che io sappia. Ma la leggenda dice che nell'*Alfabeto* il Maestro del Monogramma avrebbe per l'appunto seminato gli indizi che permetterebbero di individuarne l'ingresso. Ed ecco perché ho detto, convinto che foste a conoscenza della leggenda, che la mancanza di alcune pagine avrebbe potuto compromettere...».

«E questo luogo sarebbe a Roma?»

«Morosini ha sempre vissuto e lavorato qui, signora. Dove altro...?».

«Voglio vedere le matrici».
L'improvviso cambio di rotta sconcertò il vecchio stampatore.
«C-come?»
«Voglio vedere le matrici da cui avete ricavato queste stampe», sillabò Leonia, con tono che non ammetteva repliche. «Anche solo per pochi minuti, ma voglio vederle».
«Ma… perché?».
Bonsanti pronunciò quelle parole in un sussurro piagnucoloso, che irritò Leonia ancora di più. La donna ne aveva abbastanza di ritrattazioni e di rivelazioni, di bugie e omissioni, di mezze parole che potevano assumere più significati e soprattutto di trovarsi nel mezzo di un gioco di cui, per la prima volta in vita sua, non riusciva a comprendere le regole. E aveva deciso che un elemento importante per uscire da quella situazione di stallo potesse essere toccare le matrici originali, create da Marcello Morosini in persona, e *sentire* quel che la personalità abnorme dell'artista vi aveva impresso. Ricordò la sensazione che aveva provato sfiorando il teschio, e la chiara presenza, a distanza di oltre cent'anni, di un luogo buio, ipogeo, misterioso e demoniaco che si era impregnato in quelle calcificazioni innaturali: forse, proprio il sotterraneo che Morosini frequentava con i suoi sodali, durante i riti negromantici nel corso dei quali indossavano preziosi sai di seta nera con un bizzarro ricamo in oro sul petto.
«È affar mio, il perché. Grifo!».
L'uomo si avvicinò di un passo: «Sì, signora».
«Da' a mastro Bonsanti quel che hai nella bisaccia».
Grifo scostò il lembo del mantello di velluto e lo stocco arabescato mandò un bagliore. Da una bisaccia alla cintura, estrasse un sacchetto di tela che diede al vecchio.

Bonsanti sentì al tatto che conteneva delle monete. Dopo un attimo di indecisione, lo aprì e si lasciò cadere sul palmo della mano tremante dieci pezzi d'oro.

«Ma... il prezzo...», balbettò lo stampatore.

«Non stiamo discutendo del prezzo, mastro Bonsanti», lo zittì Leonia. «Non c'è molto da discutere, davanti a questi fogli sparsi, incompleti. Chi mi assicura che mi trovi davanti al vero *Alfabeto*?»

«Ma, signora, vi prego, osservate le...».

«È proprio questo che intendo fare: osservare. Esaminare. Studiare. Ma non certo qui, con questo tanfo, al lume di una candela. Lo farò nei miei appartamenti, con la calma necessaria. Per questo vi ho dato quel denaro, che non è affatto poco per quel che compro: dei fogli stampati di fresco».

«Io non posso...».

«Voi potete eccome. Fra qualche giorno ci rivedremo. Voi mi farete vedere le matrici originali e io le esaminerò. Poi, se sarò soddisfatta, vi pagherò quanto vi devo per una copia imperfetta di un libro perduto, siate certo di questo. Non intendo truffarvi, è contro il mio stesso interesse. Il mio lavoro ne risentirebbe, non trovate?».

Bonsanti non sapeva cosa dire. Era chiaro che si aspettava che quell'incontro prendesse tutt'altra direzione, magari che Leonia avrebbe esultato di gioia e allentato i cordoni della borsa, com'era nello stile dello spendaccione re Rodolfo. Il vecchio già vedeva ingrandita la sua stamperia, affollata di lavoranti e apprendisti cui avrebbe trasmesso la sua arte.

"Povero sciocco!", pensò Leonia. "Chissà se anche chi sta dietro di lui è così ingenuo".

Non lo credeva affatto.

«Grifo, prendi i fogli e andiamo».

La donna posò ancora una volta gli occhi sulle stampe che aveva davanti, con l'aria di chi rifletta se abbia fatto un buon affare. Anche Bonsanti, che le stava accanto, guardò i disegni, le monete d'oro nel palmo della mano, con l'aria delusa di chi pensi invece di averci rimesso. Dietro di loro, dalla finestra aperta, entrava l'aria umida e fredda della notte. La candela sul tavolo non smetteva di tremolare.

Il turco fece appena in tempo a muoversi verso i due, che accadde l'imprevedibile.

10

Grifo, che per tutto il tempo era rimasto in un vigile stato di tensione, riuscì a percepire qualcosa: un fruscio, o soltanto un movimento di ombre nel vicolo.

Ma il suo cervello non trovò il tempo di tramutarli in un avviso di minaccia. Prima che potesse aprire bocca, si sentì uno schiocco secco, metallico, e Bonsanti lanciò un gemito inarcando il corpo. Leonia si fece da parte, sbarrando gli occhi per la sorpresa, e si accorse che una frustata di macchioline rosse si era abbattuta su un foglio dell'*Alfabeto*.

Lo stampatore aprì la mano e le monete caddero tintinnanti a terra, mentre l'uomo si aggrappava all'abito della donna e cadeva sulle ginocchia. Dalla bocca spalancata uscì un gorgoglio orrendo.

«Signora!».

«Grifo, che succede?».

L'uomo non rispose. In un balzo arrivò alla finestra e diede un colpo all'anta per chiuderla. Il legno scivolò cigolando sui cardini e si sentì un nuovo schiocco, subito seguito dal rumore secco di qualcosa che si conficcava nell'anta. Grifo la chiuse, mise il paletto e poi si diresse verso la porta della stamperia, sguainando lo stocco, le mascelle contratte.

«Grifo! Non andare!», gridò Leonia, atterrita dal pensiero di restare sola, mentre reggeva goffamente il corpo inginocchiato di Bonsanti, che perdeva sangue da una ferita alla nuca, nella quale era piantato quel che pareva un dardo di metallo.

Grifo non rispose, spalancò la porta e si appiattì contro la parete di destra, sbirciando fuori. Solo buio. La strada era una macchia grigiastra, lucida d'umidità. Nessun rumore. Era impossibile che chi aveva vibrato quei colpi si fosse già dileguato: dunque doveva ancora trovarsi lì fuori, in agguato. Pronto a lanciare un altro dardo. Grifo guardò lo stocco: gli serviva a ben poco, in quella situazione.

Leonia era intanto riuscita a stendere a terra il corpo boccheggiante dello stampatore, le cui mani indebolite avevano smesso di aggrapparsi all'abito di broccato d'oro e malva macchiato di sangue. La donna si chinò su di lui.

Grifo non si occupava di loro: tutti i suoi sensi erano rivolti fuori dalla stamperia, in cerca di un suono, un movimento, un qualunque indizio che potesse fornirgli un'indicazione. Forse l'assassino stava ricaricando la sua arma misteriosa, e quello era il momento di tentare una sortita. Ma quel maledetto aveva lanciato due colpi uno dietro l'altro. Come poteva essere sicuro che un terzo non fosse già pronto per lui?

A un tratto, gli parve di sentire qualcosa. Sporse appena il capo, gli occhi socchiusi, cancellando dalla sua attenzione Leonia che gridava: «Bonsanti! Bonsanti! Chi è stato? Chi c'era alla finestra?».

Profonde rughe si formarono sulla fronte di Grifo quando individuò la natura del suono. Era possibile? Qualcuno stava piangendo, lì fuori. Ne era certo, sentiva un lamento, un singulto, anche se fioco. E ora uno scalpiccio appena percettibile. L'assassino si stava allontanando. Un assassino che piangeva la sua vittima!

Grifo smise di pensare. Si lanciò fuori. Gli occhi, abituati alla luce della candela, non vedevano quasi nulla, tranne sagome di palazzi addormentati. Ecco, laggiù, forse… sì, un'ombra scivolava lungo il muro, si allontanava svelta.

«Fermo!», gridò stupidamente.

Fece qualche passo avanti, ma l'ombra era già scomparsa. Di certo si era infilata in un vicolo. Avanzò comunque, circospetto, fino al punto in cui l'ombra era sparita e trovò in effetti un vicoletto, solcato al centro da un rigagnolo. In fondo c'era un lume, posto sotto l'immagine di un angelo, ma nessun essere vivente. Solo silenzio e lo sgocciolio di qualche grondaia.

La notte aveva inghiottito l'assassino.

Tornò sui suoi passi rinfoderando lo stocco. Entrò nella stamperia e si chiuse la porta alle spalle. Guardò Leonia, che si era rialzata in piedi, e vide le macchie di sangue sul vestito.

«È morto», disse la donna. Poi lanciò uno sguardo ai fogli sul tavolo, schizzati di sangue, e pensò che il povero Bonsanti aveva ragione: quel libro era maledetto.

«Ha detto nulla?», chiese Grifo, mentre si chinava sul cadavere e osservava perplesso il dardo piantato nella nuca.

«Non una parola».

Grifo si rialzò e aprì l'anta della finestra. Agguantò il dardo conficcato nel legno e, storcendo le labbra per lo sforzo, lo staccò. Lo osservò, lo soppesò e lo infilò nella bisaccia.

«Ma com'è successo, Grifo?».

L'uomo guardò il volto pallido della donna, le labbra strette per evitare che tremassero, le palpebre che battevano febbrilmente: in quel momento tutta la sua sicurezza era scomparsa, sostituita dal bisogno di pace e di conforto. Provò per lei un'improvvisa tenerezza, il desiderio di proteggerla e di salvarla.

«Adesso dobbiamo andare, signora, prima che arrivi una ronda».

«Prendi i fogli».

Grifo le lanciò un'occhiata da cui traspariva tutta la sua disapprovazione. Pareva dicesse: "Ma non ne hai ancora abbastanza?".

Leonia capì e ripeté, con gentilezza: «Prendi i fogli, per favore».

Lui restò indeciso per qualche secondo, poi obbedì, li impilò e li arrotolò con delicatezza. Quindi afferrò Leonia per un braccio e fece per portarla fuori, ma si bloccò. Afferrò una brocca d'acqua che aveva visto su uno sgabello e la vuotò in terra, sopra una chiazza del sangue di Bonsanti.

«Perché?», chiese Leonia.

«Perché l'orlo del vostro vestito è passato su quella macchia e ha lasciato delle strisce sul pavimento. Qualcuno potrebbe capire che qui c'è stata una donna».

«Hai ragione. Ma abbiamo dimenticato un'altra cosa, molto più importante. I pezzi d'oro!».

Grifo si guardò attorno, esasperato. Le monete erano sparpagliate a terra. Si chinò a raccoglierle, febbrilmente, mentre il sudore gli si gelava sulla fronte. Aprì persino la mano dello stampatore, dove trovò una moneta lucente. Poi strinse il braccio di Leonia e la condusse fuori.

Passarono sotto l'insegna della Salamandra. Leonia pensò, mentre sgattaiolavano nella notte, che quell'animale aveva la capacità di attraversare le fiamme rimanendo illeso: il povero Bonsanti non aveva avuto la stessa abilità.

11

Il mattino dopo ricominciò a piovere. Il Tevere si gonfiava, trasportando a valle tronchi d'albero e carcasse d'animali. Prese a circolare la voce che presto ci sarebbe stata un'altra esondazione, come quella che proprio un anno prima aveva distrutto buona parte del ponte di Santa Maria, già rinominato "ponte Rotto".

Grifo spedì un servo, senza livrea per evitare ogni possibilità di identificazione, a curiosare dalle parti della stamperia, per sapere qualcosa sulla piega che prendevano le indagini. Leonia, nel frattempo, aveva bruciato il prezioso vestito macchiato di sangue e si era immersa, con una freddezza che Grifo non poté fare a meno di ammirare, nello studio della copia incompleta dell'*Alfabeto di Erode*.

«Faremmo meglio a lasciare Roma, signora. Oggi stesso», aveva suggerito il turco.

Leonia l'aveva guardato duramente: adesso, a differenza della notte prima, non ispirava più istinti protettivi. Pareva benissimo in grado di proteggersi da sola.

«Nessuno può metterci in relazione con il delitto, Grifo, almeno non subito. Inoltre abbiamo i salvacondotti dell'imperatore: non è così facile metterci le mani addosso».

«Re Rodolfo gode di una cattiva fama tra i cattolici, signora, e papa Clemente non mi pare un modello di diplomazia.

I salvacondotti potrebbero addirittura essere un'aggravante, proprio perché portano la sua firma».

«Sangue freddo, mio caro Grifo. Il peggio è passato e io intendo studiare bene queste carte, per ora».

«Per scoprire l'ingresso dell'inferno?», l'aveva freddata lui, lasciandola poi sola nello studio. Era inutile aggiungere che i birri pontifici avrebbero potuto facilmente collegare Bonsanti a loro, se solo uno degli operai avesse detto di aver portato alcuni messaggi al palazzo, nei giorni scorsi.

Quando, sotto una pioggia stillante, il servo arrivò a via de' Banchi, dovette faticare a farsi strada tra la gente che si ammassava davanti alla stamperia. Nei pressi, era ferma la carrozza di monsignor Ferrante Taverna, Governatore e Vice Camerlengo di Roma, attorniata da un gruppo di alabardieri. Il fatto che il governatore fosse venuto di persona a visitare il luogo del delitto, la folla che si assiepava nei dintorni e la robusta presenza di *menanti*, i gazzettieri che riempivano delle più bizzarre notizie i loro Fogli, poi letti nelle varie corti d'Italia e d'Europa, stavano a significare che l'assassinio di Bonsanti era qualcosa di diverso dai soliti fatti di sangue che spesso macchiavano Roma.

Il cadavere dello stampatore era stato scoperto la mattina dagli operai, che avevano subito chiamato i birri, i quali a loro volta avevano avvertito il caporione, e così fino a monsignor Taverna.

I tre apprendisti, i due compositori e il torcoliere furono interrogati dal monsignore in persona, mentre i birri perquisivano in modo confuso il laboratorio e l'abitazione di Bonsanti al piano superiore. La prima cosa che notarono fu che non era stato rubato nulla: infatti, avevano rinvenuto diversi denari sotto una mattonella nella stanza da letto.

«Eccellenza, guardi qui», disse un birro, barba ispida e denti guasti, mostrando su una mano callosa e dalle unghie ornate di mezzelune nere il dardo estratto dalla nuca di Bonsanti.

Taverna studiò accigliato l'oggetto, che presentava sgradevoli incrostazioni di sangue, senza toccarlo.

«Affilato e acuminato», commentò. «Ma come è stato lanciato? Troppo piccolo per una balestra...».

Il birro scrollò le spalle e Taverna, congedato l'uomo con un cenno della mano inanellata, tornò a rivolgersi al torcoliere, che stava raccontando qualcosa di interessante.

L'uomo spiegò che Bonsanti era rimasto fino a tarda ora chiuso nel laboratorio, nelle notti passate, cosa che non aveva mai fatto prima. Se ne era accorto passando mentre tornava dall'osteria e notando la luce che filtrava attraverso le ante delle finestre.

«E non hai sbirciato dentro?», chiese Taverna. Fece cenno a qualcuno di chiudere la porta, poiché da fuori veniva un baccano infernale. Intanto, nel laboratorio i birri vagavano, rovistando come volpi in un pollaio abbandonato.

«Le ante erano chiuse. Tutte chiuse, eccellenza».

«E che faceva, secondo te, il vecchio Bonsanti?»

«Secondo me stampava».

«Stampava?».

Il torcoliere aveva avuto quell'impressione perché il giorno successivo il torchio odorava di inchiostro fresco, anche se era ben pulito. Era difficile nascondere del tutto un lavoro di stampa, anche se era evidente che Bonsanti ci aveva provato.

Taverna ruminò la questione: le stampe fatte di nascosto erano sempre un affare losco. Alla fine ordinò ai birri di cercare più attentamente, in particolare fogli impressi di fresco.

«Guardate che ho trovato, eccellenza!», gridò un altro birro, alzandosi da terra. Era vicino al tavolo presso una finestra, e tra le dita gli brillava un pezzo d'oro. Sorrideva soddisfatto, mostrando la bocca priva dei due incisivi. In quell'atteggiamento, sembrava che se li fosse appena strappati e li mettesse in mostra.

«Guarda un po', un pezzo d'oro!», esclamò Taverna. Si rivolse agli operai: «E a terra, per di più. Sembra che il vostro principale fosse un uomo poco legato al denaro, non trovate?».

Tutti si guardarono perplessi, senza dire niente.

«Qui c'è qualcosa che non va», continuò Taverna. «Pare proprio che Bonsanti lavorasse a qualche opera di cui non voleva mettervi a parte. Come mai, secondo voi?».

Gli operai cominciavano a sudare. Capivano bene i ragionamenti di monsignor Taverna, che prima di assurgere alla carica di Governatore era stato inquisitore.

«Noi non sappiamo niente, eccellenza», rispose il torcoliere. «Nessun libro meno che lecito è mai uscito da quel torchio, in tanto tempo che lavoriamo qui!».

«E la fama della stamperia è infatti cristallina. Ma il diavolo non cessa mai di tentare gli uomini, e spesso riesce nell'intento di dannarli».

Uno degli apprendisti, terrorizzato, tentennò e infine disse, rivolto al torcoliere: «Pietro, di' a sua eccellenza del Maestro del Monogramma!».

Taverna socchiuse gli occhi e si impietrì. I birri, accorgendosi del cambiamento sul volto del Governatore, si fermarono. Dalla finestra aperta davanti al tavolo, nei cui pressi giaceva ancora Bonsanti, si sentiva cadere la pioggia.

«Cos'è questa storia del Maestro del Monogramma?», sibilò Taverna, avanzando di un passo. «E voi, tornate a perquisire tutto! Avanti!».

Come liberati da un incantesimo, i birri tornarono a rovistare, le orecchie ben allungate per non perdere una parola.

Pietro raccontò che un uomo e una donna, di alto lignaggio, erano venuti qualche giorno prima a parlare con Bonsanti, il quale sembrava piuttosto intimorito. A un certo punto, si erano allontanati tutti e tre e avevano continuato a parlare fuori, nel cortile dietro il laboratorio. Sembrava che i due fossero interessati a un libro, e durante la conversazione era saltato fuori questo nome, il Maestro del Monogramma per l'appunto.

«E nessuno di voi ha inteso i nomi di questi due signori di alto lignaggio?», chiese Taverna, sempre più accigliato.

I lavoranti si guardarono e Pietro rispose per tutti: «No. Però erano stranieri, anche se parlavano bene la nostra lingua. Quanto all'uomo, era un Cristo grande e grosso e pareva un ottomano, anche se aveva una croce al collo. Stava quasi sempre zitto, parlava solo la donna».

Taverna memorizzò le informazioni: quei due tizi potevano o meno avere a che fare con la morte del vecchio, ma il Governatore propendeva per il sì. Avevano accennato al Maestro del Monogramma, e Bonsanti, pochi giorni prima di essere ucciso, stampava di nascosto. Quindi, bisognava trovarli, e per grazia divina non erano persone che potessero passare inosservate, soprattutto l'ottomano. Avrebbe sguinzagliato le sue spie per tutta Roma, e qualcosa sarebbe presto saltato fuori.

Se solo il giovane apprendista che stava zitto, ascoltando gli altri a testa bassa, avesse rivelato di essere andato in un certo palazzo dalle parti di Trinità dei Monti, a portare dei messaggi da parte di Bonsanti a un ottomano, Taverna avrebbe risparmiato del tempo. Ma il ragazzo odiava i birri pontifici, perché era figlio proprio di uno di loro, che aveva usato violenza alla madre. E lui era nato proprio da quello stupro. Non a caso Bonsanti sceglieva sempre quel ragazzo per le commissioni molto delicate. Sapeva che non avrebbe mai rivelato nulla, ai birri.

«Governatore!».

Taverna sussultò al richiamo e rispose malamente. Ma quando il birro gli portò due fogli arrotolati, che aveva trovato in un baule sotto uno dei tavoli da lavoro, capì che aveva avuto ragione a gridare così eccitato per la propria scoperta.

I due fogli avevano attirato l'attenzione del rozzo poliziotto perché ognuno di loro raffigurava, con dovizia di particolari, l'assassinio di un bambino, il cui nome era scritto sulla tavola, in alto, con l'iniziale grande ed elaborata; ma lasciò di stucco monsignor Taverna perché, da inquisitore, sapeva bene quel che aveva davanti.

12

Taverna scrisse in tutta fretta un'informativa al prefetto dell'Inquisizione, affermando di essersi imbattuto, nel corso dell'indagine per la morte violenta dello stampatore Ilario Bonsanti, in un riferimento all'eretico Maestro del Monogramma, ovvero Marcello Morosini, autore di opere blasfeme e soprattutto dell'esecrando testo denominato *Alfabeto di Erode*. Era un fatto acclarato che Bonsanti stesse lavorando in gran segreto, nei giorni immediatamente precedenti la morte, alla stampa di un libro: i due fogli che allegava all'informativa confermavano quest'ipotesi, essendo con ogni evidenza due pagine del libro che si riteneva sradicato dalla faccia della Terra.

A quel punto, l'assassinio dello stampatore trovava il suo movente nella negromanzia. Era opportuno che polizia pontificia e Sant'Uffizio procedessero congiuntamente per individuare i responsabili, che forse si sarebbero dovuti presentare davanti a un tribunale diverso da quello penale. Chiedeva infine che venissero consultati i verbali relativi al processo de Rais, nel corso del quale era emersa l'esistenza dell'*Alfabeto*, e che gliene venisse fornita copia.

Su quest'ultima richiesta Taverna aveva seri dubbi: non sulla possibilità di avere copia dei verbali, ma che quei verbali esistessero ancora. Già all'origine doveva trattarsi di scarni documenti provenienti dalla Francia; in più, nel 1559, la folla romana aveva salutato con giubilo la morte del dispotico Paolo IV Carafa, decapitando la sua statua in Campidoglio, assaltando le carceri del Sant'Uffizio e bruciandone gli archivi. Sembrava che ci fosse un segreto complotto perché di Marcello Morosini e del suo libro non restasse che un *flatus voci*. Eppure, a distanza di oltre un secolo dalla sua morte, si manifestava di nuovo, accompagnato dal sangue di uno stampatore. Era questo, il principale motivo per cui Taverna voleva coinvolgere l'Inquisizione. La città aveva più tribunali che chiese, dalle competenze confuse e sovrapposte, e spesso capitava che un tribunale cominciasse una causa e venisse proseguita da un altro e conclusa da un altro ancora. Taverna era a capo del Tribunale del Governatore; ma c'erano anche il Tribunale del Campidoglio, la Curia di Borgo, la Curia Savelli, il Tribunale dell'Auditor Camerae e quello della Segnatura. E, sopra tutti e più potente di tutti, c'era il Tribunale del Sant'Uffizio.

La supremazia di quest'ultimo tribunale faceva comodo a Taverna: se il Sant'Uffizio avesse preso in carico l'affare Bonsanti, lui avrebbe dormito sonni più tranquilli. Aveva già il suo bel daffare a organizzare il servizio di sicurezza perché il Giubileo si svolgesse senza che qualche esaltato luterano si mettesse a compiere atti eretici o attentati.

Da parte sua, il prefetto della Congregazione lesse l'informativa e fece esaminare con cura i due fogli, nei quali vennero subito individuati precisi riferimenti alchimistici ed ermetici, oltre alla nefandezza esplicita dei disegni. L'archivio, come aveva supposto il Governatore, non conservava nulla: quel che si sapeva su Morosini e sul suo *Alfabeto* era affidato alla sola memoria, resa ipertrofica dalla leggenda.

Il caso fu portato all'attenzione della Congregazione nel corso del primo incontro utile tra gli inquisitori generali, a cui era presente anche il cardinal Bellarmino. Presto si sarebbe dovuta discutere la data per l'abiura di Giordano Bruno, cui nessuno credeva.

Non appena venne letta la relazione del Governatore, Bellarmino pensò subito a padre Ascanio e alla profezia, e si drizzò sullo scranno. Anche il cardinale, come Bonsanti, non credeva nelle coincidenze, bensì in un Punto Ordinatore che rendesse palesi i segreti legami tra gli eventi: e l'improvvisa irruzione a Roma di un testo negromantico in cui si parlava del massacro di bambini innocenti non poteva essere una coincidenza. Poi, quando un inquisitore aveva ricordato l'interesse del Maestro del Monogramma per i sotterranei e la sua probabile filiazione all'Accademia Romana di Pomponio Leto, il segreto legame era diventato evidente.

Gli innocenti e i sotterranei!

C'è l'inferno, e Roma vi è costruita sopra...

Gli innocenti tremeranno tra fredde mura...

No, non poteva trattarsi di coincidenza.

Fu così che, non appena fu deciso che l'inchiesta venisse avocata al Sant'Uffizio, il cardinal Bellarmino si schiarì la voce e, senza tradire quel che padre Ascanio gli aveva rivelato – lui stesso avrebbe potuto essere criticato per aver celato una profezia malvagia – fece il nome del domenicano dal naso d'oro come persona in grado di occuparsi della questione.

In quel breve torno di tempo, il Governatore Taverna non era comunque rimasto con le mani in mano. L'indagine sulla morte di Ilario Bonsanti era ancora di sua competenza e non poteva disinteressarsene, anche perché la particolarità del delitto era tale che la sua notizia si era sparsa per Roma come l'acqua che il Tevere aveva l'abitudine di vomitare nelle strade della città.

In qualità di responsabile del tribunale, incaricò lo scrupoloso notaio criminale Fusella di presiedere alle indagini. Fusella si gingillò un poco con il dardo metallico che si era piantato chissà come nella nuca della vittima, ascoltò fabbri e armaioli, ma tutti si strinsero nelle spalle: nessuno sapeva dire come fosse stato inferto il colpo. L'oggetto era troppo piccolo e poco maneggevole per poterlo piantare con la mano, come fosse uno stiletto, e anche troppo piccolo per essere lanciato con una balestra o, peggio ancora, con un arco.

Quindi Fusella interrogò da capo i lavoranti della stamperia e, come Taverna, capì subito che l'unico appiglio che aveva erano i due bizzarri individui che si erano recati da Bonsanti, la donna e l'ottomano. Sguinzagliò le spie: dovevano cercare due stranieri, di cui uno alto e grosso, vestito in foggia esotica, forse turco. Non erano persone da passare inosservate, e dalle descrizioni erano troppo danarose per sistemarsi in piccole locande. Rimanevano gli alberghi più dispendiosi, le ambasciate, i palazzi signorili.

Fusella visse l'attesa nell'ansia che i due fossero ospitati in un'ambasciata, o nelle case di pertinenza sparse per Roma, o in alcuni palazzi signorili che godevano di particolari franchigie: in questo caso, arrivare a loro sarebbe stato impossibile.

Nello stesso giorno in cui Bellarmino prendeva la parola al consiglio per suggerire che Ascanio avrebbe potuto egregiamente occuparsi della questione di Morosini, una spia si presentò con un sorriso al notaio criminale dicendogli di aver forse trovato i due. Vivevano in un palazzo presso Trinità dei Monti.

Fusella avvisò il Bargello, e un gruppo di uomini armati si

fece presto largo per le vie di Roma frustate dalla pioggia, guidato dalla spia che aveva la bisaccia gonfia di monete sonanti. Con quel tempo, per strada si incontravano solo gli accattoni organizzati in bande e i disperati che non avevano un posto dove ripararsi, ma appena si avvicinava il drappello di birri, correvano qua e là come scarafaggi impazziti, prima di ricompattarsi e scomparire nei vicoli laterali.

La spia alzò la mano. Il drappello si fermò e Fusella, schermandosi dalla pioggia con la mano, mise il capo fuori dalla carrozza.

«È questo!», fece la spia.

Fusella diede un'occhiata: si era già informato e sapeva che il grigio palazzo era di proprietà dell'ambasciata boema, come nelle sue peggiori previsioni. Ma scese lo stesso dalla carrozza e corse dentro il portone spalancato, facendosi scortare solo da tre uomini le cui armi tintinnavano a ogni passo: la musica più temuta in città.

Nel cortile c'erano solo pozze d'acqua sforacchiate dalla pioggia. Tuttavia, per le scale, aveva intravisto dei rapidi movimenti. Qualcuno doveva aver sentito avvicinarsi i birri.

«Per ordine di Sua Santità e del Tribunale di sua eccellenza il Governatore di Roma! Che qualcuno si mostri!», gridò Fusella.

Tese l'orecchio e sentì un brusio di voci confabulanti per la scalinata. Avanzò di un passo e gridò di nuovo la formula di rito, che echeggiò per il cortile. Un nitrito gli rispose in lontananza.

«Subito, subito!», rispose infine una voce tentennante.

Fusella attese impaziente. Ripassava le scarne informazioni di cui era in possesso: la donna si chiamava Leonia e il turco pareva essere un convertito al cattolicesimo, di nome Grifo. Non erano ambasciatori, ma lavoravano comunque per

Rodolfo II, il re pazzo, e si trovavano a Roma da qualche mese. Pareva che il loro lavoro consistesse nel vaglio e acquisto di opere d'arte per le collezioni imperiali. Ma poiché era ben noto che Rodolfo era un mago e un eretico, finito chissà come proprio sul trono del Sacro Romano Impero, una relazione con l'*Alfabeto* non si poteva certo escludere.

Il notaio criminale sospirò, pensando alla partita difficile che avrebbe dovuto giocare con quei due, posti com'erano sotto la protezione di Rodolfo. Ma perché diavolo non si limitavano quelle maledette franchigie? Pareva che la giustizia papale si preoccupasse molto dei diritti degli altolocati, e nulla affatto del resto del mondo.

Uno scalpiccio affrettato lo sottrasse a quelle irrispettose riflessioni.

Fusella si trovò davanti un valletto in livrea, compunto e un po' intimorito.

«Ai vostri ordini», disse con un cenno d'inchino.

«Sono il notaio criminale Fusella. Cerco i tuoi padroni, madonna Leonia e un uomo di nome Grifo. So che sono qui».

«Per...».

Il notaio alzò una mano e disse, imperioso: «I motivi non ti riguardano. So che questo palazzo è di pertinenza dell'ambasciata boema, ma ho bisogno di parlare con questi signori. Posso lasciare qui le guardie e seguirti da solo, mi sembra più consono. Guidami».

Il valletto deglutì, chiaramente a disagio di fronte a quell'autorità e non istruito su come comportarsi e quali fossero le leggi. Ma alla fine si chinò di nuovo e spiegò, in tono esitante: «Perdonate, eccellenza, ma non posso soddisfare il vostro desiderio. I signori di cui chiedete hanno lasciato il palazzo ieri pomeriggio».

«Lasciato il palazzo! Per dove? Cosa vi hanno detto?»

«I signori non hanno dato spiegazioni, eccellenza, ma hanno fatto preparare diversi bauli. Da quel che credo, hanno lasciato Roma».

Nello stesso momento in cui Fusella restava sotto il portone, oasi asciutta in una città allagata dalla pioggia, con la bocca spalancata per la sorpresa e il disappunto, la Congregazione spediva un messaggio a padre Ascanio, con l'ordine di presentarsi davanti a uno degli inquisitori generali per essere edotto su una nuova indagine di cui avrebbe dovuto occuparsi.

Ma anche il messo, come Fusella, arrivò troppo tardi.

Padre Ascanio aveva appena avuto una notizia terribile e si era precipitato fuori dal palazzo del Sant'Uffizio.

13

Il pomeriggio precedente, una carrozza aveva attraversato Roma in fretta. Alla guida c'era un uomo alto, imponente, che indossava un cappellaccio calato sugli occhi e un mantello nero e si teneva curvo per diminuire l'imponenza del fisico. Le finestrelle della carrozza avevano le tendine tirate.

Il veicolo arrivò a piazza del Duca, si diresse verso via Giulia e qui entrò di gran carriera nel cortile del palazzo di Prosdocimo Alfani. Due uomini, che erano di guardia ai lati del portone, si rizzarono stupiti e seguirono in fretta la carrozza, chiamando a gran voce Marcello.

L'uomo scese in fretta la scalinata del palazzo, la mano sul pugnale, mentre la carrozza si fermava e il conducente balzava a terra con un salto. Impaurito dall'arrivo del veicolo, un vortice di piccioni iniziò a battere impazzito le ali, cercando rifugio sui davanzali delle finestre e nelle nicchie delle pareti. Piume disperse scendevano lente nell'aria serale.

Marcello arrivò nel cortile nello stesso istante in cui Grifo si liberava del cappello e del mantello, rivelandosi.

Marcello e gli altri due rallentarono il passo, sorpresi e guardinghi a un tempo.

«Che cosa accade?», gridò intanto Alfani, che si era affacciato a una finestra. Poi riconobbe Grifo e restò a bocca aperta. «Marcello, aspetta! Scendo subito!».

Il turco, guardandosi attorno per controllare i movimenti di Marcello e dei suoi, aprì il portello della carrozza, abbassò il predellino per far scendere Leonia.

Intanto i tre sgherri si erano disposti attorno alla carrozza, restandone però a debita distanza. Marcello fissava Grifo negli occhi e pareva volerlo sfidare a sostenere il suo sguardo: ma dopo qualche secondo, il turco scrollò le spalle come se il gioco lo annoiasse e tirò fuori un baule dall'interno dell'abitacolo, posandolo poi sul selciato.

Offeso, Marcello fece un passo avanti, ma in quel momento arrivò trafelato Alfani.

«O Signore mio, che accade qui? Fermo, Marcello, non ricordi i signori? Madonna Leonia! Ma cosa...».

«Buonasera, caro Alfani», gli sorrise la donna. «Come vanno gli inventari? Avete trovato altri oggetti interessanti?».

«Buo... buonasera, signora. Ma posso chiedervi... voglio dire, ho udito la vostra carrozza precipitarsi nel mio cortile come un proiettile. È successo qualcosa?».

Leonia guardò Grifo perplessa, come se non capisse ciò di cui parlava lo stimatore pontificio, e poi riappuntò lo sguardo su Alfani.

«Ma, caro Alfani, mi pare evidente: non volevo rispondere in ritardo al vostro cortesissimo invito!».

Alfani cominciò a sfregarsi le mani mentre guardava dapprima i suoi uomini, poi Grifo, poi di nuovo Leonia, sperando che qualcuno potesse spiegargli cosa stesse accadendo.

Fu allora che la donna lo prese sottobraccio e lo condusse poco lontano, sotto gli occhi perplessi della soldataglia e quelli impenetrabili del turco, che accarezzava i due cavalli della carrozza.

«Per una serie di circostanze impreviste», disse Leonia sottovoce, «ho dovuto lasciare il palazzo di Trinità dei Monti. D'altra parte, ho l'assoluta necessità di restare a Roma ancora per qualche giorno, in pace, lontana da occhi indiscreti. Avrete notato come Grifo si sia camuffato per nascondere il proprio singolare aspetto».

L'imbarazzo di Alfani era così evidente che Leonia ne avrebbe quasi provato pena, se non avesse conosciuto che tipo d'uomo fosse lo stimatore. Le guance gli si erano imporporate e le labbra tremavano, mentre cercava di coordinare una risposta.

«Ma, signora... io... quali imprevisti?»

«Saggia domanda, messere. Avrete certo saputo della morte violenta del povero Ilario Bonsanti...».

«Certo. Ebbene?», farfugliò, mentre nel cervello la situazione si incupiva di minuto in minuto.

«Purtroppo, accade che io abbia avuto a che fare con lui, poco prima della sua dipartita. Di conseguenza, è facile immaginare che i suoi operai abbiano informato i birri della nostra presenza nella sua stamperia, e dell'oggetto della discussione».

Era stato Grifo, a forza di ripetere quell'argomento e confortato anche da ciò che il servo aveva saputo il giorno della scoperta del cadavere, a convincere Leonia che presto o tardi i birri si sarebbero messi sulle loro tracce, e che era opportuno lasciare Roma.

Ma la donna non aveva affatto intenzione di lasciare la città: aveva scoperto qualcosa, studiando le incisioni dell'*Alfabeto*, e intendeva partecipare a una festa cui era stata invitata. Perciò, aveva pensato bene di rifugiarsi da Alfani.

Lo stimatore deglutì, prima di chiedere: «E di cosa avevate discusso, se posso sapere?».

Leonia fece un gesto sbarazzino: «Oh, naturalmente di Marcello Morosini e dell'*Alfabeto di Erode*». E poiché Alfani aggrottava le sopracciglia, cercando di afferrare dalla memoria qualche riferimento utile, la donna spiegò: «Marcello Morosini era il proprietario del teschio che mi avete venduto. E l'*Alfabeto di Erode* è un trattato di negromanzia che il pittore illustrò oltre un secolo fa. Ne-gro-man-zia. Capite, ora?».

Alfani strabuzzò gli occhi e fece un passo indietro: «Signora, voi vi state prendendo gioco di me!».

«Niente affatto. Sapete che non sono adusa agli scherzi».

«Dio mio, i birri pontifici sanno che avete discusso con Bonsanti di negromanzia? Poco prima che morisse assassinato? Ma è inaudito!».

«Posso assicurarvi che non ho nulla a che fare con la sua morte».

«Ma non è affatto questo il punto!», gracchiò Alfani, battendo stizzito un piede in terra. «Io non posso proprio darvi asilo, signora, me ne dispiace, ma non voglio essere immischiato...».

Gli occhi di Leonia si indurirono. Abbassò la voce e insinuò: «Ma voi siete *già* immischiato, messere, e nascondermi nel vostro palazzo con la massima riservatezza è proprio ciò che dovete fare, per la vostra stessa sicurezza. Capite?»

«Niente affatto!».

«Permettetemi di spiegarvi. Non conosco altri che voi che possa darmi rifugio. Tra l'altro, è probabile che questo palazzo, essendo voi un fidato stimatore pontificio, sia protetto da franchigia...».

«Questo è vero. Però...».

«Fatemi concludere. È ben difficile che qualcuno possa arrivare a scoprire che sono vostra gradita ospite...».

«Impossibile!».

«...E se pure ci arrivasse, voi potreste tenermi alla larga dai birri. Ma – non mi interrompete, per favore – se voi non mi ospitaste, io potrei essere acciuffata».

«Anche il vostro palazzo è protetto da franchigia!».

«Sì, ma si sarebbe creata una situazione delicata. Per i prossimi giorni, io voglio e devo essere libera di muovermi come voglio, e non potrei con la sbirraglia ad assediarmi. Fatemi dunque finire: se io fossi catturata, dovrei spiegare perché mi interesso a Marcello Morosini, un artista e negromante esecrando, il cui *Alfabeto* è stato bruciato dall'Inquisizione. E dovrei quindi rivelare che voi mi avete venduto un teschio orribile, deforme, che avete trovato in casa di Francesco Cenci accanto a un saio di chissà quale setta; teschio che è proprio quello di Morosini. Capite in che situazione vi trovereste, messer Alfani? Sarebbe seccante se si venisse a sapere che uno stimatore vende di soppiatto oggetti trovati nelle proprietà da stimare, oggetti peraltro collegati alla magia nera. Senza considerare che i birri potrebbero apprendere anche che un vostro servo, trovato morto nel Tevere con la lingua tagliata, aveva parlato troppo e così Bonsanti era venuto a conoscenza del teschio».

Leonia si interruppe e sorrise al vecchio, che la guardava raggelato.

I piccioni tubavano tranquilli sopra di loro, nel silenzio che era caduto nel cortile.

«È la fine...», sussurrò Alfani, scuotendo il capo e con le lacrime agli occhi.

«No, messere, voi non correte alcun rischio, se nessuno viene a sapere che io e Grifo siamo qui. Esortate al silenzio i vostri uomini e i vostri servi e vedrete che tutto andrà per il meglio: è anche nostro interesse». Leonia rifletté e aggiunse, con un lampo nello sguardo: «No, a ben vedere non c'è bisogno di istruire i vostri servi. Di certo sanno già cosa accade a chi parla troppo, non è vero?».

La donna non attese la risposta di Alfani. Si allontanò di qualche passo, avvicinandosi a Grifo. Poi si fermò e aggiunse: «A proposito di servi e di quel che capita loro...».

«Cosa, ancora!», sbottò Alfani.

«Tenete a bada i vostri cani da guardia», continuò Leonia, facendo un cenno verso Marcello e i suoi. «Se ci capitasse qualcosa di sgradevole, sappiate che l'imperatore è già stato informato della vostra ospitalità. E nessuna franchigia può mettervi al riparo da Rodolfo, che tiene molto alle sue collezioni e agli emissari che le incrementano».

14

Santa Maria Maddalena era una chiesa consacrata appena quindici anni prima e assegnata alla Compagnia della Carità per le Donne Convertite.

Le convertite erano le prostitute che la Chiesa, pur non impedendo la prostituzione ma anzi tassandola, cercava di redimere. In quest'opera meritoria era aiutata da pie donne altolocate che, grazie a questa nobile missione, si assicuravano un posto in Paradiso, poiché san Giacomo aveva detto: «Colui che salverà un peccatore, salverà la propria anima». Le redente erano alloggiate in un monastero contiguo alla chiesa, e spesso venivano visitate dalle matrone romane.

Lì accanto, sorgeva anche lo Spedale dei Fanciulli Spersi. Vi trovavano accoglienza oltre cento bambini strappati dalla strada. Il fondatore, Giovanni Cerusi, aveva girato per le vie di Roma vestito di stracci e a piedi nudi, con una corona sul capo, finché non era morto. Sottraeva i fanciulli all'abbandono, dava loro riparo e anche la possibilità di guadagnare qualcosa. Li aveva armati di scope e spediti a spazzare le strade davanti ai palazzi e alle botteghe, e i nobili e gli artigiani e i cardinali avevano preso l'abitudine di ricompensarli con qualche moneta. Dopo la morte di Cerusi, la sua pia opera era finita sotto l'ala protettrice del papa, fino a diventare un punto di riferimento per i poveri ragazzi romani.

Ascanio trovò padre Tarcisio ad attenderlo davanti al portone dello Spedale, pallido, una virgola di capelli incollata sulla fronte lucida. Cadeva adesso una pioggia meno violenta, a fili lunghi.

«Eccovi qui!», disse non appena vide arrivare il domenicano.

«Sono partito appena ricevuta l'ambasciata. Parlate, presto!».

«È come vi ho accennato tramite il mio canonico», spiegò Tarcisio, prendendo per un braccio Ascanio e spostandolo per far passare un carro pieno di verdura. Solo allora si resero conto che pioveva e ripararono nel portone dello Spedale. «Stamattina ci siamo accorti della scomparsa dei bambini e mi sono ricordato di quel che ci avevate raccomandato, nel caso in cui...».

«Quando è successo? Come?», tagliò corto Ascanio.

«Eh, quand'è successo! Noi ce ne siamo accorti stamattina, ma non lo sappiamo con certezza». Tarcisio lesse lo sguardo incredulo di Ascanio e subito spiegò: «Caro padre, allo Spedale trovano riparo oltre cento bambini, tra i sei e i dodici anni. Lo sapete che cosa significa? Qui ogni giorno c'è il sacco di Roma, altro che storie! È impossibile rendersi conto di tutto quel che succede».

Ascanio sospirò e disse: «E allora chiedete ai loro amici! Avranno degli amici, no?».

«È quello che abbiamo fatto, padre! È così che abbiamo scoperto che quattro bambini...».

«Quattro!».

«Sì, sono scomparsi. Pare sia successo ieri. Ieri sera non sono rientrati, non hanno cenato nel refettorio».

«Avete chiesto ai parenti?».

Tarcisio guardò con compatimento il domenicano: «Ma quali parenti? Questi fanciulli non hanno nessuno».

«Come si chiamano?».

«Questo è davvero bizzarro. Hanno i nomi dei quattro Evangelisti: Giovanni, Luca, Matteo, Marco. Stavano spesso insieme, noi li chiamavamo proprio così: gli Evangelisti. Ma pensate davvero che corrano qualche pericolo?».

Ascanio non rispose. Quattro bambini scomparivano improvvisamente, tutti insieme. Quattro bambini legati da un preciso riferimento evangelico, che non poteva essere estraneo al motivo del rapimento. Purtroppo era probabile che quei fanciulli spersi fossero proprio gli innocenti della profezia di suor Fiammetta, che ora, in quello stesso momento, stavano tremando tra fredde mura, in attesa di essere portati davanti all'ara di Dite e Proserpina, da qualche parte in un sotterraneo del Campo Marzio.

«Padre, cosa avete? Vi sentite male?», chiese Tarcisio, vedendo l'improvviso pallore che aveva colpito il domenicano.

Ascanio si appoggiò contro il muro e respirò profondamente, rassicurando Tarcisio con un cenno della mano.

Gli *Evangelisti*. Il Santo Giubileo contrapposto al Giubileo pagano. Non poteva essere una coincidenza: era la simmetria blasfema della negromanzia, la firma dei demoni e degli uomini perversi che stavano per dare inizio ai loro Ludi Secolari.

E dunque suor Fiammetta non era una pazza, una visionaria. In qualche modo, aveva davvero squarciato il velo del futuro. Semmai era stato Ascanio a sbagliare: la simmetria eretica che aveva posto a base della sua congettura non era corretta. Il Giubileo pagano era iniziato ben prima della vigilia di Natale, cui mancavano ancora una ventina di giorni.

Il domenicano restò immobile a meditare ancora qualche minuto, poi disse: «Avanti, padre Tarcisio, voglio ascoltare di persona gli amici dei quattro, voglio conoscere le loro abitudini, se durante il loro lavoro seguivano percorsi consueti, se avevano fatto strani incontri negli ultimi giorni... mi guidi, forza!».

«Ma... corrono davvero un pericolo? Un pericolo serio?».

Ascanio guardò negli occhi Tarcisio, che faticava a trattenere le lacrime. Si limitò a rispondere, mentre rivedeva ancora il volto emaciato di suor Fiammetta: «Non lo so, padre, non lo so. Andiamo, ora».

15

Il notaio criminale Fusella non si era arreso. Non sapeva ancora che entro poche ore il delitto Bonsanti sarebbe passato ad altro tribunale, e non poteva digerire il peso di essersi lasciato sfuggire Grifo e Leonia per un soffio. Non era nelle sue abitudini.

Quindi spedì i suoi a informarsi presso ogni porta della città: se due tipi somiglianti a Leonia e Grifo avevano abbandonato Roma di recente, certo i doganieri se ne sarebbero ricordati. Forse non era impossibile riacciuffarli, sapendo quale strada avessero preso: erano in carrozza, con due soli cavalli, a quanto gli risultava, e con i bauli. I birri potevano viaggiare più rapidamente e cambiare le cavalcature più spesso, nelle stazioni preposte. Sì, senza dubbio avrebbero potuto metter loro il sale sulla coda, con un po' di fortuna e con dei cavalieri determinati.

Poi approfondì un'idea che gli era venuta quella stessa mattina, mentre correva verso il palazzo dei due fuggitivi. Un'idea semplice, cui non aveva pensato il Governatore Taverna né, fino a quel momento, lui stesso.

Era ormai appurato che Bonsanti lavorava a qualcosa, di notte, in segreto, tanto che aveva badato a pulire il torchio. Dunque non poteva trattarsi che di stampe.

La domanda che ora si poneva Fusella era dove fossero le matrici di incisione. Perché di incisioni doveva trattarsi, non era pensabile che Bonsanti potesse comporre e scomporre da solo una pagina a stampa. Inoltre le due tavole ritrovate nel laboratorio lo confermavano senza dubbio.

Seguendo questa pista, si fece portare di nuovo alla Salamandra e interrogò di nuovo gli operai, che stavano finendo le ultime commesse.

«Il magazzino?», ripeté il torcoliere alla domanda di Fusella.

«Il magazzino, sì, come lo chiamate? Dove le conservate, le matrici? Non terrete mica tutto qui, in questo stanzone, no?».

L'operaio spiegò che esisteva in effetti un magazzino dove conservavano per l'appunto i materiali per il lavoro e anche, all'occasione, matrici e altro.

«Perché non l'avete detto al signor Governatore?»

«Perché non ce l'ha chiesto».

«Bene, adesso te lo chiedo io. Andiamo, voglio vederlo».

Il drappello marciò sotto lo sguardo sospettoso e curioso della gente, che vedeva il torcoliere a fianco di alcuni birri e di un notaio criminale e si chiedeva se l'assassino di Bonsanti non fosse già stato catturato.

Svoltarono per una stradina laterale e l'operaio tirò fuori una grossa chiave che inserì nella serratura di un pesante portone di legno rinforzato, facendola scattare.

Scendendo un breve pendio, si ritrovarono in un ambiente basso, cupo, ingombro di casse, bauli, travi di legno marce, un dipinto scrostato in un angolo, stracci per terra. Nonostante un paio di finestrelle con delle inferriate ricamate di ragnatele, c'era odore di muffa e di veleno per topi, che tuttavia si sentivano sgambettare nel buio.

«Aspettate, non proseguite», disse Fusella ai suoi. E rivolto al torcoliere: «Qualcuno di voi è venuto qui di recente?»

«No, da diversi giorni non ci mette piede nessuno».

Fusella fece accendere una torcia: il pavimento era di terra battuta e lui sperava che qualche traccia recente potesse condurlo al nocciolo della ricerca. Grazie a Dio, la porta chiudeva bene e, nonostante il lieve pendio, la pioggia non era penetrata nel locale.

Le tracce c'erano. Segni, per lo più, come di qualcosa di pesante che fosse stato trascinato. Fusella le seguì, girò dietro una catasta di vecchi libri rosicchiati dai topi e arrivò a un involto poggiato contro il muro e coperto da un lenzuolo, sul quale non c'era il velo di polvere che ammantava tutto. Fusella scostò il telo, avvicinò la torcia e capì subito di trovarsi davanti alle incisioni relative a quel libro di cui Taverna aveva trovato due fogli nella stamperia. Le contò. Erano molte più di due, si trattava di tutto il libro. Di certo, era questo che Bonsanti aveva stampato di nascosto.

«Tu!», gridò al torcoliere, che si fece avanti spaurito. «Voglio subito una stampa di queste incisioni. Alla svelta. È chiaro? I miei uomini aspetteranno qui e mi porteranno i fogli in tribunale».

Fusella piantò tutti nel magazzino e uscì all'aria aperta, che odorava di pioggia fresca. Aveva fretta di tornare dal governatore a riportargli i suoi successi.

Rimase quindi un po' deluso quando monsignor Taverna, dopo aver ascoltato il rapporto del notaio, annuì e disse: «E bravo Fusella! Ma non perdiamo più tempo su questa rogna, ho appena saputo che se la gratterà il Tribunale dell'Inquisizione. Appena avrai tra le mani la copia del libro, mandalo alla Congregazione. E adesso, vediamo un po' come evitare che nei prossimi mesi i nostri pellegrini ingolfino il ponte di Castel Sant'Angelo, finendo tutti nel fiume».

16

Un servo del palazzo di Trinità dei Monti aveva appena portato a Leonia un messaggio col quale riferiva che il notaio criminale era andato a cercarli, poche ore prima.

«Avevi ragione, Grifo», fece lei passando il foglietto al turco e immergendosi di nuovo nell'esame dell'*Alfabeto di Erode*.

Si trovavano in un'ampia stanza che fungeva anche da camera da letto, messa a loro disposizione da un afflitto Prosdocimo Alfani, che non faceva che ripetere a tutti di non proferire parola con nessuno della presenza a palazzo di quei due signori. Lo stimatore pontificio aveva passato una notte insonne e, ancora adesso, era dilaniato da un dilemma: rivelare al tribunale il nascondiglio dei due fuggiaschi o tacere? Per la prima volta in vita sua, non riusciva a valutare correttamente vantaggi e svantaggi delle due opzioni. Sapeva che l'unica soluzione sarebbe stata liberarsi degli ospiti, con l'aiuto di Marcello e del suo pugnale, ma quella maledetta puttana gli aveva subito spuntato l'arma, e l'ira di Rodolfo era un deterrente molto efficace. Era in trappola, incapace di muoversi. Doveva soltanto attendere, rodersi il fegato e sperare che tutto andasse per il meglio.

«Era facile prevedere che il Governatore, con le informazioni in suo possesso, ci avrebbe messo poco a individuarci…», disse Grifo.

«Meno male che il messaggero di Bonsanti non ha parlato, altrimenti ci avrebbero preso subito».

«Ci cercheranno comunque, signora», rispose Grifo.

«Mmm», fece lei distratta, mentre sfogliava le incisioni chiazzate di sangue. Le confrontava l'una con l'altra, si soffermava su un simbolo, rifletteva sul profilo di un bambino o di un vecchio, esaminava i riferimenti toponomastici disseminati senza scopo apparente. Grifo studiava i suoi gesti: i denti che mordevano le labbra, le sopracciglia aggrottate, lo scuotimento del capo.

C'era qualcosa che la turbava. Qualcosa di cui non riusciva a venire a capo.

«Voi non siete soddisfatta, signora», disse, come domanda implicita. «Eppure, avete finalmente l'*Alfabeto*».

Leonia gettò i fogli sul tavolo e sbuffò: «È da quando studio questo libro maledetto, dalla notte in cui il povero Bonsanti è stato ucciso, che non sono soddisfatta. E più guardo queste tavole, meno lo sono!».

Grifo si avvicinò di un passo e lanciò un'occhiata ai disegni: il forte contrasto che vi vedeva tra l'amore per il dettaglio artistico e l'odio per la fanciullezza, tra stile e contenuto, gli fece subito distogliere lo sguardo.

«Perché non possiamo portare il libro all'imperatore, senza altri indugi? È per questo, dopotutto, che abbiamo corso tanti pericoli», insistette.

Leonia si appoggiò allo schienale della sedia, sospirando: «Perché ci sono troppe cose che non tornano, Grifo, e non voglio commettere errori. Bonsanti, per esempio: a chi faceva riferimento? Chi gli ha fornito le incisioni?».

«Questo non ha nulla a che fare con il libro in sé», obiettò Grifo.

«Forse sì e forse no», fece lei, voltandosi a guardarlo. «Io devo essere certa di quel che porto all'imperatore. Non ho mai commesso errori e non voglio cominciare ora».

«La domanda su Bonsanti che io mi pongo è invece, chi l'ha ucciso?».

«Non serve a nulla arrovellarsi su questo punto. Non abbiamo alcun elemento, tranne il pianto che dici di aver sentito nel buio, fuori dalla stamperia».

«Ma...».

«Davanti a me, invece, ho degli indizi, ma non riesco ancora a capire di cosa!».

Grifo sospirò. Era inutile cercare di far comprendere a Leonia i rischi che correvano. Pensò di ricordarle che uno dei dardi che aveva ucciso Bonsanti per poco non aveva colpito uno di loro due, se solo lui non avesse istintivamente accostato l'anta della finestra; ma non sarebbe servito a nulla. C'era solo una cosa che tormentava la donna, ed era il libro di Morosini.

«Cos'è che non vi convince?», chiese.

Leonia tentennò, indicando con un gesto di sconforto le incisioni squadernate sul tavolo, e poi disse: «Marcello Morosini è un artista maledetto. Di lui, ho visto solo il dittico delle Gallerie imperiali: le altre opere che rimangono, se pure ne rimangono, sono custodite chissà dove, chissà da chi. E conosco la leggenda dell'*Alfabeto*, naturalmente. Ebbene, questi disegni...».

«Non vi sembrano all'altezza della sua fama?», insinuò Grifo.

Leonia si alzò di scatto, afferrò una mela da una fruttiera e le diede un morso violento.

«Non so. Sono pregevoli, fatti con un certo gusto... ma dovrebbero contenere la sapienza ermetica di un uomo così leggendario? Non ci vedo granché, Grifo. I simboli di cui abbondano non sono nulla di diverso da quelli che traboccano da mille opere di alchimia. Da cosa si è fatto irretire, il barone de Rais, che ha pagato così profumatamente il libro?»

«Forse, dalle chiacchiere di quel Prelati che su di lui aveva un forte ascendente. Insomma, voi temete che l'imperatore possa restare deluso...».

Ma Leonia non ascoltava Grifo, seguiva piuttosto un suo ragionamento.

«Se solo potessi decifrare l'ubicazione di quei sotterranei di cui parlava Bonsanti! Se riuscissi a penetrare nei cunicoli affrescati da Morosini! Se arrivassi a quell'altare pagano, dedicato a Dite e Proserpina...».

Grifo storse la bocca: aveva già sospettato che quello fosse il nuovo brivido che faceva fremere Leonia. Stava per parlare, ma la donna continuò a svolgere il filo delle riflessioni: «...Allora sì che avrei qualcosa per rendere unico questo libro agli occhi di Rodolfo. Tu, Grifo, potresti riprodurre gli affreschi su carta, se si fossero conservati dopo tutti questi anni... e chissà, magari sarebbe persino possibile acquistare il luogo sotto il quale si sviluppa questo singolare inferno progettato dal Maestro del Monogramma!».

«Potrebbe anche essere solo una leggenda, signora».

Leonia abbandonò le sue fantasticherie, guardò sorpresa Grifo e poi disse, fredda: «No. Io ho percepito il sottosuolo, l'umidità e anche il dolore, toccando il teschio di Morosini, non lo dimenticare». Poi riprese tra sé, tornando a sfogliare le incisioni: «"L'entrata dell'Averno". Così ha detto Bonsanti. Morosini ha disseminato in queste tavole l'ubicazione dell'entrata di quei sotterranei...».

Prendeva un foglio, lo esaminava, lo gettava, ne prendeva un altro, poi lo comparava con un altro ancora, seguendo il ritmo dei pensieri, delle associazioni.

«Il problema è che il libro è incompleto!», sibilò tra sé. «Mancano sette tavole, sette! Se il riferimento che cerco fosse tra queste, non ne verrò mai a capo. Guarda, Grifo: questo pare il mulino sul Tevere, presso San Giovanni dei Fiorentini... e questo è ponte Sisto, preciso in ogni dettaglio, solo che nel disegno scavalca un fiumicello in aperta campagna. Cosa me ne faccio? Come dovrei collegarli? E anche questa fontana in lontananza... sì, questa fontana...».

Leonia si interruppe e sbarrò gli occhi, poi li ridusse subito a due fessure mentre rifletteva su un'illuminazione improvvisa. Grifo, che aveva visto il disegno che la donna teneva nella mano tremante, aggrottò le sopracciglia.

Sussurrò: «La fontana dei delfini...».

Leonia annuì. Poi, dopo un lungo minuto, disse: «Sì, la fontana dei delfini. A piazza delle Tre Spade. È certamente la stessa, come ho fatto a non riconoscerla subito? Forse perché qui è circondata da un deserto, invece di essere inserita nell'ambiente consueto di piazza delle Tre Spade... Guarda, una vecchia vi si china per prendere l'acqua con un secchio, mentre in primo piano la povera piccola Teresa, legata a quattro cavalli per le mani e i piedi, viene smembrata. La vecchia è indifferente a quest'orrore: prende l'acqua e pare assorta in una conversazione con un cavaliere, che...».

«Che si appoggia, come fosse un bastone, a una spada», terminò Grifo.

«A una spada», ripeté Leonia, mentre sul labbro morsicato si gonfiava una goccia di sangue. E ancora: «Sì, a una *spada*».

Leonia guardò prima in alto, seguendo uno spunto che le si

era affacciato improvviso alla mente, poi si lanciò sulle tavole e prese a cercare convulsamente la conferma della sua supposizione. Man mano che le scartava con un gesto di stizza, i fogli cadevano a terra frusciando sul pavimento di cotto. Grifo, che aveva capito anche lui, seguiva con gli occhi la sua ricerca: nonostante le riserve sull'*Alfabeto* e quel che portava con sé, anche lui era eccitato da quella scoperta, come se la donna gli avesse trasmesso la sua febbre.

Alla fine, oltre all'incisione intitolata a Teresa, restarono sul tavolo solo altri due disegni. Patrizio e Vittoria erano i bimbi massacrati in quelle tavole.

«Grifo, forse ci siamo!», disse Leonia, ansante.

«Ho capito, signora: avete lasciato le uniche tre tavole nelle quali figurasse una spada».

«Sì, Grifo, proprio così: in tutte queste incisioni, compaiono solo *tre* spade, una in ciascuna di queste tre tavole. D'accordo, ne mancano sette, ma siamo autorizzati a pensare che le tre spade non siano un caso. Tre Spade, come la piazza dove sorge la fontana dei delfini. Adesso, studiando con attenzione questi disegni, dobbiamo scoprire come si entri nel regno di Dite e Proserpina».

«Eppure è chiaro, no?», disse Grifo. «L'ingresso può essere solo nel palazzo del Drago. Cos'altro c'è, in quella piazza? I ruderi di un tempio romano? O la chiesa dei Tre Santi? Sì, forse anche la chiesa può celare l'ingresso ai sotterranei… ma è stata costruita molti anni dopo la realizzazione dell'*Alfabeto*».

Leonia fissò Grifo e annuì: «Forse, ma non affrettiamo le conclusioni. Da dove si entra, esattamente? Come? Esaminiamo gli indizi lasciati dal Maestro del Monogramma».

«E poi?».

Leonia sorrise. Ma non era un sorriso dolce, né di comprensione. Era un sorriso di vittoria, di trionfo, di soddisfazione. Il sorriso del cacciatore che, dopo una lunga battuta, scorge la preda davanti a sé, su un terreno scoperto, incapace di sfuggire, bersaglio per il dardo mortale. Un sorriso che fece calare un'ombra sull'animo di Grifo, che non si sarebbe più dissolta.

«E poi», rispose Leonia senza avvedersi del turbamento del turco, «andremo alla festa cui ci ha invitato il principe Onofrio. Che altro?».

17

Soltanto nel pomeriggio padre Ascanio era rientrato al palazzo del Sant'Uffizio, con un grumo di ansia annidata nello stomaco e, davanti a sé, gli sguardi dei bambini che aveva interrogato per tutta la giornata. Anche se vestiti e nutriti decentemente, più fortunati di tanti altri coetanei che vivevano per le strade, negli occhi di quei fanciulli aveva letto una precoce maturità. Avevano accolto con fatalità la scomparsa improvvisa dei quattro amici, come fosse un normale fatto della vita. I piccoli ospiti dello Spedale erano tutti sopravvissuti, in un modo o nell'altro: alla ruota di un carro, a un gorgo assassino del Tevere durante un bagno d'estate, alla febbre, al gelo, alla fame, al morso di un topo o di un cane rabbioso, agli uomini nascosti nel buio. Aveva saputo che Luca, il più piccolo dei quattro, zoppicava perché gli era caduta sul piede un'ascia, mozzandogli l'alluce, e solo per un miracolo non era morto per emorragia.

Quegli sguardi perplessi e indifferenti dicevano: "Cosa c'è di così strano nella scomparsa di quattro bambini? Perché tutto quest'interesse?".

Ascanio aveva saputo soltanto che i quattro, negli ultimi giorni, avevano riportato a casa mance più generose del solito. Non avevano voluto dire chi fossero i signori che li avevano così ben remunerati per aver spazzato la strada davanti al loro palazzo o alla loro bottega. Ascanio intuì che dietro quei denari doveva esserci il desiderio di accattivarsi la fiducia dei ragazzini. Che poi i quattro si fossero assentati insieme, senza dire ai compagni dove andassero, confermava la sua supposizione. Gli Evangelisti erano stati attirati in una trappola, e adesso erano da qualche parte, nell'inferno che si spalancava sotto Roma, vicino all'altare di Dite e Proserpina, dove stavano convergendo demoni e uomini perversi.

Appena rientrato al palazzo del Sant'Uffizio, aveva saputo che uno degli inquisitori generali lo cercava fin dalla mattina. Si precipitò e ascoltò attentamente la relazione dell'inquisitore generale sul delitto Bonsanti. Quando tornò, aveva con sé le incisioni stampate di fresco su ordine del notaio criminale Fusella e cento domande che gli mulinavano in mente. Accese una candela, poiché era ormai sera, e si mise a sfogliare le tavole: i tormenti dei bambini disegnati dal Maestro del Monogramma gli parevano un'orribile profezia – un'altra! – di quel che sarebbe presto accaduto ai piccoli rapiti.

Mentre esaminava i disegni uno dopo l'altro, quasi sentiva il tempo che precipitava tutti verso una fine orrenda. I pensieri si succedevano come onde in un mare agitato, portando a galla la sabbia in un turbinio che non permetteva di vedere chiaramente.

La profezia di suor Fiammetta si stava avverando, eppure il riferimento al Giubileo pagano era errato.

Uno stampatore veniva ucciso con uno strano dardo e nel suo laboratorio venivano ritrovate le matrici dell'*Alfabeto di Erode*. Il pezzo d'oro faceva supporre che qualcuno avesse acquistato il libro, e poi avesse ucciso Bonsanti: le monete erano cadute a terra e una era sfuggita al recupero.

L'*Alfabeto di Erode*... si diceva che vi fosse descritto l'ingresso a certi sotterranei frequentati, oltre un secolo prima, dal Maestro del Monogramma e altri eretici perversi.

Gilles de Rais massacrava bambini e usava l'*Alfabeto* come testo di riferimento.

Tutto cominciò a danzare in cerchio. Erode, la strage degli innocenti, la profezia...

Ascanio si alzò di scatto. Fiammetta era sempre stata la chiave di tutto, anche se forse nemmeno lei sapeva quale serratura poteva aprire. E se finora Ascanio non aveva voluto o potuto accanirsi sulla suora, ormai non c'erano alternative. Avrebbe dovuto seguire prima i suggerimenti del cardinal Bellarmino.

Si affacciò sul corridoio.

«Domani all'alba devo partire», disse a un copista che gli si era fatto incontro, guardando perplesso il domenicano emaciato, dagli occhi arrossati e il naso metallico che brillava. «Un giorno, forse due. Fate preparare una carrozza».

Il copista non pensò nemmeno di ribattere che non si trattava di un compito suo.

«Andate fuori Roma, padre? Nel caso, avete bisogno di...?»

«No, nessuna scorta, solo il cocchiere».

Ascanio stava per rientrare nella sua stanza, ma l'atteggiamento del copista lo indusse a trattenersi.

«Desiderate qualcosa?», gli chiese.

«Una domanda, se permettete. È vero che... insomma, è vero che sono scomparsi quattro bambini dello Spedale di Cerusi? Bambini che portano i nomi dei...».

La voce era già corsa per Roma! Di certo l'origine era stata lo Spedale stesso, forse i bambini ne avevano parlato mentre spazzavano le strade. O magari erano stati i preti. Quattro bambini con i nomi degli Evangelisti, spariti tutti insieme, e un domenicano a occuparsi della faccenda! La notizia si sarebbe diffusa in fretta, ingigantendosi col passare di bocca in bocca.

Ascanio confermò la voce con poche parole, seccato, e rientrò nella stanza, sbatté la porta e vi si appoggiò contro, mentre un freddo improvviso gli ghiacciava il sudore sulla fronte e le gambe sembravano incapaci di sorreggerlo. Tuonava di nuovo, in lontananza. Guardò verso la finestra, ma vide solo un blu cupo, indistinto, e la sua immagine riflessa nel vetro.

Ripensò al copista, gli sovvenne che era padre di tre bambini, rivide le sue mani che si torcevano mentre gli poneva la domanda...

Giovanni, Matteo, Marco e Luca erano prigionieri in qualche posto e tremavano tra fredde mura. La profezia diceva che sarebbero stati liberati dalle mura, ma non dalla pena.

Ma la profezia poteva essere sbagliata. Forse nessuno li avrebbe mai salvati.

Quando la voce del rapimento fosse giunta fino agli uomini perversi che avevano imprigionato i bambini, cosa avrebbero fatto? Si sarebbero impauriti? Si sarebbero liberati subito di loro?

Quanto tempo aveva, padre Ascanio, prima che venissero uccisi?

Il drago tiene le chiavi, ma il drago li porrà sotto la sua ala.

Ascanio si inginocchiò davanti al crocifisso alla parete, serrò le mani finché le nocche non divennero livide e pregò, scongiurò, implorò che almeno quel punto della profezia fosse esatto: chiunque fosse il drago, qualunque fosse il motivo per cui teneva le chiavi.

18

Il giorno dopo, Onofrio del Drago si svegliò all'alba, più o meno quando la carrozza di Ascanio superava porta del Popolo, già intasata dei carri dei mercanti che entravano a Roma per i traffici quotidiani, e si dirigeva sobbalzando verso i monti Cimini, dove aveva vissuto la piccola Flavia.

Onofrio aprì la finestra della camera da letto e scrutò il cielo: l'aria era frizzante, profumata dell'odore della legna che ardeva nei camini e nei forni, e le nuvole che avevano portato pioggia nella notte si erano dissolte.

Il principe respirò a fondo e, ancora in braghe di lana, spalancò la porta gridando: «Avanti, da mangiare!».

Richiuse la porta con un tonfo e versò dell'acqua in una bacinella, si lavò la faccia, si sciacquò la bocca, si asciugò e si gettò sul letto ad attendere, mentre rifletteva.

L'indomani sera ci sarebbe stata la festa. Aveva predisposto tutto, incurante delle proteste del vecchio Galeazzo che non voleva gente per casa.

«Stattene in camera e da' da mangiare alla lupa, allora», gli aveva risposto Onofrio, quando lo aveva incontrato per il corridoio sulla carrozzina. «Sono anni che questo palazzo va marcendo, è impregnato di noia, mi disgusta. Un po' di musica e qualche risata non ti farà cadere il tetto sul capo!».

«Musica e risate mentre il principe della casata muore?»

«Il principe della casata va ripetendo della sua morte imminente da anni. Sarebbe ora che mantenesse le promesse!».

Galeazzo aveva sbarrato gli occhi di fronte a quell'oltraggio e, con una dignità che da tempo Onofrio non gli riconosceva, aveva cigolato con la carrozzina fin nella sua stanza, le gambe gonfie e maculate di ferite ben in vista, richiudendosi poi la porta alle spalle.

Onofrio storse le labbra al ricordo. Aveva esagerato, ma non si può prendersela con il tuono dopo che, per anni, le nubi si sono andate addensando.

«Avanti!».

Antonio, il valletto, si presentò con un vassoio di pane, miele, frutta e una brocca di vino caldo e speziato. Dalla porta aperta ora venivano i rumori del cortile: un cavallo che veniva ferrato, la legna che veniva tagliata, qualche risata sguaiata.

«Metti tutto sul tavolino. Aspetta! Come vanno le cose?»

«Principe, entro domani camere e corridoi saranno tirati a lucido».

«Posate? Piatti?»

«Risplendono».

«Questo lo vedremo. Avete tolto le ragnatele? Pulito il camino della sala?»

«Sì, principe».

«Avete sistemato in sala l'arazzo, in modo da coprire quella squallida macchia di umidità?»

«Sì, principe».

«E le livree? Negli ultimi tempi mi sono un po' distratto, andate in giro per casa come pezzenti. Tutti i servi dovranno indossare una livrea decente, per lo meno rattoppata a dovere, e non voglio vedere unghie nere quando servirete a tavola».

«Sì, principe».

«Hai fatto dare una pulita anche alla camera dei musici? Oggi devono arrivare quelli della Congregazione, voglio qualcuno che sappia suonare e cantare a dovere senza dover stare a sputare ragnatele».

«Sì, principe, la stanno mettendo in ordine proprio adesso».

«E le luminarie? Voglio luci a tutti i davanzali, fiaccole all'ingresso e nel cortile e candele per tutti i corridoi. Voglio un po' di luce, in questo sepolcro!».

«Oggi arriveranno le scorte. Però, se piovesse...».

«Non pioverà, il principe Galeazzo ha consultato le sue piaghe e pare che il tempo volga al bello. Be', adesso vattene, mi vesto da solo».

Un'ora più tardi, i passi di Onofrio risuonavano per il corridoio. Le finestre erano spalancate, l'aria pulita scacciava quella viziata e alcune cameriere lustravano il pavimento, che risplendeva al sole.

Scese la scalinata e si ritrovò fuori, sulla piazza delle Tre Spade. Il sorriso gli morì sulle labbra: dalla chiesa uscivano in quell'istante, quasi stessero aspettandolo, Antimonti e Sferelli.

«Siete un po' in anticipo per la festa, signori», li apostrofò Onofrio, cercando di restare allegro.

«La festa la faranno a noi, Onofrio!», ribatté Antimonti, mentre Sferelli assentiva. Erano cupi e preoccupati. Presso la fontana, un capraio mungeva l'animale. Il latte schizzava in un pentolino, mentre una donnetta attendeva con un figlioletto in braccio. Ogni tanto, meccanicamente, il capraio emetteva un assordante fischio di richiamo per annunciare la sua presenza.

«Qual è il problema, adesso?», chiese Onofrio.

«I problemi sono molti. A cominciare da quella donna con il turco al guinzaglio».

Onofrio drizzò la schiena: «Stai parlando di due miei ospiti, Alcide. Due *graditi* ospiti».

«Sarebbero anche graditi ospiti dell'Inquisizione, se solo riuscisse a metter loro il sale sulla coda».

«Dell'Inquisizione?»

«Già. Li stanno cercando a proposito dell'assassinio di Bonsanti».

Onofrio si grattò la barba, perplesso: «Li ho conosciuti lì alla stamperia, in effetti. Ma cosa può avere a che fare un emissario dell'imperatore Rodolfo con la morte di quel poveraccio?»

«Sto cercando appunto di scoprire quel che ne pensa l'Inquisizione, e lo saprò presto. Per il momento, so solo che Bonsanti non stampava solo paccottiglia per i pellegrini, ma libri particolari. Forse la tua signora ne è in cerca».

«Non è un buon motivo per ammazzare qualcuno».

«Però l'Inquisizione bracca quei due, che hanno lasciato in fretta e furia il loro palazzo. Ma sono ancora a Roma, pare». Antimonti fece un sorriso: «Forse tengono molto a partecipare alla tua festa».

Sferelli, che non aveva pronunciato parola, emise un risolino alla battuta dell'amico, ma Onofrio non se ne accorse nemmeno. Si stava riprendendo dal disappunto di saper partita Leonia. Alla fine fece un cenno di saluto e disse: «Bene, speriamo che qualche disgraziato non rovini la festa andando a informare l'Inquisizione della presenza al mio palazzo dei due ospiti. Sarebbe seccante e anche rischioso per tutti noi, no? Non vogliamo mica dare dei pretesti al papa, *caro* Alcide, che non aspetta altro per spazzarci via tutti e incamerare le nostre sostanze».

Fece per voltarsi, soddisfatto della risposta sferzante, quando Antimonti tornò a sibilare: «E la storia dei quattro bambini rapiti l'hai sentita, *caro* Onofrio?».

Di nuovo il fischio del capraio risuonò lacerante nell'aria, ma non fu per questo che il principe rabbrividì.

19

Teresa, Patrizio e Vittoria.

Leonia era certa di conoscere l'entrata dei sotterranei frequentati da Marcello Morosini. Tutto cominciava a collegarsi.

La fontana coi delfini nella tavola di Teresa indicava la piazza delle Tre Spade.

Nel disegno in cui al piccolo Patrizio venivano strappate le carni dalle tenaglie arroventate di tre vecchi seriosi, c'era sullo sfondo un drago dalle cui fauci spuntavano due gambe femminili, nude. Contro il drago si scagliava un cavaliere, brandendo la seconda spada che figurava nell'*Alfabeto*.

Il drago indicava il palazzo della famiglia del Drago, ovviamente, e specificava quindi che l'ingresso non era da cercarsi né nelle costruzioni al posto delle quali sorgeva ora la chiesa dei Tre Santi, né sotto i ruderi del tempio romano e nemmeno negli altri caseggiati che si affacciavano sulla piazza. Del resto, nella tavola di Patrizio non c'erano altre indicazioni urbanistiche: il paesaggio era campestre, illuminato da un sole disegnato con occhi e bocca sorridente, le fronde degli alberi rigogliose, un fiume che scorreva placido, un pesce che guizzava fuori dall'acqua: e in questa ambientazione idilliaca il piccolo veniva fatto a pezzi da tre indifferenti gentiluomini.

L'atmosfera cambiava invece nella tavola di Vittoria. Non c'era nulla di bucolico, in quell'incisione. Era così terribile che Leonia stessa, che pure le aveva esaminate tutte scrupolosamente, senza soffermarsi sul contrasto tra forma e contenuto, cercava di distogliere gli occhi dal destino della bambina, a cui, sdraiata in terra, degli uomini incappucciati tenevano ferme le braccia e larghe le gambe, mentre un altro puntava una verga abnorme nell'infantile fessura. La luce era scarsa, quasi crepuscolare, ma il gruppo al centro era come illuminato da una luce sovrannaturale. L'ambiente era il cortile di un palazzo, e il cavaliere dormiva in un angolo, con la spada tra le braccia, quasi fosse caduto nel sonno durante un turno di guardia. Si scorgeva, nella penombra, una scalinata su cui si soffermavano ombre di gentiluomini e gentildonne. E in fondo, sotto la scalinata, si apriva un vano. Un cancello di sbarre di ferro era aperto, e sull'uscio compariva la figura di un pittore, chiaramente identificato dal pennello e dalla tavolozza che teneva in mano, il quale guardava con attenzione lo stupro in primo piano, quasi volesse dipingerlo.

Il pittore che ritraeva la scena indicava il Maestro del Monogramma e il cancello, che si apriva di certo nel cortile del palazzo dei del Drago, l'ingresso dell'Averno di cui aveva parlato Bonsanti. Lì Leonia avrebbe trovato i muri affrescati da Morosini, e chissà cos'altro.

«Avete saputo, signora?», chiese Grifo, quella mattina.

«Cosa?»

«Sembra che quattro bambini siano stati rapiti, forse ieri. Tutti insieme. Scomparsi. Si chiamavano come i quattro Evangelisti. Pare che l'Inquisizione stessa si stia occupando della vicenda».

Leonia prese il foglio con la tavola di Vittoria e lo girò, con un gesto secco, come per allontanare un incubo. Le vennero alle labbra parole assennate, che spegnessero la disperazione sorda di Grifo. Fece per parlare, ma non ci riuscì.

Fu Grifo a continuare: «Se si trattasse di una semplice scomparsa, la voce non avrebbe fatto così presto il giro della città, signora, e l'Inquisizione non avrebbe motivo di occuparsene. È chiaro che c'è qualcosa, sotto: qualcosa di malvagio».

«Per questo Alfani è così nervoso. Sembrano tutti belve in gabbia, qui. Anche i suoi uomini...».

«Stanno aspettando che il loro signore esca dall'indecisione», scandì Grifo, accorato. «Siamo in pericolo. Dobbiamo andar via. Anzi...».

«Anzi?», sollecitò, sollevando il mento.

«Forse dovremmo dire agli inquisitori quel che sappiamo».

Leonia sbarrò gli occhi e fece un passo indietro.

«Sei impazzito? Cosa dovremmo dire? Che abbiamo acquistato una copia di un libro eretico, maledetto, da Bonsanti, il quale è stato poi assassinato sotto i nostri occhi?»

«Dovremmo dire che sappiamo dove potrebbero essere i quattro bambini, signora», rispose Grifo, e ripeté: «Quattro bambini».

Leonia si voltò, respirò a fondo per controllare la rabbia e la paura.

«È solo immaginazione, immaginazione e timore», disse poi. «Non puoi dimostrare alcun legame tra il libro, l'ingresso al sotterraneo di Morosini e quei quattro bambini».

«No. Ma voi non potete dimostrare il contrario. E ci sono quattro bambini che potrebbero finire come in quelle maledette tavole, per il diletto di gentiluomini perversi, maligni, vecchi schifosi che dovrebbero essere estirpati dalla faccia della terra!».

Leonia sussultò alle ultime parole del turco, pronunciate a voce alta, quasi stridula. Si girò lentamente a guardarlo: Grifo teneva i pugni serrati, le mascelle contratte, e la fissava con occhi lucidi di lacrime. Stava di nuovo vivendo il suo passato.

«Andare al Sant'Uffizio significa andare in carcere, Grifo», disse, a voce bassa, quasi implorante.

«Lo so. Voi partirete. *Io* andrò al Sant'Uffizio».

«Tu hai avuto dall'imperatore l'incarico di proteggere "Leonia dal cuore freddo e dal tatto che richiama in vita il passato", non ricordi?».

«Sarete al sicuro, una volta partita da Roma».

«Ma io non intendo affatto partire da Roma», ribatté Leonia. Si avvicinò all'uomo e gli accarezzò la guancia: «So che il tuo animo è lacerato. Il mio cuore non è così freddo, credimi, da non capire i tuoi sentimenti. Ascoltami: domani ci sarà la festa a palazzo del Drago. Noi ci andremo. E io entrerò in quel sotterraneo».

Grifo afferrò la mano di Leonia e la serrò nella sua.

«Siete pazza!».

«Non più di te, che vuoi gettarti nelle carceri del Sant'Uffizio. Solo che io posso uscire dal sotterraneo, col tuo aiuto».

Leonia si liberò dolcemente dalla stretta di Grifo e prese le pagine dell'*Alfabeto*. Rifletté, deglutì e si avvicinò al camino, nel quale ardevano alcuni ciocchi.

«Avevi ragione, questo libro non merita di sopravvivere», disse, mentre gettava uno per uno i fogli nel fuoco e li guardava accartocciarsi e dissolversi in cenere. Il fumo acre le faceva lacrimare gli occhi, o almeno così pensò. «Ma, in qualche modo, ci ha portato a conoscere delle verità, alcune delle quali riguardano te e me».

Grifo le si avvicinò e le poggiò una mano sulla spalla, gli occhi fissi sul fuoco: «E le altre?»

«Le altre ancora non le conosciamo. Ma presto ci saranno note, forse domani».

Entrambi rimasero a guardare le fiamme che lambivano la sorte terribile dell'innocente Vittoria. L'ultimo lembo di carta a bruciare fu quello che raffigurava il pittore davanti alla porta dell'Averno.

20

Onofrio del Drago dovette aspettare che fosse notte. Finché c'era luce, il cortile del palazzo era troppo trafficato e le sue azioni avrebbero dato nell'occhio.

Nonostante ciò, il principe era così tormentato dall'incertezza e dall'ansia che nel pomeriggio si decise a scendere la scalinata, una grossa chiave stretta nel pugno, e con aria distratta scambiò due chiacchiere con alcuni servi che nel cortile stavano scaricando le vivande per il giorno dopo. Con la coda dell'occhio, lanciava intanto occhiate al cancello che si apriva sotto la scalinata, una grata di massicce sbarre di ferro arrugginite tra le quali erano tesi filamenti di ragnatele.

Erano anni che non entrava là dentro, eppure sentì un brivido corrergli lungo la spina dorsale. Il cancello pareva una bocca dentata da cui salisse fino a lui l'urlo del passato.

"Quattro bambini scomparsi. Con i nomi degli Evangelisti".

Rivedeva il sorriso da satiro di Alcide Antimonti e, dietro le spalle del vecchio, lo sguardo preoccupato e stolido allo stesso tempo di Antonio Maria Sferelli. Riascoltava le loro preoccupazioni, i loro disgustosi accenni a cose indicibili. Il vecchio Galeazzo, intanto, in camera sua balbettava preghiere e si lamentava come al solito delle gambe. Possibile che avesse dimenticato tutto?

Le uniche cose di cui Antimonti e Sferelli si preoccupavano erano la casata, i possedimenti, i denari che un papa deciso a combattere la riottosità dei nobili poteva incamerare istruendo un processo che avrebbe fatto scalpore.

Il buonsenso, come gli aveva ripetuto Antimonti, avrebbe voluto che quella festa venisse annullata o, meglio ancora, che l'Inquisizione fosse avvertita della presenza di Leonia e Grifo. Dare in pasto al Sant'Uffizio quei due sarebbe stato forse remunerativo: come per la malattia della lupa che affliggeva Galeazzo, si trattava di sviare la belva dandole carne fresca da mangiare.

Ma Onofrio era riuscito a convincere i due che non era affatto certo che la belva si accontentasse. L'Inquisizione era una bestia sempre affamata. E invece di saziarla, Leonia e Grifo avrebbero potuto soltanto stuzzicare il suo appetito.

E poi, Onofrio voleva sapere cos'aveva in mente quella donna. Sarebbe venuta alla festa con qualche mira segreta? Forse. Eppure aveva la sensazione che, dietro la freddezza costruita ad arte, Leonia in qualche modo fosse interessata a lui, colpita, incuriosita. Niente di più, non si faceva illusioni, eppure sentiva che, se solo fosse riuscito a instaurare un dialogo con lei, se fosse riuscito a trovare un punto d'incontro, un elemento in comune, l'interesse sarebbe potuto tramutarsi in qualcosa di diverso.

Se solo…

«Ma vi sentite bene, principe?».

Onofrio si distolse dalle sue riflessioni e quasi con paura si rese conto di essere rimasto per tutto quel tempo a fissare il cancello. Rispose bruscamente, diede qualche ordine e proprio in quel momento fu avvisato che erano arrivati i rappresentanti della Congregazione de' Musici. Sospirò e si dedicò alla scelta del repertorio da suonare.

Era infine calata la notte e i rumori della vita nel cortile si erano spenti, quando Onofrio scese di nuovo la scalinata. Aveva con sé una torcia, ma aveva deciso di accenderla solo una volta entrato nel sotterraneo. Alla luce della luna e con una brezza fredda che faceva mulinare foglie secche sul selciato, si avvicinò al cancello. Si guardò attorno, mentre le narici percepivano l'odore di muffa e umidità che proveniva dal sotterraneo, poi infilò nella serratura la massiccia chiave.

Fece forza, serrò le mascelle e alla fine il meccanismo scattò. Con lentezza, cercando di ridurre il cigolio dei cardini rugginosi, aprì il cancello e se lo richiuse alle spalle. Solo allora tirò fuori un acciarino e, dopo qualche tentativo, accese la torcia.

Scese alcuni scalini scivolosi, si chinò per avanzare in un imbuto stretto e basso, arrivò a un'apertura circolare e la attraversò. Cercava in terra segni di passi recenti, anche se la serratura così resistente lo aveva già tranquillizzato. Badava a dove metteva i piedi, controllava lo stato dei muri antichi, ascoltava lo zampettio dei topi: qualunque cosa che lo tenesse impegnato e gli impedisse di ricordare il passato. C'era un altro ingresso a quel vasto labirinto sotterraneo, qualcuno poteva esservi penetrato senza utilizzare il passaggio di palazzo del Drago.

Doveva assicurarsi che ciò non fosse avvenuto.

Dopo una serie di svolte a gomito, arrivò davanti a una serie di piccole celle e sentì di nuovo, dopo anni, lo scroscio dell'acqua che percorreva il canale sotterraneo. Le controllò una per una, allungando la torcia oltre le porticine e fugando per un istante le ombre antiche.

Infine si trovò davanti alla porta, oltre la quale si apriva il labirinto affrescato da Marcello Morosini.

Trattenne il fiato: nessun suono disturbava i fantasmi di quell'ipogeo, a parte un lontano stillare d'acqua. Non fece caso ai sassi polverosi disposti su una nicchia lì accanto, quei sassi che chi voleva parlare con i morti doveva lanciarsi dietro le spalle prima di proseguire il cammino iniziatico fino all'altare. Nessuno sembrava essere passato di lì, di recente: ma più avanti c'erano alcuni passaggi che mettevano in comunicazione l'ipogeo con altri edifici dei dintorni, e sebbene fossero crollati nel corso degli anni, poteva darsi che qualcuno li avesse in qualche modo rimessi in uso.

Il collo e la fronte erano lucidi di sudore: la mano stringeva la torcia con disperazione. Aprì la porta. In fondo al corridoio, lampeggiò un volto demoniaco.

Onofrio strizzò gli occhi e lasciò correre lo sguardo in alto e ai lati del corridoio, dove l'antica foresta popolata di animali mitologici, affrescata dal Maestro del Monogramma, viveva di nuovo alla luce di una torcia, dopo tanto tempo. Alcune macchie di umidità avevano corroso i colori squillanti delle foglie e screpolato l'intonaco, ma l'opera di Morosini era ancora lì, fiabesca se vista con un colpo d'occhio, e aberrante se guardata da vicino. Con un sospiro Onofrio avanzò, mentre dal buio, di tanto in tanto, gli si faceva incontro un demone ghignante e lui sentiva su di sé tutto il peso del palazzo, della casata, degli antichi riti che si erano consumati lì sotto; e gli mancava quasi il fiato, come un sepolto vivo sotto una valanga di carne e sangue da cui non c'era redenzione.

21

Quando padre Ascanio scese dalla carrozza sentì le gambe cedere. Per qualche istante il mondo gli girò attorno, dopo che per ore aveva sopportato gli scuotimenti nell'abitacolo lanciato alla massima velocità.

Respirò profondamente l'aria fresca, per allontanare il senso di nausea, mentre il cocchiere si concedeva un goccio di vino da una borraccia. Infine si attaccò alla corda della campanella del convento.

«Tu aspetta qui!», gli ordinò. «Partiamo subito».

Suor Elvira si parò sull'uscio e guardò stupita il domenicano. Solo allora, Ascanio si rese conto di avere un aspetto orribile. Il lungo viaggio, la barba ispida, gli occhi lucidi per un po' di febbre, il colorito pallido e, in mezzo al volto, l'assurdo naso d'oro, inalterabile.

«Padre Ascanio! Cosa succede? Siete...».

«Preparate suor Fiammetta, madre, e alla svelta!», sibilò Ascanio, entrando e marciando verso il chiostro, sotto lo sguardo stupito di alcune monache, richiamate dall'imperiosità dello squillo della campanella.

«Preparare...?»

«Avete capito».

«Dio del Cielo, dove avete intenzione di condurre quella poveretta?».

Ascanio si fermò e si voltò di scatto verso suor Elvira, gli occhi duri, inflessibili.

«Avete saputo dei bambini rapiti?»

«Sì. Credete che...».

«Non credo, *so*. Ieri sono stato al suo paese di origine, sui monti Cimini. Sono appena tornato».

La madre badessa tentennò, fece per chiedere chiarimenti, ma vide che il domenicano mordeva il freno e si limitò a ribattere, lamentosa: «Ma suor Fiammetta è stata solo uno strumento del Signore, padre, non ha colpa...».

«Non voglio portarla in carcere, non voglio torturarla, non temete. Ma voglio sapere alcune cose, e le saprò. Adesso. Fatela preparare!».

«Ma una suora non può abbandonare il convento così... il direttore spirituale...».

«Io sono un inquisitore e decido io cosa una suora può o non può fare. Non intendo ripeterlo di nuovo: fatela preparare. Devo portarla in un luogo qui vicino».

«Qui vicino? Dove...?».

Ascanio serrò le mascelle, sbuffò e rispose: «All'interno della Domus Aurea», e suor Elvira sbarrò gli occhi, perché ricordava bene la paura dei sotterranei che aveva suor Fiammetta. Fece per replicare, ma Ascanio fu spietato: «Andate, ora, non c'è tempo. Cercate di capire: quattro bambini sono sepolti da qualche parte, e io devo liberarli, a qualunque costo».

Mezz'ora più tardi, la carrozza traballava verso il colle Oppio. Suor Fiammetta non aveva detto una parola, ma la madre badessa doveva averle accennato qualcosa, perché teneva gli occhi bassi e serrava la mani fino a far diventare bianche le nocche. Ascanio non parlò per tutto il percorso, tranne per riferirle che quattro bambini, con i nomi degli Evangelisti, erano scomparsi simultaneamente, e che era possibile che fossero gli innocenti cui accennava la profezia. Fiammetta sospirò qualcosa che poteva suonare come: «Lo so», ma Ascanio non ne era certo.

Poco dopo, la carrozza si fermò. Ascanio scese e aiutò la suora, che strizzò gli occhi alla luce del sole. L'erba era di un verde brillante e umida di rugiada, e sotto i piedi si sentiva il terreno fangoso. Alcuni corvi saltellavano sull'erba, guardinghi. Cipressi e pini chiazzavano d'ombra il suolo.

Alla base del colle si levava il Colosseo e, più lontano, la spianata del Campo Vaccino, cosparsa di scheletri marmorei dell'antica Roma e avvolta in una caligine di umidità, nella quale si muovevano, lenti, buoi e mucche al pascolo.

«Venite, suor Fiammetta», disse Ascanio.

Prese la suora per un braccio, dolcemente e insieme con fermezza, e si diressero verso un'apertura nel terreno, fiancheggiata da cumuli di terra fangosa e cocci. I corvi volarono via, gracchiando.

Improvvisamente Ascanio ricordò quel che gli aveva raccontato Antonio Bosio, l'uomo che si stava dedicando all'esplorazione della Roma sotterranea, quando era andato da lui per cercare di sapere qualcosa sulla possibile ubicazione dell'altare di Dite e Proserpina. Nel 1485, del tutto casualmente, presso la via Appia era stato ritrovato un sarcofago romano, nel quale giaceva una bellissima fanciulla perfettamente conservata, immersa in una sostanza grassa e odorosa. Fu quella la prima volta che non solo gli uomini di cultura, ma anche il popolino si rese conto delle meraviglie che celava il sottosuolo. Ventimila persone vollero vedere la salma prodigiosa, e proprio perciò papa Innocenzo VIII fece seppellire la fanciulla di nascosto, nottetempo, e nessuno ne seppe più nulla.

Adesso, anche lui e Fiammetta stavano cercando di trovare sottoterra qualcosa di segreto e, forse, di terribile.

Fatto qualche passo, divenne visibile la voragine che portava, scendendo un pendio pavimentato alla meglio con assi di legno a mo' di gradini, nel sottosuolo, dove un secolo prima era stata scoperta per caso la Domus Aurea di Nerone, da allora frequentata dai pittori che avevano copiato le decorazioni parietali trasformandole in una maniera di gran moda: le grottesche.

Ascanio non parlava, ma sentiva il braccio della donna irrigidirsi man mano che avanzavano. Alla fine, Fiammetta ruppe il silenzio.

«Dove...?»

«Intendo portarvi sotto terra, suor Fiammetta».

La suora emise un gemito e cercò di divincolarsi. Ascanio le serrò il braccio nella morsa della mano e la guardò negli occhi terrorizzati: «Perché avete paura? Di cosa? Ditemelo!».

Il cocchiere li seguiva, perplesso, e reggeva una torcia.

«Non posso scendere lì sotto! Per pietà, per amor di Dio...».

«Perché no? Devo sapere perché avete paura, suor Fiammetta, devo sapere perché avete detto che sotto Roma c'è l'inferno! Ci sono quattro bambini in pericolo e io devo salvarli!».

«Ma io non lo so, non lo so! La profezia...».

«Non c'è nessuna profezia».

«Ma voi mi credevate...», singhiozzava Fiammetta, continuando a divincolarsi. Cadde in ginocchio, inzaccherandosi l'abito, e Ascanio la afferrò per un braccio e la sollevò di peso. La donna emise un gemito, ma il domenicano non lasciò la presa e la fissò negli occhi.

«Non avete mentito di proposito, non avete nulla da temere, nessuno vi accusa e nessuno vuol farvi del male. Ma voi sapete cose che non riuscite a dire, e a vostro modo avete cercato di raccontarle durante le estasi. Le vostre parole sono un palinsesto, occorre cercare tra le righe per scoprirne il significato, e io adesso voglio scoprirlo, anche se dovrete soffrire!».

La trascinò verso l'entrata ai sotterranei. Il cocchiere dietro di loro si agitava, non sapendo come dovesse comportarsi di fronte a quella situazione.

«Scendete!», intimò Ascanio.

«Soffocherò! Non posso respirare, lì sotto».

«Non soffocherete, ci sono pozzi d'areazione scavati lungo il percorso. Scendete, vi ho detto!».

La spinse verso l'ingresso e Fiammetta dovette scendere due o tre gradini, scivolò sulle assi umide e cadde urlando. Senza pietà, Ascanio la seguì, dopo essersi fatto passare la torcia accesa dal cocchiere.

Si apriva davanti a loro un cunicolo afoso, umido, basso, travi di legno disposte come puntelli a intervalli regolari. Ascanio aiutò la donna ad alzarsi.

«Ditemi perché avete paura del sottosuolo. Cosa vi terrorizza?», chiese di nuovo, spingendo avanti Fiammetta. I loro piedi affondavano nella fanghiglia, mentre avanzavano nello stretto cunicolo le cui pareti, ora, erano di mattoni e di tufo.

«Non lo so!».

«Di cosa avete paura?», ripeté Ascanio.

«Vi imploro...».

«Ricordate i vostri genitori?».

Fiammetta si bloccò, come se fosse stata schiaffeggiata. Guardava Ascanio con occhi spalancati, e il cuore del domenicano perse un colpo.

«Parlatemi dei vostri genitori!», ripeté spingendola ancora avanti, verso una camera che si apriva a pochi passi e dalle cui pareti la luce della torcia traeva disegni arabescati.

«Erano contadini. Vivevamo...», cercò di dire Fiammetta.

Ascanio la schiaffeggiò e disse: «I vostri veri genitori! Non quelli che vi hanno cresciuta al paese, ma quelli che vi hanno generata. Quelli a cui foste sottratta verso i sei, sette anni, quando arrivaste al paese e foste battezzata. Sono stato lì, e sebbene il parroco di allora sia morto, una vecchia alla fine mi ha rivelato quel che volevo sapere. Ricordate i vostri veri genitori? Dovete, eravate piccola ma non *così* piccola».

Fiammetta scuoteva il capo, incapace di pronunciare una parola. Dagli occhi scendevano lacrime che alla luce della torcia parevano d'argento.

«Sì, voi li ricordate, magari vagamente, ma li ricordate», continuò il domenicano. «Perché vi hanno sottratto a loro? Chi è stato? Vi rendete conto che è qui che si nasconde il nocciolo della vostra profezia? Ascoltatemi!».

Ascanio la afferrò per le spalle, la fissò negli occhi e usando un tono più morbido le disse: «Ascoltatemi. Voi abitavate a Roma, vi foste condotta dai vostri "genitori" quando avevate sei o sette anni, dunque poteva essere il 1575, che è stato un anno giubilare. Vedete la coincidenza? Siete caduta in estasi dopo che nel convento si era discusso del prossimo Giubileo, e avete parlato dell'inferno sotto Roma, di un Giubileo pagano, di innocenti tra fredde mura... ma voi avevate già ascoltato questi discorsi, è vero? Cercate di ricordare. Dovete ricordare. I Ludi Secolari, l'altare di Dite e Proserpina... esiste davvero, da qualche parte sotto Campo Marzio, lo sapete? Capite? Quando avete ascoltato queste parole? Chi...?».

«Una carrozza».

Ascanio si interruppe, poi chiese: «Cos'avete detto?»

«Una carrozza», ripeté Fiammetta, mentre guardava lontano, o indietro nel tempo. «Una carrozza mi portò via...».

«Quando successe? Chi vi accompagnava?».

«I miei genitori erano morti», continuò lei, seguendo un suo filo di ricordi.

«Chi ve lo disse?»

«Non...».

Ascanio accarezzò il volto gelido della suora in lacrime, e in quella carezza c'era una muta parola di scuse.

«Non abbiate paura, suor Fiammetta. Tutto è successo molti anni fa, durante il Giubileo del 1575. Eravate piccola, abitavate a Roma. Cercate di ricordare. Come si chiamavano i vostri genitori, i vostri veri genitori, quelli che vi hanno detto essere morti? Lasciate che i ricordi tornino a voi. Siete arrivata fino ai monti Cimini in carrozza, dunque qualcuno si deve essere preso cura di voi... qualcuno deve avervi voluto bene. C'è stata certamente una disgrazia, qualcosa di terribile...».

«Ricordo... il buio... un posto sottoterra, come delle cantine...».

«Chi vi ha condotto lì? Soffermatevi su quelle cantine, suor Fiammetta. Com'erano?»

«Avevo freddo, tanto freddo...», disse lei, il labbro tremante per il pianto. «C'era un rumore d'acqua, come un fiume o un torrente...».

«Vedete, Fiammetta? Forse parlavate di quelle cantine, quando accennavate a fredde mura. Chi vi ha tirato fuori di lì?».

Fu allora che la suora cominciò a singhiozzare e abbracciò il domenicano. Stupito e imbarazzato, Ascanio rimase qualche istante con le braccia alzate per evitare il contatto con il corpo di lei, prima che ricadessero lentamente sulla schiena di Fiammetta per cingerla in una delicata stretta di conforto. La torcia era caduta a terra e Ascanio, con le lacrime agli occhi, vedeva tentennarne la fiamma, simile a un pesce boccheggiante.

22

«Cosa avete intenzione di fare?».

La carrozza li stava riportando al convento, di corsa. Il pomeriggio avanzava e Ascanio era un fascio di nervi. La sua mente stava organizzando i prossimi passi, ma ci sarebbero volute ancora alcune ore, prima di poter verificare che i bambini fossero lì dove pensava, e soprattutto che fossero ancora vivi.

«Scusate, ero sovrappensiero».

«Vi ho chiesto che cosa avete intenzione di fare», ripeté suor Fiammetta, la voce flebile dopo le grida e i singhiozzi, la tonaca bianca inzaccherata di fango, gli occhi arrossati.

«Andrò lì. Entrerò nel sotterraneo».

«E se…?».

"Se non ci fossero i quattro piccoli Evangelisti, che Dio li aiuti", pensò lui, ma non le rispose. Chiese invece: «Qual era il vostro nome secolare, prima di prendere i voti?»

«Flavia».

«Non mi avete detto se ricordate i nomi dei vostri veri genitori».

La carrozza li fece sobbalzare ancora per qualche minuto, lo scalpiccio degli zoccoli e il cigolio delle assi faceva da sfondo al loro silenzio. Poi suor Fiammetta rispose: «Mia madre si chiamava Francesca. Mio padre Ottavio. Ricordo il dolore che provai quando *lui* mi disse che erano morti, e che avrebbe provveduto in qualche modo a me. Non fategli del male, vi prego».

E non dissero altro.

23

Quella notte di alcuni giorni prima, la notte che aveva vagato a lungo per Roma fino a ripercorrere le strade abituali, Ottavio, dimenticata la prudenza che gli consigliava di farsi ombra nella notte, restò contro il muro fino all'alba, gli occhi rivolti alla candela che brillava sul davanzale della finestra della sua vecchia abitazione.

Infine le campane annunciarono il levar del sole e la città si risvegliò. Le ruote dei carri cominciarono a rotolare sul selciato, le finestre si aprirono, i venditori ambulanti presero ad annunciare la mercanzia.

«Scusate...», disse a un uomo che era appena uscito dal portone.

Quello alzò la testa e lo fissò con occhi cisposi, poi vide la cicatrice sul volto e fece un passo indietro.

«Be'? Che c'è?», borbottò sospettoso.

«Una domanda... ho visto quel lume alla finestra, lassù. E così nei giorni passati. Sapete dirmi perché è sempre acceso?».

L'uomo lo studiò, sospettoso. Poi si tirò indietro il cappello e si grattò la fronte solcata da profonde rughe.

«A voi cosa interessa?»

«È... una semplice curiosità. Vi prego».

L'altro continuò a grattarsi per qualche istante, poi disse: «È una storia di tanti anni fa. Ma voi siete romano?»

«Sì, ma manco da molto tempo. Sono tornato per… per il Giubileo. Ho visto quel lume e…».

«Lassù ci abitava una famiglia», tagliò corto l'uomo. «Io non li ho conosciuti, abito qui da poco, ma conosco la storia, anche se non so mica se è vera. Ci abitava una famiglia, dicevo. Non so bene come siano andate le cose, ma la figlioletta, Anna mi pare si chiamasse…».

"Flavia", corresse Ottavio con il pensiero.

«…La figlioletta sparì. Forse fu rapita, non si sa, forse ebbe un incidente. E poco dopo sparì anche il padre, che appunto si era allontanato in cerca di Anna, seguendo chissà quale traccia…».

"La traccia che mi ha solcato il volto, che mi ha fatto perdere una mano e per poco anche la vita".

«…E così la madre di Anna rimase sola da un giorno all'altro. Accese una candela e la tenne alla finestra, giorno e notte, nella speranza che Anna avrebbe così ritrovato la strada e sarebbe tornata a casa. Ma Anna non è mai tornata, e nemmeno il marito se è per questo. Poveraccia! La madre impazzì dal dolore e morì, o forse si uccise, non lo so. Fatto sta che, in capo a pochi mesi, un'intera famiglia era stata spazzata via. Questa è la storia di quella fiammella, signore».

«Capisco. Ma, se sono tutti morti, perché la candela è ancora accesa?».

L'uomo scrollò le spalle.

«Da allora, chi ha vissuto lì, in quella casa, tiene sempre acceso un lumino: forse nemmeno sa il perché. È un po' una… insomma, una tradizione. O un gesto di pietà, come si fa con le immagini dei morti, o delle Madonne agli angoli delle vie. Era solo una bambina, capite? Ma che succede? Voi piangete…».

«No, no… È solo il freddo. Buona giornata».

L'uomo vide Ottavio allontanarsi con passo barcollante: "Ubriaco di prima mattina!", pensò. Poi rifletté su quel che doveva fare per raggranellare la giornata, sospirò e aggiunse tra sé: "Beato lui".

Parte quinta
La festa

…Tra l'altre piacevoli feste e musiche e danze che continuamente si usavano, talor si proponeano belle questioni, talor si faceano alcuni giochi ingeniosi ad arbitrio or d'uno or d'un altro, ne' quali sotto varii velami spesso scoprivano i circostanti allegoricamente i pensier sui a chi piú loro piaceva.

Baldassarre Castiglione, *Il libro del Cortegiano*

1

Fin dal primo pomeriggio, i davanzali delle finestre di palazzo del Drago erano stati addobbati di luminarie, e due grandi torce ardevano ai lati del portone d'ingresso. Il palazzo, fiammeggiante come gli ori di una chiesa orientale, dava un'insolita vivacità e allegria a quella zona di Roma.

La gente accorse. Una piccola folla di straccioni, bottegai, ragazzini e curiosi si assiepò in poco tempo gremendo piazza delle Tre Spade, finché alcuni servi non uscirono in fila dal portone tra gli applausi e sistemarono vassoi colmi di frutta e focacce sul bordo della fontana dei delfini. Altri li seguirono portando brocche di vino e acqua e poi scomparvero nel palazzo, come personaggi delle fiabe.

Si scatenò una selva di urla e risate, e la gente prese a sgomitare per servirsi, ripetendo come un'antifona: «Tanta salute al principe! Auguri!», mentre masticava avidamente.

Poco dopo, lo stesso Onofrio si affacciò dalla loggetta sopra il portone e, fatto un regale cenno di saluto, rovesciò di sotto manciate di monete, sulle quali si tuffò il formicaio umano che brulicava nella piazza.

«E adesso levatevi di mezzo, ché arrivano gli ospiti!», gridò sventolando il cappello piumato, per poi scomparire dietro la finestra, lasciandosi alle spalle un mugolio di disappunto.

Pochi minuti dopo, dal portone uscirono alcuni armigeri

che si disposero a poca distanza dall'ingresso, in modo da creare spazio e far capire alla folla che la loro piccola festa era terminata, e che ora la piazza tornava della nobiltà.

Onofrio scese la scalinata, l'animo rischiarato alla vista dei lumini accesi a ogni gradino e dei grandi vasi di fiori disposti sul corrimano di pietra grigia. Indossava un cappello di lana bordeaux con uno sbuffo di piume multicolori, un farsetto di velluto color cipria con una fitta serie di bottoni di velluto rosso sangue, un paio di calzoni al ginocchio, blu come le calze, e degli stivaletti di pelle chiara con frange. Non portava spade né pugnali, che a una festa sarebbero stati di cattivo gusto.

Arrivò al centro del cortile, dove sciamavano alcuni servi intenti agli ultimi preparativi, e rivolse lo sguardo verso l'alto: le luminarie erano disposte anche sui davanzali delle finestre interne e decine di punti gialli, vividi e tremanti, moltiplicati dalla riflessione sui vetri, correvano come un piccolo firmamento verso il cielo che si incupiva rapidamente.

In quell'esatto momento, Onofrio del Drago si sentì felice: una sensazione, come avrebbe poi avuto modo di pensare, del tutto irragionevole.

«Di' ai musici di attaccare», ordinò a un servo che passava. Sarebbe stato piacevole che gli ospiti venissero accolti dall'eco di una musica lontana e accogliente.

Gli invitati cominciarono ad arrivare, i servi aiutarono i cocchieri a sistemare le carrozze, mentre gli stallieri provvedevano ai cavalli. Man mano, il cortile illuminato cominciò a risuonare di un allegro brusio e di qualche risata, sul selciato frusciavano le vesti delle donne, i servi portarono focaccine con olive e salumi su vassoi per disporli poi su alcuni tavoli.

«Come sta il principe Galeazzo?», si informavano tutti.

«Si scusa di non poter partecipare alla festa, ma purtroppo le gambe non gli danno respiro», rispondeva Onofrio, celando la contentezza per l'assenza dell'ingombrante genitore. «A ogni modo, è ancora troppo arrabbiato con la malattia per essere uno sul punto di andarsene».

«Quanta verità! È proprio quando ci si rassegna, che si è con un piede sulla soglia!».

Con il trascorrere del tempo, il buonumore di Onofrio svaniva. Leonia non era ancora arrivata, e lui ricordò le parole di Antimonti, che adesso se ne stava in un angolo, seduto su uno sgabello, a mangiare una focaccina e a osservare gli ospiti con occhi da falco, mentre la moglie, una vecchia arpia, si lamentava dei suoi acciacchi con delle coetanee.

Forse Leonia era davvero scappata da Roma.

Per di più, il principe si era accorto che l'età degli ospiti era piuttosto avanzata: non vi aveva badato, al momento di fare gli inviti, eppure avrebbe dovuto pensarci. Da quanto tempo viveva come un recluso, in quel palazzo che all'improvviso, così addobbato di luci, sembrava solo una vecchia dama imbellettata che volesse far colpo su un giovane, senza alcun senso del ridicolo?

Poi, improvvisamente, vide una carrozza che entrava nel cortile con Grifo a cassetta, un largo cappello a celargli il volto e un abbigliamento sobrio, a lui inusuale, che al principe diede da pensare sul pericolo che i due correvano.

Si scusò con una dama e si diresse alla carrozza, in tempo per aiutare Leonia a scendere. Antimonti seguì il movimento con gli occhi, il mento poggiato sulla mano che reggeva il bastone.

«Sono contento che siate venuta, signora», disse Onofrio

con il suo solito sorriso a metà tra lo scanzonato e l'ironico. Fece correre lo sguardo sull'abito di lei, verde scuro, che richiamava il colore degli occhi, e una gorgiera di pizzo ricamato come i polsini. Le spalle erano rialzate da ampie imbottiture sferiche. Il vestito si restringeva nella vita sottile e poi si ampliava nella gonna, che si apriva sul davanti mostrando una sottogonna bianca ricamata, perfettamente tesa. I capelli erano raccolti sul capo e fermati da una fila di perle.

«È un saluto, principe», rispose lei, notando il suo sguardo di apprezzamento. «Partirò presto, e volevo vedere il vostro palazzo, che mi dicono contenga cose interessanti».

«Di sicuro contiene me, anzi mi imprigiona. Ma venite, vorrete conoscere qualche ospite. Quasi tutte vecchie cariatidi, temo, ma c'è qualche coppia più giovane e simpatica».

«Devo parlare prima con Grifo. Vi raggiungerò subito».

Quando Onofrio si fu allontanato, Leonia si rivolse al turco, sorridendo spensierata, e sussurrò: «Vedi laggiù, sotto la scalinata? Un cancello, proprio come nell'*Alfabeto*. Avvicinati e verifica se sia chiuso a chiave».

Grifo annuì e si allontanò con fare indifferente. Leonia si avvicinò a Onofrio, che la guardava con la coda dell'occhio mentre chiacchierava con un cardinale, lontano parente dei del Drago. Il principe si scusò e si rivolse alla donna.

«Così, siete di partenza. Mi dispiace molto».

«È la prima volta che dite qualcosa senza scherzare, principe».

«E cosa ne deducete?».

Leonia lanciò una rapida occhiata a Grifo, che tentava il cancello. Chiuso. Grifo si allontanò in fretta, ma non tanto da impedire ad Antimonti di notarlo. Il vecchio si alzò di scatto, fece per dirigersi verso Onofrio, ci ripensò e borbottò qualcosa alla moglie.

«Cosa ne deduco? Lasciatemi riflettere un po'».

Leonia e Onofrio scambiarono ancora qualche parola, poi ci fu un brusio e alcune esclamazioni di sorpresa che li costrinsero a voltarsi verso l'alto della scalinata, dove si erano rivolti gli occhi di tutti. Alcuni giocolieri scendevano i gradini, vestiti in abiti sgargianti, facendo saltare nelle mani palline e birilli.

«È ora di salire, questi saltimbanchi ci avvisano che la cena è quasi servita», spiegò Onofrio. «Posso offrirvi il braccio?».

Leonia assentì. I giocolieri si erano fermati a metà scalinata e ora, sempre roteando gli oggetti, presero a risalire, come per invitare gli ospiti a seguirli.

«Prima non ho resistito al gusto dello scherzo, signora, quando mi avete detto che il nostro palazzo contiene cose interessanti», disse con tono indifferente Onofrio, mentre accompagnava Leonia per le scale. «Però sono incuriosito. A cosa vi riferivate?».

La donna rifletté rapidamente. Se la porta che conduceva al sotterraneo era chiusa, aveva un solo modo per scendere laggiù: Onofrio doveva accompagnarla, perché di certo lui aveva le chiavi. Era un'eventualità che aveva studiato a lungo, quella mattina, quando si era resa conto di un dettaglio, nell'*Alfabeto*, che gettava una luce affatto diversa su tutto quel che credeva di aver capito fino a quel momento. Una luce che rimescolava le carte in un modo che non aveva previsto e non sapeva interpretare. L'atteggiamento di Bonsanti, la sensazione che dietro di lui ci fosse qualcun altro, la sua morte, forse il rapimento stesso dei quattro bambini... tutto ciò poteva acquistare un altro significato, ora che aveva messo a fuoco quel dettaglio. Se voleva arrivare al sotterraneo indicato dall'*Alfabeto*, doveva rischiare e parlar chiaro a Onofrio.

«Ve lo dirò più tardi, principe».

Onofrio percepì dal tono di Leonia che quella frase nascondeva qualcosa di importante, e per un istante si accigliò.

2

«Caro padre Ascanio, davvero volete che...?».

Il notaio criminale Fusella si interruppe, leggendo negli occhi del domenicano un lampo che indicava insieme sdegno e determinazione. Era il lampo dei folli che non tollerano di non essere creduti, o degli inquisitori che non ammettono tentennamenti di fronte a una santa missione. Non c'era gran differenza, in entrambi i casi si aveva a che fare con individui che era molto pericoloso contraddire.

«Non sono venuto qui per discutere, signor notaio, ma per avere il supporto del braccio secolare. In fretta, molto in fretta», replicò Ascanio, il volto esangue e le mani tremanti.

Fusella si alzò dalla sedia e sospirò: «Devo informare il signor Governatore, voi capite. State parlando di penetrare in un palazzo nobile, di imprigionare...».

«Dio del cielo, siete voi che non capite! Vi ho già detto della profezia di suor Fiammetta. Vi ho illustrato quel che c'è dietro quelle parole, confermate dalla suora stessa non più tardi di stamane. Sulla base di queste informazioni, è stato facile interpretare le indicazioni riportate nella copia di quel libro maledetto che voi stesso siete stato così abile a rinvenire nel magazzino dello stampatore. Le Tre Spade, la fontana coi delfini, il drago, l'ingresso al sotterraneo nel cortile del palazzo. Tutto collima con quanto mi ha detto suor Fiammetta.

Ma soprattutto c'è il dramma di quattro bambini rapiti, che portano i nomi dei quattro Evangelisti – quale raffinata blasfemia! E voi dovete perder tempo a informare il signor Governatore?».

Ascanio si interruppe, e solo allora, nel silenzio della stanza, si accorse che anche lui si era alzato dalla sedia, parandosi davanti a Fusella, e gli aveva urlato contro, tanto che il notaio si era irrigidito temendo un'aggressione. Fece un passo indietro, si passò le dita sulla fronte e percepì con stupore il gelo della pelle, come se d'improvviso non riconoscesse più il suo stesso corpo.

«Sarà questione di pochi minuti, vi assicuro», lo ammansì Fusella. «Ma non posso dare seguito a una simile richiesta senza informare il Governatore, non posso. Con ogni probabilità, sarà lui stesso ad accompagnare voi e gli uomini del bargello. Non si tratta di sedare una lite in un'osteria, padre, ma di perquisire un palazzo signorile».

«E allora sbrigatevi! Correte! Ogni minuto può essere vitale!», urlò Ascanio, mentre davanti a lui si parava l'orrendo disegno del supplizio della piccola Vittoria.

Fusella annuì e si diresse in fretta alla porta. Sull'uscio, tuttavia, non poté evitare di dare a quell'esaltato domenicano una piccola lezione, né togliersi il piacere di scuotere la sua sicumera, che tanto lo aveva messo a disagio.

«Per inciso, padre, non avete notato un fatto a mio parere strano...».

Ascanio lo guardò in tralice: «Quale?»

«La blasfemia raffinata dei nomi dei quattro bambini».

«Che intendete dire?»

«Supponiamo pure che qualcuno intenda sacrificare degli innocenti a divinità pagane. Supponiamo che desideri che i quattro portino i nomi degli Evangelisti. Perché, mi chiedo, dovrebbe rapirli tutti insieme, in modo che la cosa risulti evidente? E dallo Spedale, poi, dove sono in qualche modo controllati? Se costui, o costoro, avessero preso uno per uno quattro bambini per strada, chi se ne sarebbe mai accorto? Chi avrebbe pensato alla coincidenza dei quattro sacri nomi?», Fusella vide lo sgomento disegnarsi sul volto del domenicano e sorrise leggermente, come chi abbia ottenuto un successo con un artificio retorico, ma non voglia vantarsene troppo. Aggiunse solo, prima di recarsi dal Governatore: «Forse la loro blasfemia è raffinata, ma questi signori, questi uomini perversi come dice la vostra suor Fiammetta, sono davvero degli sciocchi. Non trovate, padre Ascanio?».

3

La cena procedeva più allegramente di quanto Onofrio del Drago avesse sperato. La tavola era stata disposta a U, per lasciare ai giocolieri e saltimbanchi lo spazio per le loro buffonerie e destrezze. La musica giungeva invece dal piano di sopra, in modo che i convitati ascoltassero le melodie e i canti senza vedere i musici, e senza che questi vedessero gli ospiti. A suo tempo, la sala di musica era stata progettata in questo modo, e una larga apertura rettangolare sul soffitto della sala da pranzo, chiusa da una fitta grata di ferro, consentiva alle note di scendere al piano sottostante, chiare come se i musici fossero lì. Diversi commensali si erano complimentati con Onofrio per quella soluzione architettonica, che consentiva di gustare la musica senza dover faticare per esprimere ai suonatori apprezzamento per la loro arte; anzi, permetteva persino di sorridere alle ovvie celie di alcuni ospiti quando una voce bianca intonava le sue note femminee e cristalline.

«È andato da un bravissimo barbiere, senza dubbio, ma io un taglio del genere non me lo faccio certo fare!», era il commento più banale al canto del castrato.

«E che bisogno ne avresti, Aristide?», era l'altrettanto ovvia risposta. «L'effetto per te è lo stesso, senza necessità di barbieri».

Le portate si succedevano ben accolte: minestre e vermicelli e poi una sequela di secondi piatti, uccelletti allo spiedo, abbacchio e, per contrappunto, storione. C'era un solerte andirivieni di vassoi e brocche di acqua e vino, e coppe e posate tintinnavano echeggiando nella sala come non accadeva da anni, nel malcurato palazzo del Drago.

Di tanto in tanto Onofrio, con il volto atteggiato a un sorriso, gettava occhiate pensierose verso Antimonti e Sferelli, che seduti uno accanto all'altro confabulavano accigliati in fondo alla tavola, dove il principe li aveva intenzionalmente relegati. Gli pareva quasi di sentire il cigolio della carrozzina di Galeazzo, che forse in quel momento vagava per il corridoio deserto con le gambe addentate dalla lupa e un rosario in mano, trascurato da tutti, e ripensava alla gloria passata e alla morte imminente.

Accanto a sé, aveva voluto Leonia. Lei non aveva fatto alcuna obiezione. Aveva solo chiesto che Grifo le sedesse vicino, poiché, come aveva tenuto a ripetere, non era un servo e dunque non doveva mangiare separatamente dagli ospiti. Onofrio aveva accolto la richiesta con un regale cenno del capo: quel turco gli andava a genio, anzi gli pareva persino che gli somigliasse un po'. Fondamentalmente riservato, e con qualche segreto pensiero. Ma, diversamente da lui, Onofrio non poteva permettersi di mostrare quegli aspetti del suo carattere, e si era abituato a simulare una spensieratezza che non aveva.

Mentre i piatti si succedevano, Leonia cercava il modo di arrivare al punto che le premeva. Sentiva di non avere ancora molto tempo a disposizione, e temeva quel che avrebbe potuto fare Alfani, con la mente forse già toccata dal mal francese, ora che lei e Grifo avevano lasciato il palazzo. D'altronde, sapeva anche che non sarebbe potuta rimanere ancora molto tempo a Roma; sarebbe partita con un teschio deforme e senza quell'*Alfabeto* che ora, dopo quanto aveva scoperto quella mattina stessa, quel piccolo dettaglio che cambiava tutto, era contenta di aver bruciato, poiché non valeva nulla.

Ma poi, del tutto inaspettatamente, fu proprio Onofrio a offrirle il pretesto per affrontare il discorso.

«Signora», disse a bassa voce con quel sorriso che la attraeva contro la sua volontà, «non voglio sembrare offensivo, ma vi prego di credere che ho preparato questa festa, e curato ogni dettaglio, soltanto per voi».

Leonia si sentì arrossire e cercò di dominarsi, mentre ribatteva: «E la vostra scommessa con Grifo?»

«Oh, quello è stato solo un piccolo trucco che ho escogitato per solleticare il vostro senso della sfida, Grifo ve l'avrà detto. Ho preparato e curato questa festa per voi, dicevo, eppure devo aver fallito: perché siete pensierosa, anche se vi sforzate di non darlo a vedere».

"Ecco l'occasione!", pensò Leonia.

«Non è affatto colpa della festa, principe. Però avete ragione, c'è qualcosa che mi preoccupa».

«Volete parlarmene?».

Lei lo fissò: «Volete farmi credere che non sapete che l'Inquisizione ci cerca? Che abbiamo abbandonato il nostro palazzo e ci siamo dovuti rifugiare altrove, per non essere catturati come dei criminali?»

«Ho sentito qualcosa, è vero. A Roma le voci corrono più veloci del Tevere spumoso. L'assassinio del povero Bonsanti... ma si tratta certo di una fatalità...».

«Niente affatto».

Grifo rimase con la coppa a mezz'aria, e Onofrio si girò con tutto il corpo verso la donna, come per significare che le dedicava la massima attenzione.

«Vi burlate di me. Volete farmi credere che avete...?»

«Ma no, naturalmente no! Non c'entriamo affatto con la morte dello stampatore. Ma eravamo con lui, quando qualcuno lo colpì con un dardo lanciato chissà come attraverso una finestra. Vedete, stavamo acquistando un libro». E poi tentò l'affondo: «E questo libro contiene un'indicazione per arrivare a un sotterraneo, dov'è custodito un altare».

Onofrio e Grifo fissavano Leonia. Una campana di vetro sembrava fosse scesa su loro tre, separandoli dal resto della festa, dalle risa, dalle chiacchiere, dalla musica. Erano soli, nella sala. Gli occhi di Antimonti e Sferelli li fissavano, cercando di penetrare quel vetro.

«C'è un motivo per cui mi dite questo?», chiese quindi Onofrio, freddo e attento.

«Ebbene, sì. Il fatto che voi avete le chiavi di quel sotterraneo, e io non posso andarci da sola».

«Per questo siete qui!».

«No. Quando ho accettato il vostro invito, Bonsanti era ancora vivo e io non sapevo nulla. Solo dopo, studiando quel libro, ho capito».

Leonia si portò un boccone alle labbra: voleva mostrare a Onofrio che la sua mano era ferma. Ci riuscì.

«E cosa volete?», proseguì Onofrio, mentre rivolgeva un sorriso cortese ai commensali.

«Voglio vedere coi miei occhi quel sotterraneo».

«Per quale motivo?»

«In parte per curiosità e per amore dell'arte. Voi sapete di certo che, secondo la leggenda, quei cunicoli sono stati affrescati dal Maestro del Monogramma, e di lui sopravvivono così poche opere che sarebbe un delitto non ammirarli». Fece una breve pausa, poi aggiunse: «E in parte per sincerarmi che siate innocente».

«Innocente! Di cosa?».

Il sorriso di Leonia fu freddo, mentre rispondeva: «A Roma le voci corrono, principe, e sapete bene a cosa mi riferisco».

Onofrio sospirò. Si portò un boccone alle labbra, per mostrare che la sua mano era ferma. Non ci riuscì.

«Vi avverto inoltre», continuò la donna, «che l'Inquisizione avrà probabilmente trovato le matrici e possiederà dunque anch'essa una copia del libro, adesso. E quindi non ci vorrà molto, prima che il segreto del sotterraneo sia noto anche al Sant'Uffizio. Con quel che potrebbe conseguirne per la vostra casata».

Un lampo attraversò gli occhi di Onofrio: «Ma questo... Dio mio... significa la fine».

«Conducetemi al sotterraneo».

Per qualche istante, Onofrio fissò intensamente Leonia, la fronte aggrottata. Si passò la mano sulla barba, abbassò il capo, poi lo rialzò di scatto e disse: «E va bene, anche adesso! Venite con me».

«Ora?»

«È inutile attendere per cavarsi un dente dolorante. Venite, al diavolo quel che penseranno questi idioti».

«A un patto: io vi dirò quel che so, e i pericoli che correte in modo che possiate farvi fronte; voi mi direte quel che invece non so».

Un lungo sguardo corse tra i due. Poi Onofrio assentì con un secco cenno del capo, si alzò e, sotto gli occhi perplessi dei commensali, diede il braccio a Leonia, mormorando qualche parola di scusa.

Grifo fece per alzarsi a sua volta, ma Leonia lo fermò: «No, tu attendi qui, ti prego».

Onofrio sorrise sardonico: «Santo cielo, non vi fidate di me!».

Leonia rispose con un sorriso dolce, perfettamente simulato, posò la mano sul braccio forte del principe e sentì il guizzo nervoso dei suoi muscoli sotto il tessuto.

«Io sono qui per aiutarvi, principe. Siete voi, che dovete fidarvi di me».

4

Onofrio fece passare Leonia, poi superò a sua volta il cancello che proteggeva l'ingresso del sotterraneo, lo chiuse alle sue spalle e fece scattare la chiave nella serratura.

Reggendo la torcia, si voltò verso Leonia che lo guardò: «Perché avete chiuso a chiave?», chiese.

Onofrio sogghignò: «Dobbiamo fidarci l'uno dell'altra. Non voglio che altri entrino qui sotto».

«Mostratemi il sotterraneo».

«Prima ditemi quali pericoli correrei».

I due si studiarono nell'oscurità del luogo, alla luce della torcia. Fuori, il cortile di palazzo del Drago era immerso nella luce della luna. Lungo la scalinata, i lumini sembravano dirigere un ritardatario ospite verso la festa che si svolgeva sopra, e dalle finestre illuminate giungevano fin lì le note dei musici. Ma loro due, dietro il cancello, erano esclusi da quell'atmosfera gaia e serena, separati dal resto del mondo da un segreto a lungo conservato.

«Il pericolo viene dal libro di cui vi parlavo. L'*Alfabeto di Erode*».

«Mai sentito», rispose secco Onofrio, e a Leonia parve sincero.

«Non c'è tempo di raccontare tutta la storia. Vi basti sapere che questo libro venne illustrato da Marcello Morosini, il Maestro del Monogramma che ha affrescato anche i sotterranei dove ci troviamo... sapete a chi mi riferisco?».

Parlavano sottovoce, vicini l'uno davanti all'altra, e Onofrio osservava le labbra di Leonia, umide e piene.

«Sì, conosco questo pittore».

«Nel libro è indicata la strada per arrivare qui sotto. L'Inquisizione non impiegherà molto prima di...».

Furono interrotti da grida imperiose che venivano dalla piazza.

«Lasciateci il passo, in nome della Santa Inquisizione!».

Onofrio e Leonia si guardarono con occhi sbarrati, senza riflettere che quelle parole erano le medesime che il principe aveva usato per fare uno scherzo al povero Bonsanti, settimane prima. Entrambi si avvicinarono al cancello, per seguire meglio gli eventi.

Parole concitate, rumore di ferri che venivano sfoderati, passi affrettati di un armigero al soldo dei del Drago che correva nel cortile e poi saliva gli scalini quattro a quattro per chiedere istruzioni.

«Sono già qui!», sibilò Leonia.

«Devo andare», disse Onofrio, e tirò fuori la chiave.

La donna lo afferrò per un braccio e lo fermò.

«Siete pazzo! Mostratemi il sotterraneo, e intanto vi dirò quel che so. Poi valuteremo meglio cosa fare. Se uscite ora, sarete alla mercé degli inquisitori».

«Siete voi la pazza! I birri pontifici alla porta del mio palazzo! È una vergogna e un pericolo. Devo essere lì, ribattere alle accuse, proteggere gli ospiti. Togliete la mano!».

Leonia fissò gli occhi disperati del principe e strinse di più il braccio, come per sottolineare le sue parole: «Ascoltatemi, vi prego. Io credo di conoscere le accuse dell'Inquisizione, e anche voi dovete conoscerle, se volete combatterle. Non tutto è perduto, ma se vi presentate a loro, adesso, sarete arrestato».

«Cosa cercano, quei maledetti domenicani?»

«Cercano quattro bambini rapiti, e credono siano segregati qui sotto».

«È assurdo! Non c'è nessuno, nel sotterraneo. Io stesso ho verificato, ieri».

"Dunque temevi che vi fossero!".

«Peggio!», ribatté Leonia. «Perché sarete torturato affinché riveliate tutto. Come accadde a Beatrice Cenci. Il titolo non vi servirà, con papa Clemente».

Onofrio rifletté, mordendosi un labbro fino a farlo sanguinare, la fronte lucida, le tempie pulsanti. Poi disse, con un sospiro: «Bene, allora. Seguitemi e ditemi tutto».

«E voi fate lo stesso con me», rispose Leonia seguendolo mentre si inoltrava nel basso cunicolo. Alle loro spalle, si sentiva lo scambio di battute tra le forze papaline e gli armigeri che cercavano di impedire il loro ingresso nel palazzo. «Anzitutto, *questo.* Cosa rappresenta?».

Onofrio vide un foglio che Leonia aveva tratto da una manica, e osservò senza particolare sorpresa il disegno: ma solo perché ormai non poteva più sorprendersi di nulla. Era il simbolo raffigurato sul saio trovato da Alfani.

«Come ne siete venuta in possesso?», chiese.

«Era tra le cose di Francesco Cenci. Su un saio di seta nera».

«Alcide me lo aveva detto».

«Alcide?»

«Il principe Antimonti. Alfani si era rivolto a lui, chiedendo notizie di quel maledetto saio! State attenta, dobbiamo passare per questo pertugio».

«Insomma, di cosa si tratta?»

«Si tratta di una setta, signora. Quel simbolo rappresenta Cerbero, il cane a tre teste a guardia dell'inferno...».

«Ma certo, il cane dell'Averno! Che stupida! E questo sotterraneo porta all'altare di Dite e Proserpina, ovvero all'inferno! Dunque i membri di questa setta si riunivano veramente qui sotto».

«Cosa starà accadendo, ora?», si chiese Onofrio, guardandosi attorno come per cercare di intuire gli eventi che avvenivano di sopra. Ma si sentiva solo uno scroscio d'acqua.

«L'Inquisizione sarà entrata e ora vi starà cercando dappertutto. Avete fatto bene a chiudere a chiave il cancello, dopotutto. Ma continuate a parlarmi della setta».

«Non c'è molto da dire, signora. Era una setta pagana, e si riuniva qui, in questi cunicoli. Vedete queste celle? Costituiscono l'incubatio, come nelle grotte oracolari elleniche. Coloro che volevano incontrare le anime dei morti vi risiedevano a lungo per purificarsi e riflettere, prima di accedere all'area dell'altare, dove si svolgevano i riti».

«E i del Drago fanno parte di questa setta?».

Onofrio si voltò di scatto, un lampo folle negli occhi.

«No, signora, non ne fanno più parte da tempo. Ma ne hanno fatto parte, come altre famiglie nobili...».

«Le Tre Spade?», insistette Leonia, cercando di soffocare la paura che cominciava a morderle lo stomaco. Adesso che l'Inquisizione era entrata nel palazzo, e che forse i del Drago stavano per perdere tutto, cosa avrebbe potuto fermare Onofrio, se avesse voluto ucciderla per farla tacere?

«...e nel passato si sono commesse delle... delle violenze», continuò Onofrio senza risponderle. «Ma questo avvenne molto tempo fa, quando Morosini, quel maledetto a causa del quale la mia famiglia rischia di essere dannata, affrescò queste pareti e ne fece la sua diabolica tana. Eccole, entrate. Ammirate il genio del Maestro!».

Onofrio spinse la porta e precedette la donna nel corridoio affrescato con l'antica foresta, nella quale guizzavano i demoni.

5

Grifo si era alzato di scatto, mentre la musica si interrompeva e le chiacchiere e le risa dei commensali sfumavano nell'incertezza seguita alle prime grida provenienti dalla piazza. Si diresse a una finestra, la spalancò e guardò giù, mentre malediceva se stesso per aver lasciato Leonia sola con il principe, nel sotterraneo.

Gli bastò un istante per capire che tutto era perduto. Non tanto per i del Drago, ma per lui e Leonia: erano ricercati anche loro, e adesso erano in trappola, e per di più separati.

Doveva trovare un modo per entrare nel sotterraneo.

Un armigero piombò trafelato nella sala chiedendo del principe. Ricevette una serie di risposte contemporanee, frammentarie, che aumentarono solo la sua indecisione sul da farsi. Allora fermò un servo e chiese del vecchio principe, Galeazzo, perché gli desse ordini.

«Lascia perdere il principe, idiota!», intervenne Antimonti, rabbioso. «Al punto in cui siamo, fai entrare le forze del papa e che Dio ci assista!».

L'armigero tentennò, poi chinò il capo e fuggì dalla sala, in cui echeggiavano mille voci e la gente si muoveva come un vespaio minacciato dal fumo, facendo cadere a terra piatti e coppe e rovesciando le sedie.

«Siamo spacciati!», piagnucolava Sferelli.

Grifo passò a una finestra che dava sul cortile e vide sciamare le truppe papaline, capitanate da un uomo e da un domenicano che indicava l'entrata del sotterraneo.

Mentre rifletteva sul da farsi, notò che alcuni soldati cercavano di aprire il cancello. Almeno, quei due pazzi avevano avuto l'accortezza di chiuderlo. Ma se i birri non potevano entrare, Onofrio e Leonia non potevano uscire. Era solo questione di tempo prima che cadessero nelle mani dell'Inquisizione, dunque doveva sbrigarsi a trovare il modo di salvarli.

Vide alcuni birri che armati di torce salivano la scalinata insieme con il domenicano, mentre altri cercavano nel cortile degli strumenti per forzare il cancello.

Seguendo un pensiero improvviso si diresse verso il corridoio, fermò un servo afferrandogli un braccio e, stringendolo in una morsa, sibilò: «Devo parlare al vecchio principe! Portami da lui, subito!».

6

La setta dei plutonisti era un'associazione segreta, che si ispirava a una filosofia intrisa di paganesimo ed ermetismo. Anche Pomponio Leto ne aveva fatto parte, e ovviamente Morosini. Nel corso degli anni, la setta aveva mutato più volte i propri scopi: dapprincipio fortemente intrisa di magia, si era trasformata nel tempo in un gruppo di nobili che cercavano di tutelare le proprie prerogative a difesa delle ingerenze sempre più forti del papato.

Mentre Onofrio le parlava dei plutonisti, Leonia avanzava lungo il corridoio affrescato da Morosini, e osservava rapita i suoi disegni, attratta dai demoni che parevano staccarsi dalle pareti. In pochi secondi, aveva capito che si trattava di un fenomeno di illusione ottica, l'anamorfosi. Il Maestro aveva dipinto quelle figure con pigmenti sensibili alla luce, in modo che risaltassero alla fiamma delle torce. Inoltre, le aveva deformate con grande sapienza, in modo che assumessero l'aspetto desiderato soltanto se osservate da un particolare punto del corridoio: ma, non appena ci si avvicinava all'immagine, questa si deformava e il diavolo scompariva nell'intrico dei rami. Ricordò di aver visto una simile illusione in un quadro di Hans Holbein, quand'era andata in visita al castello di Jean de Dinterville, a Polisy: in quel caso, accostandosi al dipinto da una particolare angolazione, ai piedi dei due ambasciatori ritratti compariva improvvisamente un teschio, che svaniva non appena si cambiava punto di osservazione.

«Morosini compì davvero le scelleratezze per cui era famoso, qui sotto?», chiese Leonia, mentre contro la sua volontà veniva sopraffatta da un moto di ammirazione per il talento di quell'uomo maledetto.

«Questo dice la leggenda. Di certo, queste mura conservano terribili segreti, signora, e il palazzo dei del Drago vi sorge sopra».

Leonia ricordò le parole di Bonsanti: «Morosini faceva qui qualcosa di simile a quel che il barone de Rais faceva nel suo castello».

Le parole di Onofrio avevano il tono rassegnato di chi debba sopportare colpe non sue. Leonia lo studiò con la coda dell'occhio: forse era innocente, ma il principe era certo consapevole che la conservazione del titolo e delle proprietà correvano un grande rischio, e lei non riusciva a capire fino a che punto si sarebbe potuto spingere per proteggerle. Aveva detto di essere sceso nei sotterranei, proprio il giorno prima, e lei era sicura che l'avesse fatto per verificare che i bambini rapiti non fossero lì sotto: non poteva esserci altro motivo. Dunque temeva che qualcuno avrebbe anche potuto commettere una simile nefandezza. E se li avesse trovati, cosa avrebbe fatto? Li avrebbe liberati, correndo il rischio che parlassero? Oppure…

«Seguitemi, da qui si apre un corridoio tortuoso. Dovremo attraversare diverse porte, come prevedevano gli antichi rituali, e arriveremo alla grotta dove si trova l'altare».

Uno dopo l'altro, percorsero i cunicoli bui nei quali le parole echeggiavano e gocce d'acqua stillavano dalle volte, finendo in pozze maleodoranti. L'aria era umida e si soffocava.

«E ora che conoscete i segreti dei del Drago, signora, ditemi quel che sapete voi. Come posso sventare la minaccia dell'Inquisizione?».

Leonia sentiva l'aria mancare e il cuore martellarle nel petto, sia per la fretta con cui percorrevano i cunicoli che si dipanavano come serpenti arrotolati, sia per la paura ormai incontrollata. Fece un lungo sospiro, poi disse: «Non so se vi posso aiutare a salvarvi dal Sant'Uffizio, ma posso dirvi che siete stato cacciato in questa situazione da qualche nemico. Un nemico che ha elaborato un piano per distruggere voi, la vostra famiglia e forse anche le altre due Spade».

Onofrio si voltò e, affannato anche lui, disse: «Non ho nemici così agguerriti, signora».

Lei sostenne il suo sguardo: «Ne siete certo?».

«Avanti, parlate».

«Bonsanti mi ha procurato una copia dell'*Alfabeto* ed è stato ucciso poco dopo. Ho esaminato con cura le tavole, cercando di trovare le indicazioni che portassero all'entrata dell'inferno di cui parla la leggenda. Ci sono riuscita, come c'è riuscita l'Inquisizione: ebbene, la chiave consiste in tre spade, ognuna delle quali compare su una diversa incisione. Confrontando queste tavole si scopre che l'ingresso ai sotterranei è il cancello sotto la scalinata del vostro palazzo. Capite?»

«Le Tre Spade, certo. Ma...».

«Ma voi sapete di certo come si è originata la storia di queste Tre Spade, da cui prende il nome la piazza».

«Certo che lo so. Fu al tempo della congiura di Porcari, quando noi e altre due famiglie, gli Antimonti e gli Sferelli, ci schierammo per il papa e...».

«Già. Ma la congiura di Porcari risale al 1453, quando l'*Alfabeto* era già stato realizzato *da più di dieci anni*».

Onofrio si fermò davanti a una porta e fissò Leonia. Si sentiva solo il loro ansimare e la torcia illuminava una piccola parte del budello in cui erano, proiettando le ombre su muri umidi e sconnessi, rendendole deformi come il cranio di Morosini.

«Capite quello che voglio dire, principe?», riprese Leonia. «L'*Alfabeto di Erode* è un falso. Un falso costruito ad arte per indicare voi, il vostro palazzo, la vostra casata come possibili eretici, come depositari di segreti terribili...».

«Bonsanti!», sibilò Onofrio tra i denti.

«Bonsanti è di certo l'esecutore delle matrici, ma non può averle realizzate in così poco tempo. L'unica piccola modifica che vi ha apportato negli ultimi giorni è stata di inserire sul saio di alcuni personaggi il simbolo dei plutonisti, dopo che *io* gliel'ho mostrato: un'esca per me, senza dubbio. Ma incisioni di quella fattura sono state concepite e realizzate in mesi, forse anni di segreto lavoro! Bonsanti avrebbe fatto tutto questo da solo? Perché? Io non lo credo. Sono invece certa che ci sia qualcuno dietro lo stampatore. Solo voi potete avere la risposta: qualcuno vi odia a tal punto da perseguire per anni e anni un piano del genere? Costruire un falso per distruggere la stirpe dei del Drago! Chi può essere?».

Onofrio rifletteva, mentre gli occhi guizzavano a destra e a sinistra come cercassero quel nemico segreto lì, nel sotterraneo.

Rispose infine con una domanda: «Ma come faceva Bonsanti a conoscere l'ingresso del sotterraneo?»

«Non lo sapremo mai con certezza. Ma quell'uomo conosceva molte cose riguardanti Morosini. È chiaro che aveva compiuto delle ricerche approfondite sulla sua presenza a Roma. È stato lui stesso a svelarmi dov'è sepolto».

Avrebbe voluto accennare alla tomba nella chiesa dei Tre Santi, dove si trovava la lapide in ricordo di Francesco Prelati, con il monito "Obsculta praecepta magistri". Una chiara indicazione a continuare i terribili rituali del Maestro del Monogramma; ma Onofrio incalzava.

«Ma perché dare a voi il falso *Alfabeto*?»

«Credo sia stata una coincidenza. Lo stesso Bonsanti ha cambiato atteggiamento nei miei confronti, il che significa che in origine i piani erano diversi. Sono andata da lui perché lui era andato da Alfani, interessandosi a un reperto del Maestro del Monogramma in cui lo stimatore si era imbattuto tra le cose di Francesco Cenci...».

«Di cosa si trattava?»

«Del teschio di Morosini».

«Sì, l'aveva preso Cenci, tanto tempo fa, chissà per farsene cosa. A quanto ne so, durante i riti il teschio veniva sistemato ai piedi dell'altare».

«Anche Francesco Cenci faceva parte della setta?».

Onofrio annuì secco: «Sì, ma continuate».

«Con il mio arrivo, il piano originale deve essere cambiato. Il vostro nemico o Bonsanti, o entrambi, hanno deciso di vendere a me l'*Alfabeto*, e subito dopo lo stampatore è stato ucciso. Certo sacrificato dal vostro avversario. Così i birri sono arrivati sul luogo e lì, guarda caso, hanno trovato un'altra copia del libro! Io sono stata solo una pedina del loro gioco. Lui deve aver rapito quei bambini, per alimentare la foga degli inquisitori».

«Ma se è un falso, allora potrò difendermi! E qui non ci sono bambini, lo vedete voi stessa!».

«Certo, potrete difendervi. Ma il sotterraneo esiste, la setta è esistita, questi luoghi sepolti trasudano riti segreti e violenze, la firma di Morosini è garanzia di eresia. Non sarà facile per voi. Dovete capire chi è che trama contro di voi!».

«Il mio nemico...».

«Pensateci! Il fatto che un uomo retto come Bonsanti si sia prestato a questo gioco significa forse qualcosa... magari era un suo parente, un amico... riflettete!».

Fu allora che Onofrio capì. In un soffio, gli occhi sbarrati come se avesse visto un fantasma, sussurrò: «Ottavio».

Leonia fece per parlare, ma proprio in quel momento da molto lontano sopraggiunsero delle grida.

«Stanno arrivando!», disse. «Siamo perduti».

«Non ancora, seguitemi. Oltre questa porta c'è l'altare, e la strada che una volta i membri della setta percorrevano per arrivare qui senza dover passare per il palazzo».

Spalancò la porta e i due la attraversarono. La luce della torcia lasciava appena intuire un vasto ambiente dalla volta a botte, al centro del quale si scorgeva qualcosa.

Leonia avanzò e vide baluginare nel buio un rozzo altare di marmo, corroso dal tempo, all'interno di un basso muricciolo semicircolare in peperino. L'altare era posto su un piedistallo costituito da tre scalini. Era lì che il cranio orrendo di Marcello Morosini doveva essere stato appoggiato, quando si officiavano i riti della setta. Non erano altro che poveri ruderi, rovine senza particolari attrattive. Era quasi impossibile immaginarli frequentati, secoli prima, da uomini in carne e ossa che compivano sacrifici a remoti dèi dell'oltretomba. Dopo tanto fantasticare sui Ludi Secolari celebrati in quel luogo dagli antichi romani, la mente si scontrava con il disfacimento del tempo e con la macina della morte che riduce tutto in polvere.

Eppure, lei aveva un modo per risvegliare i fantasmi del passato. Sarebbe bastato che le sue dita accarezzassero il marmo, indugiassero su quei bassorilievi consunti e le scritte incise sulla superficie, e forse le grida degli agnelli sacrificati nel corso dei secoli avrebbero echeggiato dentro di lei, come un tempo erano echeggiate in quell'antro.

Tentennò, fece per avvicinarsi, mentre sentiva i polpastrelli gelidi, come se già si fossero posati sulla pietra.

Onofrio la chiamò, risvegliandola.

«Non c'è tempo! Seguitemi!».

Leonia gettò un ultimo sguardo ai resti dell'altare e seguì in fretta il principe che si muoveva verso il fondo della grotta, portando con sé l'alone luminoso della torcia e dando di nuovo i ruderi in pasto alle tenebre.

Nascosto da una rientranza della parete, si apriva uno stretto passaggio, poco più largo del corpo di un uomo.

«Ci metteranno un po' per arrivare fin qui, a causa dei tanti diverticoli che si aprono lungo i corridoi, e non sarà facile per loro trovare quest'uscita, che come vedete è ben occultata», spiegò Onofrio. «Vado avanti io, perché occorre la chiave per aprire il cancelletto. E una volta che l'avremo richiuso alle nostre spalle, avremo abbastanza tempo».

Senza aggiungere parola, il principe entrò nel passaggio e Leonia lo seguì, le falde dell'ampia gonna che graffiavano le pareti di terra e roccia. L'aria lì era ancora più scarsa e il caldo umido soffocante. Si accorse che stavano risalendo, e che le grida degli inseguitori erano scomparse.

«Chi è Ottavio?», chiese Leonia. «Perché vi odia a questo punto?».

Il principe non rispose. Continuarono a risalire, il sudore impregnava le vesti pesanti, i polmoni affaticati per la scarsità d'aria.

Infine il cunicolo si allargò e Onofrio si arrestò. Leonia vide una grata incardinata su battenti di pietra, sulla quale il principe cominciò ad armeggiare con una chiave, mentre spiegava: «L'ho fatta costruire io stesso, questa porta, per impedire che i plutonisti continuassero a venire qui sotto».

«Quando?»

«Nel 1575. Da allora ho pensato che Morosini, la setta, il sotterraneo e tutto quest'incubo maledetto fossero finiti per sempre, e che per sempre sarebbero rimasti ignoti a tutti».

«Cos'è successo, nel 1575?».

Onofrio preferì di nuovo il silenzio a una risposta. La chiave scattò nella serratura e la grata si aprì con un cigolio che fece rabbrividire Leonia. I due ripresero ad avanzare nello stretto sentiero.

Infine si fermarono davanti a una parete.

«E ora?», chiese la donna.

«Una mia ulteriore precauzione. Se pure qualcuno si fosse procurato la chiave per entrare nei sotterranei, avrebbe dovuto aprire un varco in questo muro e io me ne sarei accorto».

«Ma adesso siamo bloccati anche noi!».

Onofrio si voltò verso Leonia. Negli occhi c'era ancora un lampo d'ironia, ma velato da una stanchezza che non era fisica.

«Sembra che abbiate perduto la vostra sicurezza, signora. Avete paura, ora, e siete molto bella».

«Principe! Vi sembra questo il momento...?»

«È l'*unico* momento. Mi siete sempre apparsa molto sicura di voi, e vi ho ammirata per questo. Una donna di ferro». Onofrio fece un passo verso Leonia. Di nuovo l'espressione dei suoi occhi mutò, scomparve la maschera ironica, scomparve la stanchezza. «E fra qualche minuto, quando avrò abbattuto questa parete che è solo un velo di intonaco e gesso, tornerete a essere sicura come lo siete sempre stata: l'emissario di re Rodolfo, in giro per l'Europa a fare affari e a competere a testa alta con falsari e mercanti. Ma adesso, in questo momento, siete piuttosto una colomba con un'ala ferita. Avete mostrato la vostra vera natura. Permettetemi, solo per questo minuto, di prendermi cura di voi, di esservi vicino».

Leonia non ebbe tempo di replicare. Un braccio di Onofrio continuò a reggere la torcia, ma l'altro le cinse la vita e l'avvicinò a sé. Se l'avesse baciata in quell'istante, la donna si sarebbe ribellata di fronte a quella violenza, ma Onofrio non lo fece, e per questo vinse. Chinò appena il volto verso quello di lei, avvicinò le labbra alle sue e si fermò. I suoi occhi si fissarono in quelli di Leonia, muti, comprensivi, come se attendessero il suo sì.

«Non mi allontanare», la pregò Onofrio con un sussurro.

«Non ti allontano», rispose lei.

7

Il muro crollò in una nuvola di polvere e i due uscirono in una canonica, un armadio e un tavolo con un paio di sedie per unico arredamento, oltre a un crocifisso appeso al muro. Una finestrella incorniciava la notte.

«Dove siamo?»

«In salvo, con un po' di fortuna», rispose Onofrio, muovendo la torcia per illuminare la stanza. «Siamo nella chiesa dei Tre Santi. Qui si apriva una porta che consentiva di raggiungere i sotterranei senza passare per il nostro palazzo».

«E tu la facesti murare nel 1575. Non mi hai detto cos'è successo, quell'anno».

Onofrio la guardò. Parlavano sussurrando.

«Né intendo farlo. Non voglio che tu conosca le nefandezze accadute qui. Va' via da Roma, e...».

«C'entra quell'Ottavio di cui parlavi?».

Lui sorrise: «L'avevo detto, che saresti presto tornata quella di prima».

Leonia rispose al suo sorriso: «Ma è quella di prima, che hai invitato alla festa».

Onofrio storse la bocca, era inutile combattere con quella donna.

«Ottavio potrebbe essere quel nemico di cui parlavi», ammise. «Ma è morto. Se le anime potessero tornare dall'aldilà, come i plutonisti credevano, allora forse tutto questo sarebbe opera sua, e del suo amico Bonsanti, quel vecchio pazzo. Ma…».

Fu a quel punto che una voce risuonò nel buio, lì dove una porta immetteva nella chiesa. Una voce carica d'odio. Bassa, profonda, beffarda e decisa.

«Allora voltati, principe Onofrio del Drago, e guarda con i tuoi occhi se le anime possono tornare dall'aldilà».

Leonia sbarrò gli occhi mentre Onofrio si voltava di scatto, come una belva pronta a fronteggiare un nemico improvviso. Poi un brivido di terrore corse lungo la schiena della donna, quando sentì di nuovo quello schiocco metallico, lo stesso che aveva annunciato la morte misteriosa di Bonsanti.

E, come allora, allo schiocco si accompagnò un lamento di dolore e sorpresa insieme, un ripiegarsi del corpo, stavolta di Onofrio, che lasciò cadere la torcia e, dopo due o tre passi all'indietro, si accasciò a terra.

8

Leonia guardò nel buio davanti a sé. Aveva notato soltanto un movimento, un lampo metallico alla luce della torcia che ardeva a terra. Poi un'ombra si staccò dalle tenebre, finché non si trasformò in un uomo vestito di nero. I suoi occhi erano appuntati su Onofrio, che con la mano si premeva il ventre, e avevano un'espressione di trionfo maligno. Una cicatrice gli attraversava la faccia; al posto dell'avambraccio destro, una protesi metallica. Il braccio era piegato e alla mano mancava un dito.

«Così hai ucciso Bonsanti!», esclamò Leonia.

«Esatto. E se quel turco non fosse stato svelto, sarebbe capitato lo stesso a lui e a te».

«Perché?»

«Perché l'*Alfabeto* sarebbe rimasto lì e sarebbe stato ritrovato più facilmente dai birri. Ma non è stato comunque un gran problema. Le matrici erano nel magazzino e, per sicurezza, avevo nascosto nel laboratorio, all'insaputa di Ilario, un paio di tavole di prova, in modo che venissero ritrovate».

Onofrio emise un lamento. Dalle dita della mano premuta sul ventre colava un filo di sangue. Il principe guardò l'uomo e sibilò: «Ottavio. Dunque è così. Eri tu, che volevi distruggere i del Drago».

«Non *volevo*, principe: l'ho fatto!». Il volto si aprì in un sorriso di trionfo. Poi aggiunse: «Ho aspettato tanto questo momento, principe. Anni e anni. L'ho preparato con cura, ho colto le opportunità che si sono presentate: come questa donna, ad esempio. Dopo il ritrovamento dell'*Alfabeto*, accompagnato da un delitto e dalla contemporanea sparizione di quattro bambini, sapevo che era solo questione di giorni prima che l'Inquisizione arrivasse a te. Ho atteso con ansia, ho vissuto presso il tuo palazzo, nascosto, finché non ho visto le truppe del Governatore davanti al portone. Si è sparsa subito per la piazza la voce della tua fuga, ma io sapevo che tu potevi fuggire solo passando dal sotterraneo. E ti ho atteso. Sei perduto, siete tutti perduti!».

Leonia fece un passo verso il principe: «Lo credi tu», disse rivolta a Ottavio. «Il falso libro contiene un errore, l'Inquisizione non ci metterà molto a capirlo. Le Tre Spade non esistevano ancora, quando Morosini incise il vero *Alfabeto*. Il tuo complice ha lavorato con accuratezza, ma ha commesso uno sbaglio».

Ottavio continuò a guardare Onofrio, mentre rispondeva alla donna: «E cosa vuoi che importi? Il vaso di Pandora è aperto e il papa non si lascerà scappare l'occasione. Ho atteso venticinque anni questo momento! Mi dispiace solo di aver dovuto fermare il principe, perché avrei preferito di gran lunga saperlo in carcere e poi sul patibolo. Ma i del Drago verranno comunque spogliati di ogni avere. Come accadrà ai loro sodali, gli Antimonti e gli Sferelli, che Dio li maledica!».

Leonia deglutì, esitò un attimo e poi si chinò accanto a Onofrio, sorreggendolo. Era madido di sudore e stringeva i denti per il dolore. Il sangue aveva formato una piccola pozza nera sul pavimento della canonica.

«Non avere pietà per quest'assassino, non la merita, né lui

né tutta la sua illustre casata! Appena usciti dal passaggio nella canonica, ti ho sentito chiedergli cosa fosse accaduto nel 1575, ma lui si è rifiutato di dirtelo. Non mi sorprende! Vuoi saperlo? Di', ci tieni a saperlo?».

Leonia guardò prima Onofrio, poi Ottavio e la mano con i dardi puntati verso di lei. Lontano, le parve di sentire delle voci, che subito si spensero. L'uomo non pareva essersene accorto, e la donna decise in un lampo che dovevano essere gli inseguitori nel labirinto, che avevano trovato il passaggio e stavano risalendo verso la chiesa. Doveva sperare che si facessero cauti e decise di guadagnar tempo, alzando la voce in modo che gli inquisitori si accorgessero che c'era qualcuno.

«Sì. Dimmi quale colpa dei del Drago merita una così lunga vendetta».

«Non essere così fiera! Dopo aver ascoltato, ti renderai conto che bestia è il tuo principe. Io e la mia famiglia abitavamo poco lontano da qui, e io lavoravo presso Bonsanti. Avevo talento, come incisore e come disegnatore. Ma soprattutto avevo una figlia: Flavia».

Onofrio fece per parlare, ma il volto gli si deformò in un'espressione di dolore.

«Ah! La ricordi ancora, la mia piccola Flavia, bestia! Quante moine faceva il principe alla mia bambina, quando la incontrava. Quante monete le dava! Che abbracci! Ma né io né mia moglie potevamo pensare che quell'affetto fosse dovuto a un amore perverso, osceno, schifoso!». Si avvicinò e mollò un calcio violento contro la coscia di Onofrio. Leonia gridò, più forte che poteva. Non sentiva più alcun suono: gli inseguitori stavano davvero arrivando? O la sua era solo immaginazione dovuta alla paura?

«Quando Flavia scomparve, quando una sera non tornò a

casa, io e Francesca impazzimmo. Poi, il giorno dopo, scoprii che avevano veduto la bambina parlare con qualcuno che si trovava all'interno di una carrozza: non seppero dirmi con chi, ma per me era facile arrivare alla conclusione. Tutte le tenerezze del principe trovarono nel mio cervello una spiegazione semplice, e io divenni accecato dall'odio e dalla paura per la sorte di Flavia».

Leonia ascoltava incredula. Mentre Ottavio continuava il racconto, il volto rigato di lacrime, lei guardava Onofrio: e Onofrio teneva lo sguardo fisso a terra, ansimante, il prezioso vestito sporco di sangue.

«Con un pugnale in mano, come Golia contro Davide, corsi al palazzo. Entrai nel cortile, gridai il nome di Flavia e del principe. Mi si fecero avanti due o tre dei suoi uomini...».

«Finiscimi!», gridò Onofrio. «Tirami un altro colpo e che cali il silenzio!».

«Troppo semplice! Rimani lì, che il tuo sangue allaghi il pavimento goccia a goccia! Perché dovrei essere clemente? Ho sacrificato la mia vita per arrivare a questo risultato. Ho ucciso: prima a Londra, e poi l'unico mio amico, Ilario. Ma ho dovuto farlo, perché il piano riuscisse». Con uno scatto del volto, si rivolse di nuovo a Leonia: «Ascolta! Quest'uomo uscì fuori dai suoi agi, ben vestito, orgoglioso, ascoltò senza fare una piega quel che gli gridai contro, non mosse un muscolo di fronte alle lacrime di un padre che chiedeva solo che gli rendessero la figlia...».

«Non è vero! Il mio cuore si spezzava...».

«Sta' zitto! Muori almeno da principe, tu che hai vissuto da bestia. Il tuo cuore si spezzava, eh? A tal punto che alla fine ordinasti ai tuoi uomini di portarmi via. Sapevi certo che non mi avrebbero condotto all'osteria, o no? Mi hanno trascinato sulle rive del Tevere, infatti. Ho cercato di difendermi, mi hanno tagliato via un braccio, ferito al volto, pugnalato e gettato in acqua come un cane! Ecco come è stato eseguito il tuo ordine, principe! Se io sono vivo lo devo non a Dio, ma al demonio».

Ottavio ammutolì. Il petto era ansante, un filo di saliva gli colava dall'angolo delle labbra. Il pazzo trionfo era scomparso dal suo volto, e ora restava uno stupore attonito, come se non ricordasse più perché si trovava lì. Balbettò prima di ritrovare il filo: «Fui tirato fuori dal fiume molto più tardi. L'acqua fredda arrestò la perdita di sangue, e i vaccari che mi ritrovarono, dalle parti di Santa Maria in Cosmedin, si presero cura di me. Sapevano bene che chi viene ammazzato e buttato a fiume di solito è solo un disgraziato. Passò molto tempo prima che potessi rimettermi in piedi. Bonsanti, disperato, mi raccontò che mia moglie era morta di dolore, dopo aver perso prima Flavia e poi me. Sapevano tutti che erano stati gli uomini del principe a ridurmi così, ma come potevo ottenere giustizia, io? Così lasciai Roma, ma deciso a tornare, un giorno. Lo giurai urlando in aperta campagna, sputando sulla città lontana: sarei tornato, e avrei sterminato i del Drago. E adesso, finalmente, ho compiuto la mia missione. Di', donna, ti pare che ci sia da esser fieri, nello stare accanto a un uomo del genere? E tu, principe Onofrio del Drago, prima di morire, salda i conti con la tua coscienza! Che ne hai fatto, di Flavia? Dillo, se ne hai il coraggio. Dillo, di fronte a suo padre!».

9

Leonia sentì un fruscio. Era certa che ci fosse qualcuno, nei pressi dell'uscita del sotterraneo, qualcuno che era rimasto prudentemente in ascolto. Il suo cuore perse un battito, perché aveva lanciato uno sguardo nel buio, verso il muro crollato, e aveva visto un baluginio metallico, subito inghiottito dall'ombra. Forse il riflesso di una corazza, o di un'arma?

«Ottavio, sei pazzo», rispose Onofrio con un sospiro, sforzandosi di stare seduto, come se fosse la posizione più dignitosa che potesse assumere. Una ciocca di capelli gli si era appiccicata alla fronte sudata, come una ferita. «Davvero vuoi sapere cosa sia accaduto a Flavia? Sarai tu, a dover essere coraggioso. Io ho salvato Flavia. *Io*».

Ottavio emise una risata sgangherata, un lampo di follia negli occhi.

«Tu? E dopo averla salvata, hai ordinato di ucciderne il padre? Quale alto concetto della giustizia!».

«Non pretendo di essere un santo. Ho molte colpe, e se devo morire ora non mi dispiace: te l'ho detto, ammazzami. Ma non ho torto un capello a Flavia. Ho dato l'ordine di farti uccidere, sì, come ho deciso che Flavia non poteva tornare a casa: l'ho fatto perché non potevo compromettere la casata. Quando si è sparsa la voce che la bambina era scomparsa, anch'io mi sono messo a cercarla. *Sapevo* dove poteva essere, e lì infatti l'ho trovata: nei sotterranei, chiusa in una cella...». Il volto si contrasse in una smorfia. Poi scosse il capo e riprese: «Quello che aveva subito, poverina, era terribile. Ma non voglio parlarne. Dovevo scegliere: ho salvato la bambina, ma l'ho dovuta sottrarre ai genitori perché non potesse mai rivelare l'accaduto. E tu dovevi morire, perché avevi capito e i del Drago dovevano sopravvivere. Tutti i titoli grondano sangue: il mio non fa eccezioni. Tutto quello di marcio che ho fatto, l'ho fatto per difendere la casata».

Ottavio rimase in silenzio, gli occhi socchiusi, le mascelle contratte.

«E così, l'hai salvata», disse, con tono dubbioso. Era chiaro che le parole del principe gli erano parse sincere, e questo gli dava da pensare. Flavia era ancora viva!

«Sì. L'ho portata fuori Roma e l'ho fatta accudire da una brava famiglia».

«Sei molto magnanimo, principe. E perché avresti fatto tutto questo?».

Onofrio alzò il mento e fissò Ottavio, senza alcuna emozione nello sguardo, chiaro e fermo nonostante il dolore.

«Per lo stesso motivo per cui la vezzeggiavo, come dici, per cui mi curavo di lei, mi informavo di lei. Rifletti, Ottavio, e capirai il motivo, se pure ancora non l'hai capito».

Leonia sentì il sangue pulsare contro le tempie. Ci mise un istante per capire cosa il principe intendesse dire. Il suo cuore accelerò il battito, e nel silenzio le parole di Onofrio sembravano, per una sorta di allucinazione, stagnare nella canonica, come se una volta pronunciate si fossero fatte di pietra. Eterne, definitive, inappellabili.

Ottavio ci mise qualche istante più di Leonia. Quando capì a sua volta, il volto parve disfarsi, gli occhi si sbarrarono, le labbra si schiusero. Fece un passo indietro, rimescolandosi alle tenebre, e non fu più possibile leggergli in viso le emozioni. Soltanto la mano di ferro rimaneva in vista, il riflesso della torcia che vi scivolava sopra come un serpente di luce.

«Maledetto», sibilò. «Non è vero. Non è vero. Tu stai solo vendicandoti...».

«No. Non mi interessa. La tua vendetta è giusta. Dopotutto ho cercato di ucciderti. Ma ti avevo pur avvertito: finiscimi. Se mi avessi dato retta, io sarei in pace e tu non avresti mai saputo la verità».

«E perché, allora, non hai ucciso coloro che hanno fatto del male a... a Flavia?»

«Perché sono un vigliacco e perché non ho mai saputo chi sia stato. Non è una scusa: avrei potuto, se avessi davvero voluto. I più probabili potevano essere il mio stesso padre, o Antimonti, o Sferelli. Tutti facevano parte di quella setta, tutti potevano accedere ai sotterranei. E purtroppo, tutti erano viziosi, laidi, come anche Francesco Cenci. Indossavano quelle casacche con il cane a tre teste sul petto e sproloquiavano davanti all'altare pagano, vi portavano prostitute, ragazzine. Forse, l'unico dei tre che abbia pagato è stato mio padre: negli anni, la sua mente non ha retto al peso delle colpe, e ora sbocconcella rosari come prima sbocconcellava stupide formule magiche. Ma la carrozza che prelevò Flavia poteva essere di ognuno di loro. E lei non poteva parlare, poverina, non sapeva dirmi chi fosse stato. Era ridotta...».

«Sta' zitto! Hai inventato tutto! Sta' zitto e muori».

Leonia scattò in piedi e fece un passo in avanti, ma Onofrio riuscì a fermarla afferrandole il vestito.

«Lascia perdere, Leonia. Comunque sia, non c'è scampo».

Ottavio poggiò la mano sull'avambraccio artificiale. Stava inserendo il perno nel secondo foro.

Tutto rimase immobile, quando una voce sconosciuta parlò.

«Ottavio, non vuoi vedere Flavia?».

Dal passaggio uscì un domenicano, il vestito sporco e un naso d'oro in mezzo al volto. Ecco cos'era stato quel baluginio nel buio. Un naso d'oro, pensò Leonia, come quello di Tycho Brahe, l'astronomo che viveva alla corte di Rodolfo. Mai come in quel momento il mondo le sembrò un luogo attraversato da una rete di segreti legami.

Il prete fece qualche cauto passo avanti, lanciando occhiate a Leonia, a Onofrio e poi fissando di nuovo Ottavio.

«Ho parlato con Flavia, stamattina», riprese. «Lei si ricorda ancora di te».

Ottavio non rispose e si ritrasse ancora di più nell'ombra. In pochi passi si sarebbe ritrovato nella chiesa, e subito dopo fuori, nella notte. Forse avrebbe potuto farcela, a fuggire, e nessuno avrebbe più saputo nulla di lui, né dei quattro bambini che erano in mano sua. A questo pensava Ascanio.

Quanto a Leonia, stava studiando i movimenti cauti del domenicano. Ne aveva già apprezzato la prudenza, quando era rimasto in ascolto invece di uscire allo scoperto; e ancor di più adesso, dopo essersi resa conto che alcuni uomini, certo dei birri, erano ancora nel cunicolo, sicuramente su ordine dell'inquisitore.

«Stai mentendo, prete», disse la voce dal buio.

«Non mento affatto. Ho sentito quel che vi siete detti, dopo aver seguito i passi fuggitivi di questi due signori. Sono arrivato fino a loro seguendo l'*Alfabeto* che tu e Bonsanti avete messo sul percorso dell'Inquisizione, ma quello che non sai è che un'altra persona ha cercato, senza saperlo, di fornirmi indicazioni sulla tragedia che le è capitata venticinque anni fa: Flavia, ovvero suor Fiammetta».

Onofrio guardò stupito il domenicano: «Suor Fiammetta?».

Ascanio continuò a puntare lo sguardo verso il buio nel quale presumeva che fosse acquattato Ottavio.

«Sì, la piccola Flavia ha scoperto in sé una forte vocazione religiosa. Ora vive qui, a Roma, in un convento sulla via Merulana. Qualche tempo fa, nel corso di un'estasi, pronunciò delle parole, all'apparenza profetiche, che mi diedero molto da pensare, come anche la sua irragionevole paura per i sotterranei: paura che invece si spiega benissimo. Il mio errore è stato di ritenere che le sue parole costituissero una profezia o comunque un avviso, mentre invece erano solo un ricordo che tornava a galla da un pozzo oscuro, dov'era rimasto sepolto dal 1575. Vuoi conoscere le parole di Flavia, Ottavio?».

Un lungo silenzio, poi la voce sussurrò: «Sì».

«E voi, principe Onofrio del Drago, volete conoscerle? Vedrete che contengono anche un'indicazione per arrivare al colpevole di ciò che le è successo».

«Sì».

«Eccovi dunque le esatte parole di Flavia.

C'è l'inferno, e Roma vi è costruita sopra. L'inferno. Lo vedo. Dio mio, aiutami, proteggimi, perché sono sola. Al Santo Giubileo si contrapporrà il Giubileo pagano, sentina di vizi e di malvagità. I demoni e gli uomini perversi converranno presso l'altare di Dite e di Proserpina e inizieranno i Ludi Secolari, e gli innocenti tremeranno tra fredde mura. Il salvatore verrà dall'alto e spezzerà le mura marce e libererà gli innocenti. Gli innocenti saranno liberati dalle mura, ma non dalla pena. Il drago tiene le chiavi, ma il drago li porrà sotto la sua ala».

«Il drago tiene le chiavi, ma il drago li porrà sotto la sua ala...», bisbigliò Onofrio con labbra violacee, gli occhi bassi, come persi nel suo stesso sangue.

«Vostro padre tiene le chiavi, voi l'avete posta sotto la vostra ala», fu il commento di Ascanio.

«L'inferno... sono sola...», farfugliò ancora Onofrio, pallido. Poi aggiunse, e non si capì se ripetesse le parole di Flavia o se mormorasse un'estrema preghiera: «Dio mio, aiutami, proteggimi».

Il principe Onofrio del Drago emise un sospiro, reclinò il capo e il corpo cadde in avanti, le gambe si stesero, compirono un breve arco e il sangue si aprì come un ventaglio. Leonia si portò una mano alle labbra.

Ascanio non mosse un muscolo. I suoi occhi si sforzavano di forare il buio, dove sapeva che Ottavio era ancora in agguato e combatteva con il proprio passato e con il fardello della verità.

«Adesso devi abbandonare il sentiero della vendetta, figlio mio, e aiutare quattro bambini che si trovano nello stesso inferno dove il padre scellerato di quest'uomo precipitò Flavia. Loro non hanno colpe, non devono subire lo stesso calvario di tua figlia. A tutto si può riparare. Se...».

Dal buio si alzò un singhiozzo, un lamento disperato che raggelò Leonia e Ascanio.

«Io non ho più niente», sussurrò Ottavio piangendo. «E niente può essere riparato».

Poi ci fu uno scalpiccio affrettato di passi che si allontanavano.

Proiettandosi in avanti, Ascanio lanciò un grido di allarme

e i birri sciamarono fuori dal passaggio. Nello stesso istante si sentì il rumore della porta, che dalla canonica portava alla chiesa, che veniva chiusa e sbarrata. Ascanio raccolse la torcia, fece un passo, un birro lo superò e provò ad aprire la porta: bloccata.

«Disgraziato! Sfondatela, presto, o fuggirà e i bambini saranno perduti!».

Leonia appoggiò una mano sulla fronte del principe: era gelida.

10

Ottavio si ritrovò nel buio della chiesa dei Tre Santi. C'erano soltanto le candele presso le nicchie laterali a spandere una patina di luce. Davanti a sé, la vaga forma dell'altare. A sinistra, in fondo alla navata, si intravedeva il portone. Alle sue spalle, la porta tremava sotto i colpi dei soldati. Tutto il resto era tenebra, una tenebra fredda, profumata di cera e d'incenso.

Per un attimo si guardò attorno, quasi non ricordasse com'era arrivato fin lì, e cosa dovesse fare. In pochi minuti le sue radici erano state divelte. Andava alla deriva, senza meta. Tutto gli era indifferente: solo l'istinto lo aveva indotto a fuggire, chiudendosi la porta alle spalle. Avrebbe potuto, allo stesso modo, rimanere lì e farsi uccidere. Non era scappato dall'Inquisizione, era solo scappato dalla verità.

Onofrio del Drago era morto, ma era comunque riuscito a togliergli tutto, di nuovo, per sempre: stavolta non c'era vendetta che potesse sorreggere e nutrire Ottavio.

Sentì alle sue spalle un colpo più forte, che fece scricchiolare il legno. Senza alcun pensiero cosciente, si mosse allora verso il portone della chiesa e la notte. I piedi calpestavano il buio. Fece qualche passo avanti, la mano metallica sempre alzata e pronta a colpire.

«Fermo».

La voce venne da qualche punto davanti a lui, bassa e decisa. Poi qualcosa si mosse, un'ombra si staccò dal fondo indistinto e avanzò. L'ombra di un uomo alto, imponente, che gli veniva incontro cautamente. La luce di una candela intercettò la lama di un pugnale, facendola saettare prima che sprofondasse di nuovo nell'oscurità, come la lingua di una vipera.

Ottavio si fermò, e quasi con sorpresa scoprì che il cuore non aveva accelerato di un battito. Anche lo sconosciuto gli era del tutto indifferente: non era una minaccia, non era nulla.

«Fammi andar via», disse.

«Ho sentito solo le ultime parole pronunciate da un prete, prima che tu chiudessi la porta», ribatté l'uomo. «Ma mi sono bastate per sapere che non posso lasciarti andare. Tu sei quello che ha rapito i quattro bambini. Li hai uccisi?».

I birri continuavano a colpire la porta, e la chiesa echeggiava dei tonfi delle spalle contro il legno.

«Non uccido bambini. Non sono come i del Drago».

Non aveva nemmeno finito di parlare, che subito un rigurgito di memoria gli portò davanti agli occhi la piccola Ester, nuda, sicura di essersela cavata. Per distogliere la mente da quell'immagine, Ottavio infilò il perno del secondo foro, alzando appena la mano artificiale verso la voce nemica.

«E allora, se sono vivi, devi dirmi dove sono», disse la voce.

L'ombra si spostò e adesso, con gli occhi abituati all'oscurità, Ottavio riconobbe la sagoma dell'avversario: il turco che, con la donna, era insieme a Bonsanti, la notte in cui era scattata la trappola.

Anche il vecchio Ilario, che l'aveva aiutato per tanti anni, era morto.

Ottavio strinse le mascelle e mirò verso Grifo. Attese ancora.

«Dimmi dove sono e potrai andare via», disse ancora il turco.

Aveva faticato molto per farsi dire da Galeazzo se ci fosse un altro ingresso al sotterraneo, e altrettanto per districarsi dalla presenza dei birri nel palazzo e guadagnare l'uscita. Le ultime parole di Ascanio, che aveva ascoltato entrando in chiesa, il tonfo della porta e quell'ombra che vagava nel buio significavano che lui era l'ultimo ostacolo tra quell'uomo e la libertà: ma non gli importava nulla, se non dei bambini in pericolo. Che se ne andasse pure all'inferno, qualunque cosa avesse fatto. A lui premeva altro.

Ottavio tentennò. Non voleva fare del male ai ragazzini, loro e l'*Alfabeto* erano stati solo l'acciarino per far scoccare la fiamma. Ma qualcosa gli impediva di dire a quello sconosciuto dov'erano segregati. Perché fare qualcosa di giusto, in quel mondo orrendo in cui non c'era giustizia? A chi importava?

Un fracasso, uno scricchiolio. La porta stava per cedere.

Tra sé e la notte, Ottavio aveva solo Grifo, armato di pugnale, ma sotto il tiro di uno dei dardi approntati da mastro Herrmann. Quello no, non gli dispiaceva averlo ucciso. Non doveva esser molto diverso da un del Drago o un Antimonti o uno Sferelli: solo più povero.

«Stanno per arrivare», disse ancora Grifo. Non avanzava perché, in quell'oscurità, non sapeva se l'avversario fosse armato.

«Stanno per arrivare. Dimmi dove sono i bambini e ti lascio andare!».

Un altro colpo alla porta. Ora le voci si sentivano più chiare.

Ottavio fece un sorriso.

«Non c'è giustizia», disse.

Era un epitaffio: subito dopo, girò con determinazione il perno nel foro.

11

Per sfondare la porta della canonica occorsero solo pochi minuti, che tuttavia sembrarono un'eternità a padre Ascanio. Non faceva che inveire contro i birri che non riuscivano a coordinarsi tra loro per sferrare il colpo vincente, e lanciava occhiate verso il cadavere di Onofrio, come se si trovasse davanti a un enigma che non riusciva a decifrare. Un paio di volte il suo sguardo incontrò quello di Leonia, che si era rialzata con le mani macchiate di sangue; ma non le disse nulla.

Quando alla fine la porta cedette con uno schianto, Ascanio si precipitò fuori e quasi inciampò nei due birri che avevano fatto da ariete e stavano rialzandosi da terra. Aveva appena alzato la torcia per fare più luce, quando dal buio venne un grido strozzato, che lacerò come una bestemmia la navata e fece sobbalzare tutti.

Leonia si sentì gelare. Uscì dalla canonica, entrò nella chiesa e distinse la macchia bianca dell'abito di Ascanio, chinato a terra accanto al corpo di un uomo. Poi alcuni birri circondarono incuriositi il domenicano e lo nascosero alla vista. Allora avanzò in fretta, spinse da parte un paio di uomini che la guardarono in cagnesco e si ritrovò vicino ad Ascanio, che scuoteva il capo sconsolato mentre chiudeva gli occhi di Ottavio.

Poi alzò lo sguardo avanti a sé e chiese: «Com'è accaduto? Cosa ha detto? Ha forse...?».

Leonia seguì lo sguardo di Ascanio e vide Grifo, un pugnale insanguinato in mano e la maschera della sconfitta sul volto. Il turco la vide a sua volta, per un attimo il suo sguardo si rischiarò di sollievo, poi un velo oscurò di nuovo quella luce e rispose: «Da quella mano artificiale, quest'uomo poteva lanciare dei dardi…».

«Sì, lo so», tagliò corto il prete.

«Ho cercato di fermarlo, gli ho persino promesso la libertà, se solo avesse rivelato il nascondiglio dei bambini. Ma pareva che non gli importasse nulla nemmeno di fuggire. A un tratto ho sentito uno schiocco metallico, come già mi era accaduto nella stamperia di Bonsanti. Ecco, ero qui e ho sentito qualcosa colpire il marmo di questa colonna alle mie spalle. Allora ho capito il pericolo e non ho potuto far altro che colpirlo… non volevo ucciderlo, ma nel buio…». Grifo si interruppe, poi aggiunse: «Io volevo solo sapere dov'erano i bambini».

Leonia percepì la disperazione nelle parole del turco e si sentì sola, fragile e indifesa. Una colomba con l'ala ferita, come le aveva detto Onofrio.

«A questa distanza non avrebbe potuto mancarvi di tanto», commentò Ascanio, dopo aver dato un'occhiata alla colonna. «Non voleva uccidervi, voleva che voi lo uccideste».

Grifo guardò Leonia e, solo muovendo le labbra, chiese: «Il principe?».

La donna scosse il capo. Grifo le si avvicinò e le sfiorò con dolcezza un braccio.

Il domenicano camminava avanti e indietro, mentre si passava una mano sulla fronte. I birri stavano fermi e si limitavano a strusciare i piedi, fissandosi l'un l'altro senza sapere cosa fare.

«Padre, guardate», disse a un tratto uno di loro.

Ascanio si bloccò e seguì il dito del birro che indicava la mano di Ottavio. Era chiusa a pugno, ma ne usciva il lembo di un foglio. Il prete si gettò a terra, aprì la mano del morto, afferrò il foglio, lo sgualcì e lesse le poche parole che Ottavio aveva scritto: «"I bambini sono in una capanna presso San Pietro in Montorio, che ho affittato dal pastore Alessandro. Oggi pomeriggio ho portato loro acqua e cibo. Se qualcuno leggerà queste righe, vuol dire che sarò morto. Non mi importa, purché i del Drago paghino per quello che hanno fatto a mia figlia, a mia moglie e a me"».

Ascanio sollevò gli occhi dal foglio e sorrise. Un sorriso incerto, come quello di un bambino che dopo tante lacrime riceva all'improvviso un balocco. Esclamò con un sospiro: «Dio, ti ringrazio! Andate a liberarli, presto, e fatemi sapere! Di corsa!».

Si tirò su con un lamento, come se d'un tratto sentisse le fatiche degli ultimi giorni. I birri sciamarono via, lasciando nella chiesa solo il domenicano, Leonia e Grifo.

Ascanio rimase in silenzio, assorto nella contemplazione del cadavere di Ottavio. "L'uomo è un essere insondabile", pensò. "Come si può formarsene un'opinione definitiva?". Poi alzò lo sguardo con un sospiro e puntò gli occhi verso la canonica buia, dove dormiva il principe Onofrio del Drago.

Leonia e Grifo lo videro mormorare delle preghiere, gli occhi socchiusi, le labbra appena percorse da una vibrazione.

Poi Ascanio riaprì gli occhi, guardò i due e con voce stanca disse, quasi sovrappensiero: «Il cardinal Bellarmino mi ha confidato una riflessione di Giordano Bruno, giorni fa». Rifletté qualche istante. «Secondo quell'eretico anche i diavoli, alla fine, si salveranno», disse.

Si diresse verso l'uscita, ma dopo pochi passi ebbe un ripensamento, si fermò, si voltò e aggiunse: «È un'eresia, naturalmente».

Epilogo

…Pensa invece che noi
non ci siamo che voltati da parti opposte per dormire:
coloro che si tengono l'un l'altro
vivi, non son mai separati.

John Donne, *Canzone*

Il Giubileo del 1600 non si aprì la vigilia di Natale, come nella tradizione, ma qualche giorno più tardi, a causa di un'indisposizione di papa Clemente VIII.

Per evitare di turbare la gioia dell'evento imminente, ogni azione contro i del Drago, gli Sferelli e gli Antimonti fu rinviata. Sarebbe venuto il momento propizio per cogliere i frutti di quegli alberi nobiliari. Le tre spade erano state utili molti anni prima, ma ormai erano coperte di ruggine: non servivano più a nessuno. A differenza dell'oro, la gratitudine non si può pesare su una bilancia.

Leonia e Grifo non avevano motivo di restare a Roma, anzi avevano tutti i motivi per andarsene il prima possibile. Approfittarono dell'inspiegabile lassismo di padre Ascanio, che pareva essersi disinteressato a loro due, e due giorni dopo la festa finita nel sangue lasciarono il palazzo di Alfani. Lo stimatore pontificio era venuto a conoscenza per sommi capi di quel che era accaduto, ed era tormentato al pensiero che qualcuno scoprisse che il teschio di Marcello Morosini – che se non aveva dato origine alla tragedia aveva certo contribuito a che prendesse una certa piega – era stato venduto proprio da lui all'emissario dell'eretico Rodolfo II.

Al momento di partire in carrozza dal palazzo, in una mattina di fine dicembre fredda e splendente come una moneta di conio, Leonia non si era preoccupata di tranquillizzare il vecchio Alfani, e lo lasciò nel cortile a sfregarsi spasmodicamente le mani. Marcello, alle sue spalle, aveva l'aria cupa di chi non si aspetta nulla di buono per il futuro.

Grifo viaggiava con Leonia e con l'ambasciatore boemo, un po' seccato all'idea di dover perdere i festeggiamenti per l'apertura dell'Anno Santo. A cassetta c'era un cocchiere dell'ambasciata. Attraversarono la città che si andava popolando di schiere di pellegrini salmodianti, superarono la dogana e si trovarono presto sulla via Cassia, diretti a nord.

Si fermarono a una stazione di posta e l'ambasciatore e il cocchiere entrarono nel locale, mentre Leonia attese fuori. Grifo, che si era recato nella stalla, tornò verso di lei portando per le redini un cavallo.

«Stai disobbedendo all'imperatore», gli disse lei, come riprendendo una lunga discussione.

Lo fissava negli occhi e si sforzava di tener ferma la voce.

«Ma obbedisco al mio cuore, signora», replicò lui. «Le bizzarrie naturali, la volontà di accatastare meraviglie... tutto questo è ormai nulla, per me».

«Non mentirmi, Grifo, non è questo, il motivo. Tu vuoi staccarti da me, nel momento in cui io ho più bisogno di te».

«Sia voi che io dobbiamo trovare nuove ragioni per vivere. Io non me ne vado perché sono stanco di voi, e dunque voi sarete sempre viva in me. Quando le nostre schiene si saranno allontanate, sarà come se due vecchi sposi si diano le spalle per addormentarsi. Niente di diverso. Sarete sempre vicina, sempre».

«Sempre è una parola che non ha senso».

«Allora, il più a lungo possibile».

Leonia avrebbe desiderato aggiungere: «Anche tu sarai vicino a me, il più a lungo possibile», ma le parole le morirono sulle labbra e si limitò ad annuire. Accarezzò il braccio di Grifo, poi l'uomo le prese la mano, la baciò sul palmo, salì a cavallo e partì al galoppo. In fretta, troppo in fretta.

Quando il cavaliere si fu dissolto all'orizzonte, Leonia si voltò verso la stazione, senza alcuna voglia di parlare con i due accompagnatori. Voleva stare da sola. Così tornò in carrozza.

Lì, sul sedile dov'era stato Grifo, trovò una cartella legata con un nastro. Aggrottò le sopracciglia, chiuse il portello, prese la cartella e sciolse il fiocco del nastro.

Nella cartella c'erano alcuni disegni fatti da Grifo. Li sfogliò, uno dopo l'altro, lasciando che le lacrime corressero libere sulle guance, e ricordando gli altri disegni che Grifo aveva tratto dalla memoria: quelli della sua famiglia sterminata.

Allora, gli aveva chiesto perché li avesse fatti, perché avesse voluto risvegliare con il carboncino il tempo passato, ma non aveva ricevuto risposta.

Nemmeno adesso Leonia avrebbe mai saputo perché Grifo aveva disegnato lei: più giovane, forse la prima volta che si erano incontrati alla corte di Rodolfo, anzi sicuramente, a giudicare dal vestito; nuda, di spalle contro una finestra; mentre ascoltava il suono dell'ud, sulla loggetta del palazzo di Trinità de' Monti; con lo sguardo pieno d'ira, la notte in cui era fuggita a cavallo; con la gioia della caccia negli occhi, dimentica di tutto il resto; con il volto straziato, come dovette essergli apparsa dopo la morte di Onofrio.

Decine di fogli su cui Grifo aveva riversato quella parte della sua memoria colma di lei, di Leonia, così come l'avrebbe sempre ricordata. Non c'era alcuna frase ad accompagnarli, ma dopotutto, a cosa servivano le parole? Leonia non ne aveva bisogno. Leggere tra le righe, intuire i pensieri, percepire le emozioni era il suo talento.

No, non era necessaria alcuna spiegazione. Grifo le aveva lasciato molto di più, i suoi ricordi, perfetti, vivi, eterni, più reali della realtà.

Intoccabili.

Nota dell'Autore

Grazie al cielo, l'*Alfabeto di Erode* esiste solo nel mondo della finzione. Tuttavia, un tempo, libri del genere erano frequenti: l'*Alfabeto della Morte* di Hans Holbein, edito a Lione nel 1538, ne è un celebre esempio.

Esiste però un libro, pubblicato nel 1963 da Edward Gorey, che richiama più direttamente le atmosfere dell'*Alfabeto* di Marcello Morosini. Si intitola *The Gashlycrumb Tinies: or, After the Outing*, ed è costituito da 26 disegni, ognuno dei quali ha per protagonista un bambino che muore, accompagnato da una breve poesia. Nonostante l'argomento, è un'opera pervasa da quello humour macabro che è la prerogativa del disegnatore americano.

Per quanto riguarda infine piazza delle Tre Spade, che costituisce un importante sfondo per il romanzo, è appena il caso di precisare che non la troverete su nessuna mappa. Ma esiste una fonte che l'ha ispirata, ovvero lo sceneggiato *Il segno del comando*, dove per tutte le cinque puntate si cerca per l'appunto una "piazza con ruderi di tempio romano, chiesa rinascimentale e fontana con delfini". Alla fine, il professor Forster (Ugo Pagliai) si affaccerà alla finestra di un antico palazzo di via delle Tre Spade e vedrà la piazza. O meglio, il luogo dov'era, poiché non esiste più. Chissà che quel palazzo non fosse quello della famiglia del Drago.

Infine, due parole di ringraziamento: a Piergiorgio Nicolazzini, il mio agente, e ad Alessandra Penna, editor della Newton Compton, della quale posso davvero dire: "Nomen omen".

Indice

Nuova Narrativa Newton

Ultimi volumi pubblicati

Nagib Mahfuz, *Il viaggio di Ibn Fattouma*
Francesca Bertuzzi, *Il carnefice*
Antonio Salas, *L'infiltrato*
Lisa Jane Smith, *Il diario del vampiro. Strane creature*
David Gibbins, *Il vangelo proibito*
Jon Trace, *La profezia vaticana*
Simon Rich, *Il compagno di banco*
Douglas Jackson, *Il segreto dell'imperatore*
Anna Jansson, *Il sacrificio*
Dana Stabenow, *CSI Alaska. Primavera di ghiaccio*
Razan Moghrabi, *Le donne del vento arabo*
Simon Scarrow, *La legione*
Chris Paling, *Il pittore che visse due volte*
Lee Martin, *Che fine ha fatto Miss Baby?*
John Underwood, *Il libro segreto di Shakespeare*
Marcello Simoni, *Il mercante di libri maledetti*
C.M. Palov, *La città perduta dei Templari*
Adam Jay Epstein – Andrew Jacobson, *The Familiars*
Scarlett Thomas, *Il giro più pazzo del mondo*
Ann Featherstone, *La giostra degli impiccati*
Torsten Pettersson, *B Il burattinaio*
Lisa Jane Smith, *Il diario del vampiro. Mezzanotte*
Christoffer Carlsson, *La casa segreta in fondo al bosco*
Richard e Rachael Heller, *Il segreto del tredicesimo apostolo*
Millennium Thriller, a cura di J. Ellroy e O. Penzler
Joss Ware, *I diari delle tenebre. Il bacio della notte*
Francisco J. de Lys, *Il labirinto sepolto di Babele*

Lin Anderson, *L'incendiario*
Charles de Lint, *La mappa del dragone*
Ted Dekker, *Il cimitero dei vangeli segreti*
Juliet Grey, *Il diario proibito di Maria Antonietta*
Lisa Jane Smith, *Il diario del vampiro. L'alba*
Irfan Master, *La biblioteca dei mille libri*
Craig Smith, *I custodi del talismano*
Lorenza Ghinelli, *La colpa*
Anthony Riches, *L'impero. La spada e l'onore*
Varg Gyllander, *Il cadavere*
Tom Harper, *La cripta*
Sharon Dogar, *La stanza segreta di Anna Frank*
Massimo Lugli, *Il guardiano*
Roberto Fabbri, *Il tribuno*
Unni Lindell, *L'ultima casa a sinistra*
Jefferson Bass, *Il cannibale*
Marek Halter, *Il cabalista di Praga*
Stuart Macbride, *La stanza delle torture*
Steve Alten, *2012 La fine del mondo*
Susanne Staun, *Il bosco della morte*
Saskia Noort, *La febbre*
Simon Scarrow, *Roma o morte*
Adriana Koulias, *Il segreto della sesta chiave*
Francesco Fioretti, *Il quadro segreto di Caravaggio*
Andrea Frediani, *La dinastia*
Roberto Genovesi, *La mano sinistra di Satana*
Francesca Bertuzzi, *La paura*
Will Lavender, *La cella del male*
Robin Maxwell, *Caterina da Vinci e il segreto di Leonardo*
Lisa Jane Smith, *Il diario del vampiro. La maschera*
David Gibbins, *Il tesoro della legione fantasma*
Roberto Masello, *333. La formula segreta di Dante*
Harry Sidebottom, *Il guerriero di Roma. Il silenzio della spada*
Anna Jansson, *Riposa in pace*
James Becker, *Il vangelo di Nosferatu*
Giulio Massobrio, *Occhi chiusi*
Ethan Cross, *Il castigo degli innocenti*
José Rodrigues dos Santos, *Vaticanum. Il manoscritto esoterico*
Dana Stabenow, *CSI Alaska. Dispersi*
Matt Rees, *La profezia segreta di Mozart*

José Rodrigues dos Santos

Vaticanum
Il manoscritto esoterico

José Rodrigues dos Santos è nato in Mozambico nel 1964. Tra i volti più noti della TV nazionale portoghese, conduce il telegiornale della sera sul canale RTP. Per la sua attività giornalistica ha ricevuto diversi premi del Club portoghese della stampa, oltre a tre riconoscimenti da parte della CNN. Insegna giornalismo all'università "Nova" di Lisbona ed è autore di vari romanzi e saggi, tradotti in quindici Paesi, tra cui ricordiamo: *Codice 632*, *Einstein e la formula di Dio*, *Il settimo sigillo*. Per maggiori informazioni, visitate il suo sito: www.joserodriguesdossantos.com.

Volume rilegato di 480 pagine. Euro 9,90.

Quale prezioso codice si nasconde nelle stanze della Biblioteca Vaticana? E cosa contiene di tanto pericoloso da spingere qualcuno a uccidere perché non sia rivelato? Patricia Escalona, una ricercatrice spagnola, sta esaminando uno dei più antichi manoscritti biblici, il Codex Vaticanus, quando un rumore la attira negli oscuri meandri della biblioteca. Il cadavere della studiosa verrà ritrovato con la gola tagliata, accanto a un foglio che presenta dei segni indecifrabili.
Valentina Ferro, un'affascinante ispettrice della polizia italiana, e Tomás Noronha, un famoso storico portoghese, saranno chiamati a indagare sull'omicidio e a far luce sulle antiche pagine che Patricia stava consultando. Contengono forse un segreto così importante da essere fatale per chi sia vicino a svelarlo? I due scopriranno l'esistenza di qualcuno che, attraverso i passi del Nuovo Testamento, sta cercando di far luce sul mistero che avvolge la vera identità di Gesù Cristo, avvalendosi anche delle ultime tecniche dell'ingegneria genetica.
Vaticanum – Il manoscritto esoterico ci conduce alla scoperta di un avvincente enigma che non è solo frutto della fantasia di dos Santos. E se si trattasse del più grande segreto contenuto nelle Sacre Scritture?

NEWTON COMPTON EDITORI